U0827221

从一粒微尘中窥得日月　在异世中寻找完美世界

辰东超高人气幻想之作　千万读者热烈追捧

完美世界

辰东◈著

定价
29.80元/册

千锤百炼　涅槃重生　王者归来　依旧霸气

《完美世界》第1～21册全国火热销售中！

异人崛起

9

辰东 著

ARTTIME
时代出版
时代出版传媒股份有限公司
安徽文艺出版社

图书在版编目（CIP）数据

异人崛起. 9 / 辰东著. -- 合肥 : 安徽文艺出版社,
2019.10
ISBN 978-7-5396-6709-6

Ⅰ. ①异… Ⅱ. ①辰… Ⅲ. ①长篇小说－中国－当代
Ⅳ. ①I247.5

中国版本图书馆CIP数据核字(2019)第150904号

YIREN JUEQI 9

异人崛起9

辰东 著

出 版 人：段晓静
责任编辑：宋潇婧　王婧婧　　装帧设计：田星宇

出版发行：时代出版传媒股份有限公司　www.press-mart.com
　　　　　安徽文艺出版社　www.awpub.com
地　　址：合肥市翡翠路1118号　邮政编码：230071
营 销 部：(0551)63533889
印　　制：湖南天闻新华印务有限公司　(0731)88387856

开本：710×1010　1/16　　印张：18　　字数：300千字
版次：2019年10月第1版　　2019年10月第1次印刷
定价：32.00元

(如发现印装质量问题，影响阅读，请与出版社联系调换)

版权所有，侵权必究

异人崛起 9

CONTENTS

/ 目 录 /

CONTENTS

/ 目 录 /

第204章

五代

嶂山，白雾弥漫，植物绿得晶莹，带着灵气。山上千年道观古朴，半空中仙鹤盘旋，松林间清泉流淌，山下海水明澈如镜。

林诺依没有开口，只是静静聆听。

眉心有一点殷红印记的男子名为韩文泽，他英俊而平和，双目有神，讲述的秘密十分惊人。

“后文明时代，这个世界一共剧变了五次。”

这就是韩文泽将进化者划分为五代的理由所在。

理论上来说，这个世界每一次剧变，都会出现进化者。

其中，最后一次剧变最为惊人，可谓万物进化，规模大，范围广。上一次剧变，即二十二年前那次，次之。而第一次剧变，效果最弱。

后文明时代五次剧变，时间跨度为两三百年。

“理论上来说，第一代与第二代进化者寿元已尽，熬不到现在。”

事实上，韩文泽猜测，很有可能压根就没有第一代进化者，因为那时，剧变波及范围有限。哪怕有稀少的异果出现，也不见得会那么巧被生物遇到。

“五次剧变，有五代进化者，是否也有五批降临者？”林诺依终于开口。

“你很聪明。”韩文泽点头，眉心的殷红印记如同火亩，发出微弱的光。

“第一次剧变范围很小，出现的折叠空间有限，不见得有降临者过来。”他这样说道。

韩文泽总结，无论是本土进化者还是降临者，在目前这个世界上，理论上共有五代。

林诺依第一次皱眉，美丽的面孔不再平静。

这样的消息如果传到外界，绝对会掀起轩然大波！

韩文泽与旁边的中年女子算是第四代，前几代的人是否还活着？

“放心，即便有老怪物还活着，也不敢乱动，因为寿元将尽。”

除非随着天地复苏，异果的效果更显著，那些老怪物才会冒险现身，不然都只能蛰伏，不敢妄动！

“除此之外，这个世界上还有遗族，上古时期侥幸未覆灭。这部分人以正统自居，不过不见得真敢跟降临者撕破脸皮。”

“多事之秋到了，我想域外的降临者将源源不断地出现，除却名山后方的路，星空中也会有战舰不时飞来！”

看得出，韩文泽不想再对林诺依隐瞒什么，想让她明白这个世界的一些秘密。

旁边，身穿现代服饰，留着古代发型，发丝中插着金步摇的中年女子姿容姣好，明眸有神。

她名为黄薇月，此刻面带笑容，递给林诺依一方由黄铜打磨而成的小印。

“这方黄铜神印是进化皇朝的皇子送给你的礼物，威力惊人。”

南域海，老龙王差点就动身去对付楚风，但是为了化龙果忍住了，最终没有离开那神秘的海底。

“东海海眼中发生大爆炸，真龙巢穴的场域复苏，消灭了龙泽。”南域海老龙王盘坐在海底，自言自语，眸子开合间，光芒如电。

陆地上的进化者也得到消息，龙泽竟是因为海底废墟中的场域复苏，惹出杀身之祸的。

知道这个消息后，各方人马都长舒了一口气。

人们害怕什么？他们是担心楚风进化到了更高层次。

楚风若是依靠自己的力量除掉了身为南域海龙族二号人物的龙泽，那着实非常惊人。

“这个楚风场域造诣惊人，不得不防，我怀疑海底大爆炸是他所为。”极地元磁仙窟，有人这样猜测。

“不是倚仗进化的能量就好说，场域研究者如果没有达到大师境界，除非占据天时地利，不然还是很容易对付的。”

场域研究者真正可怕起来，至少需要达到大师层次，而在这之前，有很多有效的手段可以用来对付他们。

总的来说，各方更担心楚风在进化之路上再次突破。

“楚魔王还好没有太骇人，不然我们要更加寝食不安了。”有财团成员长舒了一口气。

宇宙中，火球系边缘，一艘又一艘战舰泛着寒光，铺天盖地，像是一片钢铁丛林，密密麻麻地排列在一起，震撼人心。

事实上，这些战舰早就接近了火球系，不过途中有所耽搁，在到达火球系边缘时，更是仔细探视。

因为，这片古老而神秘的星系有太多可怕的传说。

在那古老而辉煌的年代，就算是进化皇朝的人，到了这里都得谨慎，甚至要提早下车，自己前往那颗星球，以示尊敬。

很多战舰很谨慎地在附近的一些星球上探测，检查是否有异。

地星曾经的辉煌至今还有威慑力，让这支舰队不敢大意。

崂山的韩文泽说得对，多事之秋到来，域外的人马都在接近，各种进化者都将现身。

此刻，蓬莱仙岛一片朦胧，被白雾笼罩着，远远望去看不清楚。

有人出岛，驾驭扁舟西行，要去陆地！

“身为降临者，我们沉眠在元磁仙窟的人也该出去走一走了。”同样，极地也有人动身。那是真王的域外降临者，有的蛰伏二十二年了。此时，大家纷纷走出栖居地。

西方某一座名山深处的折叠空间中，有一道身影站起，同时有声音传出：“我该跨出那一步了，真正到达这个世界！”

同样是西方，沃里斯山上，一扇石门发光，能量波动剧烈，像是某条古路要被贯通，山上十二株强大的植物都在剧震。

东方，卫城山深处的折叠空间发出刺目的光，恐怖无比，许多巨兽吓得匍匐在地上，瑟瑟发抖。

而此时，楚风重新回到了陆地上。

去时兄弟几人，回时只身一人，他回头看了一眼大海，又对那远去的飞碟挥了挥手，而后大步离开海岸。

“嗖！”

他拥有惊人的速度，简直跟飞行没什么区别。在他奔行时，空气炸开，那景象有些骇人。

楚风向海明城赶去，目标是紫旌山，他想借助那里的八卦炉炼药，让自身再次进化。

他速度何其快，一路上没有耽搁，风驰电掣般赶向紫旌山。他不想发生什么意外，希望第一时间把药炼成。

紫旌山巍峨峻秀，像苍龙般蜿蜒，并且紫气蒸腾，泉壑幽深。

楚风站在山中，观察地势，看是否可以炼药。

毕竟，上一次这里闹出的动静太大了，太阳火精、龙气、庚金之气出现也就罢了，最后居然还有上古怪尸出动。

楚风不得不小心！

“可行！”楚风观看地势后，觉得没什么问题，那太阴之地埋着的尸体应该不会出乱子。

“难得开炉炼丹，一个人在这里实在枯燥，真希望有人来凑热闹。”楚风自言自语。

他不怕外人干扰，如果有居心叵测者前来，他非常欢迎。

这里是八卦炉所在地，上一次烧得一群强者鬼哭狼嚎，连老道士都身负重伤。

此地一旦激活，威力有目共睹，楚风并不认为自己身在八卦炉中还会被外面的人攻击到。

因此，他觉得可以稍微露出自己的行踪，吸引一些人过来。

确切地说，是他主动泄露行踪，引诱居心叵测者前来。

当然，他觉得效果不大，毕竟这里发生过惨案，而且各路人马都知道他是一个

“坑货”了！

不过，反正要在此地炼药，这算是“搂草打兔子”，顺势而为。

于是，楚风出山，稍微去转了一圈，“不小心”露出踪影，让一些人看到了。

“楚风在紫旌山！”有人惊呼。

一些大势力第一时间得到情报。楚风再临紫旌山，这牵动着不少人的神经。

“难道那里有好东西？”人们怀疑。

楚风没有理会各方的反应，直接进入八卦炉地穴，闭目休养。

第二天清晨，朝晖洒落，紫气东来，生机最蓬勃时，楚风激活了所有场域，开始炼药。

“轰！”

地面纹路交织，发出光芒。紫旌山云蒸霞蔚，更重要的是从初升的太阳方向飘来丝丝缕缕的紫气，没入八卦炉中。

八卦炉中火光跳动，芬芳扑鼻，楚风盘坐在那里，近前传来药香！

“挣断第八道枷锁的契机到来了！”楚风自言自语。

万物进化，域外强者、以正统自居的蓬莱遗族等陆续出现，楚风自然希望自己变得更强，以应付变局。

“嗯，该动身去解决那个楚风了。”黄薇月与韩文泽对话。

同时，蓬莱仙岛的人登岸后，也在向人打听楚风的下落。他代表蓬莱仙岛某一脉的少主而来，想唤楚风前去相见。

星空中，一艘又一艘战舰如同钢铁丛林，进入火球系，逐一登陆火球系中的星球。

在昔日的那段光辉岁月，这些星球上都建有巨城，并设有驻军，负责镇守星门。

那个年代，星海中大批进化者来此朝拜，远远地就下了坐骑，或者走出战车。

那时，有千星藤连接着这些星球，消息可以瞬间传递，整个火球系蕴含着蓬勃的生机。

现在，战舰中放出了大量小型飞船，进入这些星球，寻找那辉煌年代留下的种种痕迹。

而此时，太空中的探测器都失效了，根本没有捕捉到这些战舰与飞船。

韩文泽预测成真，多事之秋到来，域外生物分批出现，即将大规模降临。

沃里斯山，山顶的石门发光，能量波动剧烈，惊动了整个西方。

“轰！”

一朵银色的蘑菇云腾起，这里发生了大爆炸，能量乱流横冲直撞，削掉了一些山巅。

石门处，有生物探出一只手，手上流着银色的血液，气息恐怖，震动群峰。

“咔嚓！”

最后，石门炸开，一声绝望的哀号传出，石门后方的生物在火光中形神俱灭。

当初，楚风、黄牛、大黑牛、西伯利亚虎王曾登上这座神山。

当时，黄牛就曾说过，有道统想走捷径，欲举教进入这个世界，那样做是在玩火。

现在看来，黄牛的预言成真了，想从这条路过来的域外生物失败了。

域外生物越强，跨界过来的难度越大，由刚才的情形便可见一斑，那个流着银色血液的生物绝对超越枷锁境。

同一天，西方另一座名山，黑雾席卷，黑光大盛，之后，伴着一片黑色的光焰，一个人跌跌撞撞地从折叠空间中闯了出来。

他披头散发，穿着东方的古代服饰，不过衣服早已破烂不堪，身上也满是伤痕。但是，他在大笑，双目中射出黑色光束——他成功跨界了。

他很强，也很年轻，浑身散发着丝丝缕缕的太阴之力。

“哈哈——”他大笑着，露出一口雪白的牙齿。他调理了一下受伤的身体，而后大步走出山地。

就在当日，一些强大的进化者来投靠他。很多进化者早就知晓这座名山的折叠空间中蛰伏着一个域外强者，时刻关注着他。

“神来了！”一个消息在小范围内传开。

各地其实都不宁静，一些名山深处的折叠空间中都有可疑生物出现，有很惊人的能量偶尔涌出。

域外生物大规模降临的时代即将到来！

这些域外生物有的相对普通，但有的极度强大，是真正的神子、圣女，一个人就可以睥睨一域，光芒万丈。

现在，这个层次的生物出现踪迹了。

嶂山，眉心有一点殷红印记的韩文泽突然止住话语，倏地抬头，面露震惊之色，望向山脉深处！

在他旁边，黄薇月也霍地转身，注视嶂山深处，美丽的面孔上写满了震惊。

“皇子要过来？”

“去朝拜！”

下一刻，两人全都带着狂风，奔行而去。山中顿时飞沙走石，灌木等都在他们奔行时折断了。

一棵银色古松下，林诺依也有所感，凝视着山脉深处。

同一时间，天神生物很多人进入深山。

清晨的嶂山沐浴着朝晖，山林中暖洋洋的，雾霭都被染得带着淡金色，一片祥和。

此时，一股惊人的气息从那折叠空间中扩散而出。

韩文泽与黄薇月冲到这里，盯着前方的山地。

前方，大山高耸入云，高达数千丈。那是天地剧变后才出现的巨山，过去不曾有。

这就是所谓的折叠空间，空间中有神秘路径连接着远方。

山地中光芒点点，能量弥漫，一片祥和，宛若仙土，数十个强大的生物出现在那里，宛若一群天兵天将！

这些生物多为人形，有男有女，有老有少，一个个精气神十足，气宇不凡。只有少数是凶禽猛兽，那是当坐骑用的。

谁能想到嶂山深处竟有这么多域外生物？这若是传出去，肯定会引发滔天的波澜。

出现在嶂山深处的正是进化皇朝的人马。当年上路时，进化皇朝的人马比现在要多得多，途中很多人死去，到现在还有数十人。

当然，到了这里后他们立刻驻足，不敢贸然前进，最后的无形的生死关卡横在眼前，任何强者都要忌惮。

这些域外生物中有长着鳞片的战马，也有通体闪烁着光辉的其他凶兽，端坐其上的人一个个甲胄锃亮，手持天戈、长戟等兵器，气息惊人。

后面，有老者背着药篓，有中年人手提拳头大的火炉……这群进化者可谓是精心挑选的，他们当中有人会炼药，有人懂得炼制兵器，还有人研究场域。

这些生物若是成功跨界过来，直接就是一个强大的进化门派，占据名山后，将迅速发展壮大。

进化皇朝的皇子是带着一队人马过来的！先前的降临者哪里有这等阵容？这就是差距！

一辆青金战车散发着蒙蒙的光，几只叫不出名字的凶兽拉着车，血气旺盛，摄人心魄。

青金战车很古老，镌刻着岁月的痕迹，不时腾起阵阵光芒。那光芒可形成白虎，可化作朱雀，可凝成麒麟，围绕着战车，甚至发出阵阵鸣叫声，景象让人心惊。

青金战车上有一个年轻的男子，面孔英俊，头戴紫金冠，乌黑的长发垂在胸前与背后，双目深邃。他沉默无声，但是散发出的气息压迫得人简直要窒息。

毫无疑问，他很强，进化层次非常高！

他穿着金属战衣，在青金战车上岿然不动，虽然年轻，却很有威严。

青金战车上，有美丽的女子为他驾车，也有穿着洁白衣裙如同仙子的丽人为他持剑，还有人为他捧着发光的神秘经卷。

韩文泽和黄薇月一见之下便心头悸动，不由得低头，而后叩首，行大礼参拜。

“见过皇子！”

“起来。”青金战车上的年轻男子开口。他没有刻意拉拢两人，也没有显露天功，语气平和。

远方，天神生物的高层见到这一幕，都心中一沉。他们所倚仗的韩文泽和黄薇月居然在对那人叩首。

身为后文明时代的人，他们难以接受这种叩拜大礼，但是可以看出那群进化者实力惊人，这对他们的冲击太大了。

“多事之秋，这个世界曾经的和平岁月可能会彻底结束，没有人知道接下来会怎样！”

财团倚仗域外的降临者，可是这些降临者也是分档次的。天神生物的人知道，真正的大鳄来了！

折叠空间中，进化皇朝的皇子站在青金战车上，正在跟韩文泽与黄薇月说话，声音不高，外人听不到。

随后，那片山地中很多人行动起来，场域研究者不停布置，一座祭坛很快形成。

那名皇子十分沉稳，看向身边一名白衣女子，对她微微颔首。

这是他身边的侍女，算是他的心腹。那侍女长相可人，清丽脱俗，浑身带着圣洁的气息。

白衣女子浅笑，向皇子告别，而后手持一卷散发着光芒的古经，登上祭坛。

“轰！”

这片地带顿时发光。

白衣女子这是在跨界，祭坛上的符文笼罩着她，要将她送到外面的林地中。

在此过程中，她身上的一些秘器不断炸开，化成齑粉。

接着，她脚下的祭坛也爆碎，化作能量光束，她踉踉跄跄，仿佛要在光焰中化成灰烬。

但是，她双手持着的神秘经卷救了她，一页又一页地焚烧起来，化作金色能量，包裹着她。最终，她成功踏足外面的林地。

“见过仙子！”韩文泽与黄薇月立刻上前，跟白衣女子相见。

“两位不必见外，我叫穆青。”白衣女子嫣然一笑，显得和蔼可亲。而后，她转身向进化皇朝的其他人告别。

远方，天神生物的人心惊肉跳。他们知道，嵊山格局已变，进化皇朝居然有人成功跨界过来，这对他们来说，宛若神使出现。

穆青身为进化皇朝的皇子最信任的侍女，地位很高，韩文泽与黄薇月都不敢怠慢。

不久后，穆青跟他们登上一座灵峰，在一座小道观前的银色古松下，见到了林诺依。

穆青立时行大礼，笑容很甜，对林诺依无比尊敬，言语间更是十分恭谨，一副侍女应有的本分样子。

第205章
出关

穆青脸色温和，拜别林诺依，离开了那座历经千年风雨洗礼的古朴的小道观。

韩文泽与黄薇月陪着她来到另一座灵峰上。这里很幽静，三间茅屋，一张石桌，几个木墩，竹林翠绿，带着清新的气息。

穆青白衣胜雪，不染尘埃，虽然只是皇子的侍女，但是成功跨界后在嵲山地位极高。

韩文泽与黄薇月都很谨慎，向她汇报各种情况。

穆青也不因为自己是皇子心腹而倨傲，面对两人时脸上始终挂着温和的笑，认真地听两人讲述当下的大致局势，不时点点头。

在黄薇月直接提到林诺依的名字时，穆青客气地提醒与纠正，说应该尊称她为皇妃。

“对，我疏忽了，请见谅！我们一直想尽快地接应皇子过来。”黄薇月表示歉意。

接着，韩文泽又提到降临者，也谈及海外三仙岛等，更是点出当下至强者的名字。

“皇子若是近期跨界过来，谁与争锋？之后，其他神子、圣女哪怕成功降临，也已经落后一步，失去先手。”韩文泽面带笑容，恭维道。

穆青白衣飘动，浅饮香茗，道：“还请两位走上一趟，去将那个楚风请来。”

“其实，我们正准备出手对付他。”韩文泽答道。

穆青摇摇头，脸上露出微笑，道：“不，皇子惜才，需要这样的贤士，将他请来。”

韩文泽一怔，一时间不知道如何回应。

“从你们的介绍中，我已经知道这个人不俗，皇子跨界后正需要这样的人。”穆青微笑，转身看向山下的碧海，平静地开口道，“嗯，应该想办法让他认同皇子，不要失礼才好。”

韩文泽与黄薇月下山，离开很远后两人才开口说话。

“这位穆青小姐要我们去请楚风，还真是……”韩文泽皱眉，觉得事情有些难办。

“你不会真的以为穆青小姐看中他是贤才吧？”黄薇月笑道。

韩文泽回头看向她，面露诧异之色。

黄薇月道：“通过你我的介绍，穆青小姐已经知道楚风是什么样的人，也得悉他和林诺依以前关系不错，还能这样吩咐你我，自然有其道理。”

“什么意思？”韩文泽觉得自己对女人的心理把握不是很准，现在回想穆青脸上始终挂着笑容，说将楚风请来，仍然觉得疑惑。

“穆青小姐说皇子惜才，很明显，即便将楚风请来，也只是让他追随皇子，作为皇子的下属，而不是平起平坐的朋友。”黄薇月脸上露出淡淡的笑容，解释道，“她还曾强调，让楚风认同皇子，不要失礼才好，这更是重点。”

韩文泽闻言面露讶异之色，道：“这是暗示我们降伏楚风，让他见到皇子时要态度恭谨？”

黄薇月点头道：“确切地说，是要我们带回楚风，让他见到皇子后行大礼，当面叩拜。”

“竟需要这样做？”韩文泽回首，看了一眼身后的灵峰。那个白衣女子笑容温和，看起来非常和善，对他们没有任何架子，但是现在看来，跟她在一起当慎重一些。

黄薇月道：“嗯，这位穆青小姐还是很为皇子着想的。她知道楚风和林诺依的关系，还要这样做，折楚风的面子是其次，主要是想让林诺依看清形势。若是见到楚风匍匐在皇子的脚下，毕恭毕敬，你说林诺依会怎么看楚风，又会怎么看皇子？一个卑躬屈膝，一个高高在上而又平和深沉。”

韩文泽哑然，仔细想来，这个穆青虽然只是皇子身边的侍女，但是真不能轻视，笑容满面间竟要他们做这些事。

黄薇月提醒道："她虽然只是皇子的一名侍女，但是比许多人地位都要高，你我得谨慎一些，这位可不是善茬儿。"

随后，他们提及楚风，都面露淡笑，以为楚风一定没什么好下场。

韩文泽眉心的殷红印记发光，他在评估楚风的实力。

"他挣断了七道枷锁，可以大战挣断了八道枷锁的强者，是一个了不起的人才，可惜与一个进化皇朝相比，底蕴差得太远。"韩文泽摇头。

黄薇月嘴角露出冷笑，道："一颗棋子而已，哪怕现在很厉害，说不定到了逍遥境后也很平凡，这样的例子太多。而且现在这种情况下，他还有什么未来可言？除非能甘心当一名仆从。"

"他刚挣断七道枷锁，按理来说，短期内不可能再进化，但为保险起见，还是去麒麟旧巢请出几位道友吧。"韩文泽建议。

韩文泽与黄薇月这么多年来并非蛰伏在极地的元磁仙窟，而是蛰伏在降临者的另一处聚集地——麒麟旧巢。

"有消息传来，他现在正在海明城的紫旌山。"黄薇月道。

韩文泽很谨慎，道："为保险起见，在任何适合布置场域的地方，都不要接近他。别踏足紫旌山，还是在外面等他出来比较好。"

他们决定，先去麒麟旧巢请人，为稳妥起见，多叫上几人，这也等于为皇子拉拢一些追随者。

降临者也分档次，他们这样的人怎么可能跟进化皇朝的皇子相比？

他们知道，不久的将来，这个世界的各座名山都将被神子、圣女级人物占据，这批人注定要大放光芒。至于这个世界的原住民，没什么希望！

在两人离开嵲山前，穆青居然出现在两人面前，笑容可掬地送上一件法兵，道："你们出门在外，多件兵器防身总是好的，这是捆灵绳。"

这件法兵看起来只是一条淡金色的麻绳，却让韩文泽与黄薇月面露惊容，因为他们知道这东西的原型是什么。

捆仙绳！那是一种秘宝，连金身罗汉级进化者都能直接捆住，神妙莫测。

这捆灵绳则是简化版，擒拿枷锁境的进化者不在话下。

两人暗自叹息，进化皇朝果然底蕴深厚，一个侍女而已，跨界过来后就能随便送他们这种兵器，实在可怕。

那皇子身上有什么？肯定带着更惊人的秘宝，甚至有金母碎块，可以自己炼出神圣兵器。

这等级别的人物天赋惊人，而且进化层次足够高，加上有一身秘宝，足以压制这个没落的世界上的所有人！

两人谢过穆青后，直接上路。

黄薇月道："看到了吗？这位穆青小姐赠送给我们捆灵绳，就是以防万一，让你我务必将楚风擒拿回来，让他跪在皇子脚下。"

嵲山在渤庄境内，麒麟旧巢也在渤庄，因此他们不需要走很远的路程。

海明城，紫旌山。

这片地带精气翻涌，各种能量火焰都在跳动，焚烧中心地，形成一番奇景。

不过，别人可不知道那中心地就是八卦炉。这是一种传说中的地势，可孕育造化，熬炼丹药，温养兵器，甚至磨砺自身。

经过楚风鉴定，这是人为布下的八卦炉，并非天生。

事实上，真要是天生的八卦炉，楚风还真消受不起，对于目前的他来说，那种地势恐怖至极。

因为，真正天生的八卦炉有自然烙印下的大道纹路，形成先天场域，他真要敢进去，会被直接炼死！

古人在紫旌山布下的这个小型八卦炉，对他来说正合适。

此时，他身边几件兵器散发出光芒。同时，各种异果堆积在一起，化成药液。那雷击木更是在释放先天生机。

当然，他只用了一小段雷击木，剩下的收了起来。这东西太金贵，不能浪费，虽然真龙巢穴内有很多，但是在外界真的难以寻到。

除此之外，蛤蟆的一滴血，以及几滴祖鹏真血与祖虎真血，也都被他置入药液中。

这就是八卦炉的神异之处，使用者不需要懂得炼兵、炼药之法，整个地穴就是天然的宝炉，可以孕育造化，出产丹药！

传闻，先天形成的八卦炉可以直接炼出无上神丹，令人惊叹。

一天一夜过去了，楚风龇牙咧嘴，饱受煎熬，毕竟还是有些许火光触及他的身体。

终于，第二日正午时，他心满意足，身边足有八颗银色的丹药，散发着浓郁的药香，沁人心脾，丹成！

他啧啧称奇，这种地势果然能炼丹，他都没费什么心力，就成功了。

同时，他的几件兵器也更有灵性了。

“服食！”楚风毫不犹豫，直接服食丹药。现在这种局势下，没有什么比实力更重要。

“轰！”

一颗手指肚大小的银色丹药滑入喉咙，顿时化成一股惊人的热流，冲进他的身体中。

异果被炼成丹药后，果然效果极佳，药效提升了一大截！

当日，楚风相当顺利地挣断了第八道枷锁，实力比以前增强了一大截，周身血气滚滚，而且，他再次获得了一种特殊的能力。

“这种感觉真是太美妙了，我要想办法接着突破才行。”

这种挣断枷锁，释放人体潜能的舒畅感受让人迷醉。楚风身体发光，尤其是脊椎骨那里，腾起大片光芒，神圣而耀眼。

这一次，他挣断的是脊背部位的枷锁，如今那里隐藏着一杆金色战矛，只要楚风意念一动，金色战矛随时能飞出去，刺透一切阻碍！

不过，他没敢在这里试验，此地可是八卦炉。

楚风体质得到提升，毛孔中有金光喷出，跟外界交换能量，他现在有羽化飞天的错觉。

“好舒服！”

他站起身来，舒展四肢，浑身散发金光，举手投足间带着惊人的力量。

“接下来我要去辕山采摘异果，那里有一棵怪树，长出的果实很惊人，可惜上次没能接近。”

楚风的双目像两盏金灯一样，射出光束，无比火热，他看到了一条诱人的进化路径。

上一次，他带着财团的人和极地的人，探了悬田山，又去了镶山，在镶山发现了一棵怪树，果实璀璨。

很可惜，当时他无法破解那片地带的场域，摘不到异果。

这次估计没人敢跟他一起去了，上一次财团的人与极地的人由他带路，伤亡惨重，那些人最后一致认为他是个丧门星。

“去镶山，我马上又可以进化，那种感受太美妙了，宛若要成仙一般。”楚风到现在还留恋那种感觉呢。

他挣断了第八道枷锁之后，身体金光刺目，体质缓缓变强，浑身舒坦，金色雾霭蒸腾。

他低头看了一眼，剩下的七颗银色丹药像是小星星在闪烁，不过，他知道这些丹药对他应该没什么作用了。

同层次的异果只能让人进化一次，用异果炼成的丹药也是如此。

异果和神圣花粉之所以能促进体质蜕变，主要是因为当中的一种奇异物质能刺激人体内细胞活性大增。

至于异果和神圣花粉能量的强与弱，倒不是最紧要的了，它们关键是起催化的作用。

即便有所预判，楚风还是不死心，又吃了一颗银色丹药，果然没奇迹发生，银色丹药对他没效果了。

“镶山、元磁仙窟、麒麟旧巢和大洋中都有药效非凡的果实，可以寻觅！”楚风定下目标。他渴望变强，渴望再次提升实力。

这个世界越来越危险，局势越来越复杂，尤其是他曾经跟域外强者死磕过，处境很不妙，想要活下去，出路只有一条，那就是迅猛进化，不断变强。

“咕噜噜！”

他的老毛病又犯了，每次体质大幅度提升，他都会饿得心慌，因为身体消耗太大。

楚风早有准备，这地方是八卦炉，烤肉的话再合适不过了。一会儿工夫，八卦炉中就飘出了肉香，弥散出去千米远。

“什么味道这么香？我的口水都快流出来了！这位魔王跑这里来不会是为了享用美味吧？”山外面，一些人闻到香味，忍不住咽口水。

吃饱后，楚风心满意足，摇摇晃晃地站起身。

同时，他将地上的银色丹药都收进了玉瓶中，他用不上了，但是可以送给普梦山的太极老宗师等人。

这种银光闪烁的丹药眼下是无价之宝，能让人实力大增！

楚风甚至还想再跑一趟不灭山，看一看能否联系上黄牛，想把银色丹药给黄牛等送过去。

“不急，天下异果还有很多，我接着去采摘，之后再来八卦炉中炼药，保证够用。”

楚风琢磨，能让人挣断六道枷锁的异果，加一些龙血草以及蛤蟆血、祖鹏真血等，熬炼后就可以提升两个等阶，能让人挣断八道枷锁。

“去找药效更佳的果实！”

楚风在八卦炉中收拾了一番，处理掉所有痕迹，而后慢吞吞地走了出来。

他散开神觉，看向周围的灌木丛，一阵失望，没有什么大鱼出现，无论是财团还是域外降临者，都太谨慎了。

附近有异人，也有异类，但都是小喽啰，负责在这里监视楚风，还安装了一些探测器。

“真可惜，怎么没大人物来？”他自言自语，满脸遗憾之色。

这副表情被探测器捕捉到，无论是财团的人还是其他势力的人此时脸都黑了，这个楚魔王果然在打坏主意！

楚风动用火眼金睛，一番探寻，确定周围没有什么超级进化者。他震碎了所有探测器，又吓跑了那些小喽啰。

接着，他手持金刚琢，接近蕴藏着太阳火精的区域，尝试吸取太阳火精。

经过这次熬炼后，金刚琢更加雪亮晶莹，内部自然生成一些纹路，越发不凡。但究竟有多么不凡，需要在实战中检验才知道！

金刚琢的初始功能就是吸收能量。吸收能量后，金刚琢变得沉重无比，可击破万物。

楚风准备吸取一点太阳火精，如果可以的话，也吸取一点太阴黑火，看一看能否长期储存。那两种火焰都是特殊的能量。

“嗯！真能吸收，不错！”楚风惊讶。

金刚琢吸取太阳火精后越发锃亮，越发气象非凡。他觉得，这所谓的究极废器未来会带给他无限惊喜。

随后，楚风又用金刚琢尝试吸取太阴黑火，结果烧得他身上焦黑，此地险些发生大爆炸。

太阴黑火与太阳火精像是水火不容，在金刚琢附近碰到一起就爆炸，烧得楚风都“嗷嗷”直叫。

远方，关注这里的人们不知道发生了什么，都一脸讶异之色，这楚魔王在发什么疯?

楚风换下破烂焦黑的衣服后，放弃太阴黑火，只吸取太阳火精。

毫无疑问，这两种火焰都是等级非常高的特殊能量，威力惊人，就连那实力深不可测的老道士都差点被烧死。

楚风掂了掂，发现金刚琢现在有数万斤重了。这东西只要吸收能量就会莫名其妙地变重，这一现象现在还无法解释。

他没敢继续吸收，因为怕出事。这可是超级能量太阳火精，万一不小心在他身上爆发，估计他会被烧成灰烬。

最终，他将金刚琢小心地放进了玉瓶中。

楚风找了一眼山泉，洗了个澡，而后通体舒坦地走了出来，向海明城而去。

他从玉瓶中取出通信器，看了又看，脸色马上变了。他收到了一些消息，也看到了不少新闻。

各座名山的折叠空间中都有域外生物的身影，域外生物要大举跨界了?

西方甚至有号称神的域外生物成功跨界!

“该不会是亚曼和埃布尔的主子，也就是蛊惑席勒的那个人吧？”楚风皱眉。

他知道，此时正值多事之秋，世界将发生巨大的变化，大批域外生物多半要出现了!

接着，他凝视通信器上一些熟人的示警，神情严肃起来。

“只要我能迅猛进化，快速变强，就没什么可怕的！”

楚风注意观察四周，确定没有人埋伏，一路向海明城赶去。

他心情依旧很好，虽然意识到混乱的时代拉开了序幕，但是他刚刚进化，实力增强了一大截，这种喜悦还没有冲淡呢。

“嗯？”在快进城时，楚风一脚迈出后，附近突然腾起迷雾——他踏入了场域中。

“嗖！”

楚风一脚蹬裂大地，而后猛然后退。这是一个小型场域，没能困住他。

不过，有人伏击他，这才是最重要的。刚才他还觉得很遗憾呢，结果真有不怀好意的人来了。

“轰！”

周围发生了大爆炸，不过，不是热武器导致的，而是几个生物导致的。几个生物散发出的气息太惊人，形成能量风暴，撕裂大地，让附近很多大树连根拔起，还有许多磨盘大的石头腾空而起，飞向四面八方，景象骇人！

几个生物以那小型场域遮掩气息，突然出现，在此截击楚风！

那小型场域不是用来困住他的，而是给几个生物藏身的。

几个生物从四方出现，围住楚风。

“你们是什么人？”楚风问道。

“你的引路人。”一个蒙着面纱的女子体态婀娜，露出一双水灵的大眼睛，看起来很动人。这人正是黄薇月。

“什么意思？”楚风皱眉。

“来自域外某一进化皇朝的皇子惜才，我们也觉得你不错，想带你走，去拜见皇子。”黄薇月笑道。

“皇子惜才，让我去拜见他？”楚风斜着眼睛看他们，这完全是受蛤蟆的影响所致。

“嗯，你不错，是个人才。跟我们走吧。”黄薇月面带笑容，但是隐隐有一种轻蔑之色。

事实上，她从心里鄙夷楚风，因为她认为自己知道楚风的命运，不久后他要当着林诺依的面叩拜那名皇子。

第206章

寻找麒麟旧巢

楚风听到这样的话后，眼神更斜了。这是典型的蛤蟆式风格，他已经被严重“传染”。

黄薇月原本面带笑容，但现在脸色微变。对方听到她的话后竟然是这个反应，这是对她的轻慢吗?

事实上，她此前面对楚风时表面上面带笑容，其实眼底深处满含嘲弄，只不过没有明显地表现出来。

现在，她忽然发现，对方对她也是这样。

“你什么意思？”旁边一个生物开口。这个生物皮肤为暗红色，脊背上长着一排尖刺，显得很狰狞。

“对不住，最近眼睛不舒服。”楚风开口，颇感兴趣地看着几个生物。

刚才开口的生物除了皮肤为暗红色，且脊背上长着一排尖刺之外，倒跟人类很像，属于类人生物。

“你们该不会都是降临者吧？”楚风问道。

“嗬，答对了。跟我们走吧，我们不会埋没你的才华的。”黄薇月笑道，心中却已经料定他没有好下场。

此时，楚风哪怕挣断了八道枷锁，给人的感觉依旧是毫无威胁，他没有暴露自己的实力。

“说实话，我的确有些心动，但是我对你们不了解，也对那名皇子一无所知，能介绍一下吗？”楚风微笑道，不再斜着眼睛看人了。

“跟皇子相见后，你便什么都知道了。”这时，韩文泽开口，语气平和。

楚风看到韩文泽后顿时觉得眼熟。天神生物有一个叫韩飞的年轻人，曾暗中出手对付楚风，结果反被楚风斩灭。那个韩飞跟韩文泽长得很像，而且眉心同样有殷红的印记。

一时间，楚风洞悉了很多事。

“那名皇子跨界过来了吗？”楚风问道。

韩文泽诧异地看了楚风一眼，有些警惕，这个年轻人竟如此敏锐，直接开始试探他们。

“走吧，我带你去见他。”韩文泽道。

楚风虚与委蛇，跟他们交谈，想了解更多情况。

然而，这几个生物脸上挂着冷笑，都没有透露有价值的消息，口风相当紧。

“几位是二十二年前就降临到这个世界的吗？这些年是蛰伏于极地的元磁仙窟，还是蛰伏在麒麟旧巢？”楚风问道。他不指望得到回应，但是通过观察他们的神色，他也能做出一些判断。

“你话太多了！”那个皮肤暗红、背生尖刺的生物冷冷地说道。

“我只是好奇而已。对了，那个进化皇朝很厉害吗？”楚风不断发问。

黄薇月脸上带着笑，道：“进化皇朝那样的势力不可想象，进化皇朝的皇子自然光芒万丈，能实现超级进化。追随在这样的人身边，是你我的荣幸。”

楚风心中反感至极，满是厌恶，他不想再试探什么了。

“跟我们走吧，去拜见皇子。”韩文泽道。

楚风闻言，心中越发厌恶，表面上却做出犹豫的样子。

黄薇月见状，眯起眼睛，嘴角微翘，脸上露出一丝嘲讽之色。反正蒙着面，她不用担心对方会察觉到。

“真是麻烦，将他带走就是了。”那个皮肤暗红、背生尖刺的生物说道。

“好，我跟你们去看一看。”楚风向前走去。

几步之后，“轰”的一声，他突然出手。

楚风速度快得让人反应不过来，飞沙走石，音爆声巨大。他动用大力牛魔拳，击向那个皮肤暗红、背生尖刺的生物。

那个生物又惊又怒，大声咆哮，抬手向前拍击，同时脊背发光，那些尖刺眼看就要飞出。

然而，楚风这一拳速度太快，毫无保留。他先发制人，本就想要一击致命，怎么会给那个生物机会？

“轰！”

一头黑色的莽牛从他的拳印中浮现，昂首阔步，像是踏在星空中，周围星光灿烂。

那个生物被他一拳命中，当场死亡。

那是一个挣断了八道枷锁的生物，跟他同一级别，但就这么被他给解决了。

黄薇月尖叫，快速后退。

这片地带除了黄薇月、韩文泽，还有一个头上长着银角的人，以及一个背后长着蝎子尾巴的人。

现在四人一起动手了，他们各自施展手段，向楚风出手。

“嗖！”

楚风如鬼魅般，从刚才打出的缺口闯出包围圈，掉头朝紫旌山狂奔而去。

这里离海明城太近，真要爆发大战的话，他怕波及城中的人。

“哪里走！”四人怒吼，穷追不舍。他们是来自麒麟旧巢的降临者，结果转眼间就死了一个，这很丢人。

此时，楚风心中一惊，除了死去的那个生物稍弱，剩下的四人居然都是挣断了九道枷锁的生物，阵容强大！

这还真是看得起他，竟派出这样的组合来擒拿他！

若非他刚刚在八卦炉中实现了突破，挣断了第八道枷锁，这次就悬了。几个降临者联手出击，按理来说，现阶段这个世界的进化者根本挡不住！

不过，楚风丝毫不惧，虽然他比这四人少挣断一道枷锁，但是这对他来说不是问题。

一直以来，他都可以大战更高层次的进化者。

他掌握了无上呼吸法，状态绝佳，战力远胜常人。楚风甚至觉得，随着他体质的不断提升，这种趋势会更惊人！

“楚风，你真该死！”后方，黄薇月脸色阴沉。

空中发生大爆炸，这四人都是强者，一路上如同雷霆般追了过去。

“停！”韩文泽挥手，在前方止步，没有继续追击。因为到了紫旌山区域，他很谨慎，怕楚风动用场域。

楚风也已止步，这里远离城市，不怕殃及无辜，可以出手了。

刚才海明城有不少人听到了动静，尤其是听出城外有强者惨死。很多人被惊动了，正朝这边赶来。

“楚风，你犯了大错！走吧，跟我去见进化皇朝的皇子，请他宽恕你。”韩文泽开口。

说实话，韩文泽真想立刻解决楚风，但是穆青希望活捉他，让他跪在那名皇子的脚下。

楚风开口道：“看你有点眼熟，我曾经除掉一个叫韩飞的人，他跟你一样，眉心有一点殷红的印记。你们俩什么关系？”

韩文泽脸色阴沉无比，那是他在这个世界的私生子。

他们这一族的人眉心都有殷红的印记，那是特有的族群印记，等进化到更高层次后，殷红的印记会产生巨大威力。

“你找死！”韩文泽大喝。

楚风睨视他，满脸都是笑，向后退了几步，进入紫旌山的场域中。

楚风并非想利用这里的地势，只是想再说几句话。

他看了一眼韩文泽，又瞄向黄薇月，道：“你是降临者，算是一名圣女吗？”

黄薇月神色古怪，都什么时候了，这小子还有心情问这样的问题！

“在我的那个门派算是吧。”她开口道。她所在的那个门派很小，如果跟其他门派比较，那可就不算什么了。

“还真是！”楚风惊讶，然后主动离开紫旌山的场域地带，冲了出来。

韩文泽目光森冷，黄薇月目露凶光，另外两人也全力以赴地出手，想要生擒楚风。

然而，真正交手后，四人全都心惊肉跳，楚风的实力太恐怖了，与楚风碰撞后，他们虎口出血，身体剧震。

此前，那个挣断了八道枷锁的生物死亡，他们虽面露惊容，还不至于惧怕，因为他们也可以像楚风那样做到。

可现在他们都心里发毛了，这是什么情况？

楚风以一敌四，居然还这么勇猛！

“砰！”

激烈交手后，楚风雷霆出击，险些擒住黄薇月。“哧”的一声，他将她的一截衣袖扯断，在她的手臂上留下了几道伤痕。

“轰！”

接着，他将那个背后长着蝎子尾巴的人震退，将那个头上长着银角的人打得大口咯血。

随后，楚风腾空而起，扑向黄薇月，打定主意拿下她。

人影翻飞，楚风震退其他三人的同时，再次扑击，一拳击向黄薇月。

她的面纱化成碎片，同时，她被楚风一把揪住。

“你这样的……也是圣女？”楚风故作惊诧之色。

看他这副表情，黄薇月气得脸色发青。她是女人，的确不再年轻，可被人这么奚落，实在忍无可忍。

突然间，楚风汗毛倒竖，揪着黄薇月疾速后退。

关键时刻，韩文泽祭出了撒手锏——捆灵绳，他一直在等待机会。

自从亲自感受到楚风的可怕后，韩文泽就知道，只能靠这件秘器在关键时刻扭转乾坤了。

捆灵绳看着只是一条淡金色的麻绳，不是多么起眼，可是落地后疾速游动，宛若一条金蛇，冲向楚风。

更重要的是，它速度太快了！

楚风心惊，他有种感觉，自己如果真被这条麻绳缠绕上，多半会有大麻烦。

“砰！”

他将擒在手中的黄薇月推了出去，推向这条古怪的麻绳。

黄薇月惨叫，整个人撞在淡金色的捆灵绳上。

捆灵绳发出金光，缠绕上她的身体，将她的身体勒得遭受了重创。

“韩文泽！”她尖叫，声音中带着恐惧。

韩文泽满头汗水。捆灵绳被祭出后，自动追击猎物，事实上不在他的控制中。

这捆灵绳像是有一种特别的灵性!

“嗖！”

捆灵绳重创了黄薇月后，再次腾起，冲向楚风，快如闪电。

楚风直接动用了金刚琢，他感觉，这条麻绳是一件秘宝，非常神异，应该是进化者中的大能炼制的。

这一次，他不是猛力砸出金刚琢，而是有技巧地祭出，催发出金刚琢所吸收的太阳火精。

“呼！”

火焰跳动，光芒刺目。太阳火精爆发，很快便将捆灵绳淹没了。这是高等阶的能量，天生压制捆灵绳。

顷刻间，淡金色的捆灵绳就被烧断了。

“这……”韩文泽震惊，这件号称可以轻易捆住枷锁境生物的秘宝，就这么被毁掉了?

“轰！”

下一刻，楚风将金刚琢打出，目标正是韩文泽。

这一次，金刚琢璀璨无比，不仅沉重如山，还爆发出太阳火精。

这么近的距离，韩文泽根本躲避不开，直接被砸中。

他的身体瞬间遭受了重创，接着被太阳火精淹没，很快他便形神俱灭了。

这一幕吓坏了黄薇月。

“砰！”

楚风冲了过去。

“不！”她惊恐大叫。

然而，一切都晚了，她也很快就殒命了。

“轰！”

下一刻，楚风挥拳，血气滔天，笼罩住剩下的两名强者。

没有什么悬念，过了没多久，背后长着蝎子尾巴的人就死了。

“放过我！”头上长着银角的人大叫。

“说，你知道我想问什么。”楚风喝道。

片刻后，“轰”的一声，头上长着银角的人也死了。

楚风觉得，挣断了第八道枷锁后，他一个人对付多个挣断了九道枷锁的域外强者，很轻松。

这是他进化成果的体现！

“我还要进化，麒麟旧巢那里有神圣果实，趁现在过去采摘，再次进化后再去嵲山！”楚风的双目中闪着淡金色的光，火热而炽烈！

他清理完现场的战斗痕迹后，拎着锃亮的金刚琢再次来到蕴藏着太阳火精的山地，吸取这特殊的能量。

今日战斗时，这种高等阶的稀有能量发挥了极其惊人的威力，值得多储备一些。

随后，楚风上路！

现在的楚风，那可真是神速，拔足狂奔之下，绝对可以在一日间横穿大陆，横渡沧海。

在古代的话，他已经算是陆地神仙之流。

楚风离开海明城地界，一路北上，目标是麒麟旧巢！

不久前，那个头上长着银角的人并没有透露多少信息，因为他看出楚风必然不会放过他，最后关头反倒硬气了。

他提及了嵲山，倒不是泄密，真实目的是让楚风去送死，他深信进化皇朝的那名皇子会将楚风斩灭！

在他看来，楚风与那名皇子有着不可逆转的差距，进化皇朝出来的人拥有可怕的天赋，能实现超级进化。

楚风风驰电掣，赶向渤庄某一地。

因为，他判断麒麟旧巢就在那里。

最后关头，那个头上长着银角的人提及麒麟旧巢时，遮遮掩掩，让人难辨真假，显然想坑楚风。

“假巢多半有陷阱与危机，真巢也肯定是龙潭虎穴。”

前阵子，楚风研究场域，看过各种文献，好奇之下，曾研究过古东方传说中的海中龙穴、陆上麒麟巢以及梧桐凤巢等。

因此，他早已对古代麒麟出没之地有过一些推断。

如今结合那个头上长着银角的人泄露的部分信息，他自然能精确地判定麒麟旧巢就在渤庄境内。

“这个地点也是古代最强部落的发祥地。”楚风琢磨。神话部落诞生之地，附近有麒麟栖居，这就很说得通了，那是先民的图腾。

楚风速度何其快，一路狂奔，一触及山石、草木等，那些物质就会爆碎。

天地剧变后，海明城距离渤庄境内的古代麒麟出没之地有六千多公里，可是楚风大半个小时就赶到了。这样的速度有些吓人。

如今，这里大变样，跟过去完全不一样了。天地剧变前他曾来过这里，如今再次到来，他不禁面露惊容。

这里古木参天，一片大泽水汽蒸腾，一望无垠。

“真是怪了！”这地方变得太彻底了。

楚风想到了这地方的各种传说，不敢大意，在大泽畔驻足。

前方的大泽，烟雾朦胧，无边无际。岸上，老藤缠绕，猛兽咆哮，凶禽凌空，有巨禽直接抓着一只大象远去，很可怕。

楚风怀疑自己走错地方了，误闯入域外。

其他地方的折叠空间有大山作为过渡，这里则完全不同，直接展现出远古大地，无边大泽。

“嗖！”

楚风动作很快，轻盈地沿大泽而行，在这片曾诞生过最强部落的古地寻觅着。

幸亏他速度快，不然，这么大的地方普通人走上几个月都看不到尽头。

在楚风寻找麒麟旧巢时，外界不能平静。

因为，紫旌山曾发生伤亡事件，楚魔王疑似在那里战斗过。

“号外，号外，楚风疑似又消灭了域外的人！”

听到这样的话，众人大吃一惊。

“我就知道不能跟他沾边，谁不怀好意跟他接触都得倒大霉！”有财团成员慨叹。这是血和泪的教训，楚风曾带财团的人探恒岭、闯悬田山、进辕山，哪怕双方没有对抗，友好合作，财团的人也一路死了很多。

嵖山，有人禀报穆青："海明城那边疑似出了一些状况。"

"不急。"穆青坐在竹林中的石桌旁，正在喝茶。她面孔很美，双目深邃，沉稳而镇定，不像是一个侍女的做派。

她脸上没有了先前的和蔼笑容，神情略显淡漠。最终，她放下茶杯，道："无论是这个世界的原住民，还是当下的降临者，对于皇子来说，都是土鸡瓦狗。"

大泽畔，楚风寻觅着，找到了一些线索。

他是一个场域研究者，通过观看地势，可以精准地捕捉到哪个方位能量强度更高，哪片地带更有灵气。

他一路纠正，沿着正确的道路前进。

他渡过一片沼泽地，穿过一片巨藤遍地的石林区域，最终来到一片平原上！

楚风知道，他来对了地方，已经接近麒麟旧巢。

平原上白雾弥漫。白雾也就是古代传说中的仙雾，这其实是一种能量物质，对生物极其有益。

常年在蕴含这种能量物质的环境中栖居，自然可以延年益寿，对进化者而言，更是能极大地促进体质变强。

然而，楚风很快就皱起了眉头。

"难怪说是旧巢，麒麟早已放弃此地，这里曾经爆发过惊天大战，这片地方被毁坏了，成了残破的遗址。"

如果是这样的话，这地方肯定没有东海海眼中的真龙巢穴那么宝贵，不然，又是一处惊人的造化地。

"咦，也不对，没有全毁，有上古场域覆盖，这地方不简单。"

楚风很谨慎，紧绷躯体，密闭毛孔，不让自己散发一丝气息，进入白雾中，寻找平原中的净土。

这里有一处远古部落遗迹，巨大的灰烬堆，倒下的泥土城郭，以及很多兽骨等，都记载着昔日的蛮荒岁月。

不过，在那个茹毛饮血的时代，进化层次很高的生物却不少，有的近乎神魔！

“大意了！”楚风心头一惊，还没有找到麒麟旧巢，只在远古部落遗迹中横穿时，他就被人发现了。

那是一个石头人，原本没有声息，一动不动，甚至没有精神能量释放出来，像一个死物一般。

敏锐如楚风，都将这个石头人忽略了，没有感应到这是一个活着的生物。

现在，石头人倏地睁开眼睛，石头眼皮眨动，顿时射出两道绚烂无比的银色光束，恐怖的气息弥散开来。

“敢擅闯麒麟圣地，找死！”

这是一个非常强大的生物，也是一个降临者，因为可以常年不动，能很好地融入自然中，所以负责镇守麒麟旧巢外面的通道。

别看石头人常年待在外部区域，实际上其地位高过很多降临者。

平日间，一旦有机缘，肯定少不了石头人的那一份，这是一个强者。

楚风心头一惊，这个石头人灰扑扑的，此时腾空而起，向他扑来，且张口呼喊，从而示警。

楚风反应极快，一跃而起，像是送死般扑了过去，迎上这个一丈多高的强大的石头人。

“嗖！”

下一刻，楚风和石头人都消失了，楚风拉着石头人进入了玉瓶内，因为他怕石头人惊动麒麟旧巢中的生物。

“砰砰砰——”

大战爆发。这个石头人超级强悍，挣断了九道枷锁，体表是石质的，体内竟血气滚滚，有五脏六腑，有血液，更有精神磁场。

这种生命体很特别，也很强大，一个人的战力比韩文泽、黄薇月几人加起来的战力还要强。

石头人咆哮间血气滚滚，若非在玉瓶中，简直要冲天而上，足以将一座山震得四分五裂，将成片的山林冲击得爆碎。

不过，这个时候楚风早已挣断了八道枷锁，再次进化后的惊人实力充分展现了出来。

"砰砰砰——"

他不断跟石头人王面激战，生生将这个特殊的生命体压制住了！

"轰！"

最后，他将石头人打死了。石头人惊人的血气弥散开来，震得玉瓶剧烈摇动、翻滚，骇人至极。

不过，以玉瓶的坚固程度，它足以承受这种震荡。楚风此前做过相应的试验，倒不担心。

经过八卦炉的两次熬炼，如今玉瓶像是解开了部分封印，内部空间有上千立方米了。

身影一闪，楚风又出现在远古部落遗迹中。

"嗯？"他一惊，不远处有一只蜥蜴般的怪物，扇动着一对肉翅，带着罡风，穿透雾霭，快速飞来，似乎感觉到这边有异常。

它戾气很重，快速俯冲到这片区域，进行查看。

这是附近的另一名警戒者，看守出入麒麟旧巢的道路。

楚风弯下身子，从他背后飞出一杆仿佛无坚不摧的金色战矛。

这是他挣断脊背部位的枷锁后获得的特殊能力，那里隐藏着一杆由能量凝成的金色战矛。

为了速战速决，楚风第一次在实战中动用这种撒手锏。

在路上时，他稍微试验过，金色战矛威力惊人。

"噗！"

金色战矛太快了，像是龙蛇腾空，突然飞出去，直接击中了怪物的身体，那个目光森冷、充满戾气的域外生物当即毙命，坠落下去。

"嗖"的一声，楚风冲了过去，用玉瓶将它接住，收了起来。

一击致命，袭击成功！

楚风对这次的进化效果很满意，挣断了第八道枷锁后，他实力大增，对付域外生物都不是很费力了。

故此，他渴望再次进化。

穿过这片区域，他在平原深处见到了麒麟旧巢。

在麒麟旧巢外面，他看到了一棵老树，几颗金黄色的果实在树上挂着，还没有完全成熟，但是香气已弥散开来。

“能让人挣断六道枷锁的异果！”他很吃惊，这还是在外面啊。

楚风相信麒麟旧巢深处肯定有更惊人的异果，他非常期待。

第207章

冤家路窄

前方，白雾弥漫，巨石横陈，像是一个石头阵，如果贸然闯进去，很容易迷失方向。

这就是麒麟旧巢——曾经的瑞兽居所。

楚风围绕这地方转悠。这地方面积很大，占地广阔，简直像是迷宫，因为很多巨石是相近的，加上特殊的能量物质——白雾不断翻涌，一般人走进去，肯定容易失去方向感。

楚风确信，里面有场域，进化者稍不留神就会被困住。

麒麟旧巢半毁，但是里面残缺的场域、大量的巨石，依旧透着神秘。

“域外降临者真是不少！”楚风绕着走了一大圈，感应到一股又一股生命磁场的波动。

这片巨石横陈的地带跟一座巨型城池大小相仿，楚风仅在边缘地带就发现了一些硕果累累的异树，其中，有几棵异树上的果实足以让人挣断六道枷锁。

“麒麟旧巢还真是物产丰富！”楚风叹道。但是，如今麒麟旧巢被降临者占据了，一群降临者长期蛰伏在此。

毫无疑问，这瑞兽巢穴深处肯定还有大造化，不然，降临者不会栖居在此不肯离去。

楚风潜形匿迹，如同鬼魅般飘进巨石间，正式进入麒麟旧巢。

这地方果然很大，巨石很多，雾霭很浓，且每隔千百米远就能看到一座茅屋或者石头房子，里面都住着域外降临者。

在一些房屋附近，有异树生长。

“好地方！”楚风暗叹。

这片地带比那些名山还要好，起码现阶段它的复苏程度更高，药草、异树都生机勃勃。

越向里走，能量强度越高，异树也越繁茂。

到现在为止，楚风已经发现了十几座房屋，也就意味着有十几名降临者，而这还只是一角之地。

他骇然，二十二年前来到这个世界的域外生物可真不少！

这么多年来，他们都无声无息，也真能忍。

“看来这些降临者中有人懂得场域，有效避开了一些危险区域。”

楚风发现，但凡有场域的地方都很空旷，没有茅屋或石头房子，只有一些异树生长。其中一些地方，异树上硕果累累，芬芳扑鼻，但没有人去采摘。

楚风相当动心，却没敢妄动。

“那是……”他瞳孔收缩，有一片地带白雾很浓，非常空旷，没有石块，更没有降临者。

那里有一片雪白的竹林，其中一株老竹很粗大，雪白如玉，上面结的果实形似一串由羊脂玉雕刻而成的葡萄。

这真是怪异，一片竹林，唯有一株老竹结出了果实，而果实像是一串葡萄，飘出的香气沁人心脾。

“这串果实起码能让人挣断七道枷锁。”楚风做出判断。

他眼神火热，当即就付诸行动，一步一步向里走去。他知道这片地带很危险，不然也不至于如此空旷，没有一个降临者栖居。

但是，他渴望进化，想采摘到那串羊脂玉般晶莹的异果。

显然，那串果实配上雷击木、蛤蟆血等，足可以在八卦炉中熬炼出一炉宝药，让他挣断第九道枷锁，再次进化。

只要能采摘到老竹上的果实，楚风就不虚此行。

那果实能熬炼宝药，让他进化，值得冒险！

楚风进入竹林中，一刹那而已，就觉得天旋地转，他哪怕是场域研究者，也一阵悚然。

这地方的场域有点吓人，能干扰人的精神，刚进来而已，楚风就差点迷失了方向。

“嗖！”

楚风刻写磁石，然后迅速抛向各处。

一刹那，这片地带的白雾更浓了，将楚风笼罩，将竹林淹没。楚风隐去了踪影，他担心有降临者发现自己。

随后，他坐在地上，仔细感应地气。他想寻到一条安全路径，直接走到那株老竹近前。

不久后，他脸色略微发白，这片地带是麒麟旧巢的残缺场域覆盖的地方，极其危险。

楚风确信，他只要走错一步，就会陷入万劫不复之地，这片竹林能斩灭人的肉体，磨灭人的精神！

“极其危险！”楚风叹息，有些头大，感到那串晶莹的果实很难采摘到。不过，他不想放弃，总要努力一番。

真要采摘到那串果实，将其带回去炼药的话，他将实力大增！

后文明时代，天下这么混乱，降临者不断出现，想要应对危机，没有什么比自身实力强大更重要。

一日，两日……

楚风在这里研究了数日，还是没能找到安全路径。这是麒麟旧巢的一角，哪怕场域已经残破，也依然有未知的危险。

嵲山，穆青白衣飘舞，站在山巅，望向山脚下碧波万顷的大海，白皙漂亮的面孔很平静。

“已经数次确认，韩文泽、黄薇月他们都死在了海明城的紫旌山，看样子是被场域所灭。”有人来禀报穆青。就这么几天而已，天神生物内就有高层投效穆青，尽心尽力为她办事。

“愚蠢！”穆青没有回头，这是她对韩文泽、黄薇月等人的评价。

数日前，她就知道那几人出事了，却没有采取任何行动。

“楚风场域造诣惊人，再这样下去，定会成为祸患，他进步太快了。”穆清河说道。

天神生物有两大势力——穆家与林家。

现在进化皇朝皇子的一名侍女成功跨界过来，竟跟穆家人同姓，穆家重要人物穆清河第一时间投效了她。

“不见得是被场域所灭。”穆青淡淡地说道。

“楚风会有那么厉害，自己就能打败几位挣断了九道枷锁的强者？而且，那片地带的确有场域激活的痕迹。”穆清河小声道。

穆青没有理会穆清河的话语，而是自言自语道：“这个楚风倒是沉得住气，我在�山等他四天了，他居然还没有出现。”

穆清河神色一惊，这个女人还真是沉稳，静等楚风上门吗？

“楚风很强。”他小心地提醒道。

“蝼蚁般的东西，真要来了，我一巴掌就可以拍死他！”此时，穆青没有掩饰自己的傲慢，面对新收的心腹，她无须带着虚伪的笑。

穆清河心里发毛，这个漂亮的女人到底有多强？要知道，她只是那名皇子的侍女而已。

“不过，我不会除掉他，只会降伏。”穆青脸上露出淡淡的笑意，看向远处的一座灵峰，那里是林诺依的居所。

穆清河目光灼灼，道：“如果有把握的话，可以闯上昆林山，捣毁普梦山，踏平凌山。这些名山上的人都跟楚风有关。”

“你私心太重。”穆青瞥了穆清河一眼，道，“楚风在卫城山斩过你的一个儿子吧？”

穆清河低头，他知道不止自己投效穆青，还有其他人前来投效，且将自己的一些情况告诉了穆青。

“我再等他两日，如果他还不来，我就出去走动一下。”穆青淡淡地说道。

整整五天，楚风费尽心思都没有成功采摘到那串如同羊脂玉葡萄般的异果，只能一声叹息，退了出来。

这五天内，麒麟旧巢依旧很平静，石头人与长着肉翅的怪物消失，根本没有引起其他降临者的注意。

因为，二十几年来，这地方太平静了，从来没有人敢闯进来，没有人敢放肆，在外面警戒的人很少换岗。

楚风发现这里依旧平静，于是向麒麟旧巢深处而去，继续探索。

最深处白雾浓重，有一片石林，是场域最为完好的地方。离得很远，楚风就瞳孔收缩。

他看到了什么？传说中的麒麟花！

石林中有一簇又一簇花朵，很多，紫莹莹的，碗口大，花瓣上有麒麟图案，非常惊人。

石林中有淡淡的香气飘出，不是麒麟花的香气不够浓郁，事实上麒麟花绽放时，香气飘溢，光芒可以冲破迷雾，但此地有场域，所以真正的花香不能飘出，至于花粉就更不用想了。

“这可是麒麟花，价值连城！”楚风眼红，但是，他进不去，只能干看着。

那片石林昔日有麒麟居住，是一处重地，麒麟花是麒麟的血气、能量等常年弥漫而滋养出的花朵。

可惜，没人能采摘到，栖居在附近的降临者一样没办法，只能干瞪眼。

麒麟旧巢的最深处——石林区域，无人可以踏足，而真正的大造化都在里面，有人甚至怀疑里面还有麒麟幼崽。

石林外有一些较大的石头房子，栖居着一批十分强大的降临者。

个别降临者的房前有古树，树上长着果实，一直没有采摘。这是他们实力强大的体现，因为这些异果不能促进他们进化。

楚风隔着很远，绕着这片地带走了一圈，看到石林中有光雨不时腾起，前方竟然有一片药田，里面全是稀有的神圣植物。

他直咽口水，哪怕不认识，他也明白那肯定是价值连城的稀世药草。

他不可能在这里硬闯，最深处的场域最恐怖，他真要踏足，估计会形神俱灭。

“算了，忍住！”楚风叹气，抑制住心中的冲动，没有去尝试破解场域。他连外面那片竹林都没有办法踏足，何况这里？

最终，他选择接近石林外的一座石头房子。那石头房子前有一棵老树，树上长着几颗鲜红如玛瑙般芬芳扑鼻的果实，有的成熟了，有的还差些火候。

楚风确信，这种果实能让人挣断七道枷锁，可以采摘走用来炼药。

这片地带有石头房子，是安全地带。

楚风猜测，这种果实对石头房子的主人来说早就没什么用了，不然不可能放任果实这样生长而不采摘。

石头房子中的降临者在沉眠。

楚风无声无息，飘了过去，藏身白雾中。

而后，他开始采摘异果，成熟的与不成熟的，总共六颗，他一口气给摘光了！

这对他来说意味着进化，可以让他的实力再次大增！

六颗果实浓香醉人，有鸡蛋那么大，红得鲜艳，通体透亮，光芒点点，充满了生命精气。

楚风心中激动，将果实全部收进玉瓶中。这次来麒麟旧巢，已经算是圆满完成了任务，可以退出了。

有这些果实就足够了，起码能炼出两颗丹药，让他挣断第九道枷锁。

在危险的处境中，这就是保命的本钱！

石头房子中的降临者没有察觉到房子外有人，还在沉眠中。

楚风知道，这是因为自己掌握了无上呼吸法，且将精神融入血气中，实现了形神合一！

在这种状态下，其他进化者神觉再敏锐，也会对他失效，除非是有天纵之资的生物，不然绝对感应不到他。

“这个域外降临者很强，哪怕在沉眠，血气收敛，也有这么大的压迫性，进化层次非同寻常！”楚风神色凝重，降临者中有超级人物！

他悄然后退，不过没有立刻离开这里，他想多炼一两炉丹药，送给普梦山的太极老宗师等人。

“那边还有一棵古树，有果实！”楚风面露讶异之色。

“这是梨树！”楚风惊讶。这棵老梨树生长数千年了，主干很粗，树皮开裂，树上仅结着四颗果实，都有人头那么大，金黄喷香。

“嗖！”

楚风一招手，四颗金黄的梨子落下。他再次成功采摘到了异果。

他仔细算了算，如果想帮太极老宗师这样的熟人炼丹药，加上跑不灭山去为黄牛等送几颗丹药，所需还真不少。

他想多采摘几颗异果，同时，这样找寻异果让他有一种收获的满足感。

要知道，这样的异果不炼药，仅原始药效就能让人挣断第七道枷锁，何其珍贵！如果放在外界，绝对会引发激烈的争夺！

楚风继续寻觅，恨不得把这里的异果都摘走。当然，这只是想象，这片地带有不少险地，他踏足不了。

有些树上硕果累累，那些异果光芒闪烁，能量充沛，绝对可以助人挣断更高层次的枷锁，可想都不用想，自己采摘不到。如果能得手的话，降临者也不会干看着。

“见好就收吧！”楚风没有被喜悦冲昏头脑，这地方太危险，万一某个强大的降临者正好苏醒，那对他来说简直是致命的。

这是降临者的栖居之地，惊动一人就等于惊动一窝降临者，到时候那么多降临者将他堵在这里，一起攻击他，他将死无葬身之地。

楚风没有一点声息，在白雾中向麒麟旧巢外而去，来到那片巨石横陈的地带。

这里石头很多，有的巨石有一两百米高，仔细看都是陨石。

这片地带很容易让人迷路。

“嗯？”楚风一惊，在向外走时，他感应到了精神波动以及滚滚血气。

有域外降临者复苏？他汗毛倒竖。

一刹那，他祭出一些磁石，进行了一番布置，这片地带顿时白雾缭绕，越发朦胧。

楚风躲了起来，藏身在一簇藤萝后方。

“请！”

他听到了声音，而后看到了一个熟人！

玉虚宫之主！

玉虚宫之主对普通人来说，非常神秘。

他竟来到麒麟旧巢，跟域外降临者碰头。

仔细想来，身为政府异人组织的头领，他能随时查阅诸多珍稀的古文献，肯定能找到麒麟旧巢。

只是不知道他所为何来。

楚风屏住呼吸，躲在小型场域中，关注那里。

有几个域外降临者陪着玉虚宫之主向最深处走去，显然，玉虚宫之主要去见实力更加强大的人物。

越往里面，域外降临者的实力越强。

一时间，楚风走不了了，因为这片地带一些降临者先后复苏，并且，远方传来呼啸声。

楚风知道坏了，他之前除掉石头人和长着肉翅的怪物的事情多半败露了。

“有敌人袭击，我们的人少了两个！”最坏的事情发生了，远处有人嘶吼，发出警报。

楚风皱眉。他悄然移动，趁大多数降临者还没有苏醒，重新选择藏身之处。

“嗖！”

他快速临近那片竹林，躲在当中，因为这里很危险，平日根本不会有人踏足。

楚风哪怕曾在这里研究数日，也没能破解场域，想采摘那串如同白葡萄般的异果却束手无策。

他祭出磁石，布置场域，遮掩自身。

“什么情况？”一些降临者惊醒，释放出惊人的能量。

“我们的人失踪了两个，地上有斑斑血迹。”

“何人敢如此？真是胆大包天！”

这片地带十分嘈杂，多少年了，无人敢来这里撒野，这里一直非常平静。

玉虚宫之主又出来了，跟着一批降临者前往外部区域，一同探察。

“我怀疑是楚风所为。各位看一看这里损失了什么。”玉虚宫之主开口。

楚风哪怕离得很远，也听到了玉虚宫之主说的话，他现在的神觉太敏锐，一二十里内的动静都能清晰地感知到。

他脸色阴沉，玉虚宫之主果然跟他彻底翻脸了，这个时候都不忘给他树敌。

虽然那的确是楚风做的，但玉虚宫之主这般明显地为他树敌，毫无道理。这个人为了压制他简直是无所不用其极！

楚风阴沉着脸，看来他走不了了，只能暂时待在这里。

短时间内应该没有什么危险，可是被人扣下一个不算黑锅的锅，他心里还是很不爽。

“我一直念及出身玉虚宫这份旧情，只要你不再招惹我，我便懒得理会你，想不到你还敢变本加厉！”楚风目光冷厉，心中有了决断。

对待敌人，他一向不会手软！

“各位，楚风穷凶极恶，连与他同为人类的我都看不过，他欺师灭祖，叛出玉虚宫，做了太多恶事。”玉虚宫之主语调平淡地说道。

他观看完地上的血迹，确定那是数天前留下的，建议麒麟旧巢出动一批人马去征伐楚风。

“韩文泽、黄薇月都死在了他的手上？这个人胆子不小，竟敢动我麒麟旧巢的降临者，不知道这是一个强大的联盟吗？”有域外降临者冷冷地说道。

“一定是韩文泽等人去围剿他，结果不幸遇害，他一路摸索过来，对我们进行报复。”一群域外降临者很气愤，一个个杀气腾腾。

远处，楚风大怒。韩文泽与黄薇月等人去围剿他，难道他还不能反抗，要等死不成？

“别吵了！只有弱者才会聒噪，才会结盟。想去对付那个人直接去，不要打扰我等沉眠！”就在这时，白雾深处的石头房子中有人喝道。

同时，有数股强大的能量释放出来，数人警告他们，让他们安静。

“想对付楚风的可以去，不想动手的留下，保持肃静！”

显然，麒麟旧巢只是降临者的一个聚集地，这里的人并非一个整体，毕竟来自不同的星球。

这里的人并没有真正形成联盟，只是有个别小团伙而已。比如，现在喊得凶的都是跟韩文泽、黄薇月关系好的人。

最终，有一小队人马动身，向外走去，要去对付楚风。

玉虚宫之主没有离开，他想请人引荐，跟此地的超级强者见面，洽谈一些事情。

楚风不禁暗叹倒霉，在接下来的两天里，这片地带都不宁静，总有些域外降临者活动。而且，巧的是，玉虚宫之主去见的超级强者，就在曾被楚风“光顾”过的石头房子里。

“嗷！”

楚风听到一声低沉的咆哮，伴着滚滚血气，非常惊人！

那种异果即便对那个超级强者无用，他也不能容忍被人盗走。

“异果被盗走了？！”玉虚宫之主脸色阴沉。他来麒麟旧巢除了想跟域外降临者拉上关系，必要时与其联合，还有一个目的，就是从这里得到强大的异果，从而突破。这样，他以后便再也不用担心楚风找上门了。

最近，他日子很难过，心中满是阴霾，总害怕楚风突然找上门来。

“必然是楚风所为！”他这般开口。

不管怎样，他觉得要先给楚风扣上这个“黑锅”再说。

楚风在麒麟旧巢忍了很久，这片地带才安静下去，大部分降临者再次沉眠。

他趁机悄然离去。

到了现在，他越发觉得自己掌握的呼吸法神妙莫测。此时，他的精神融于血气之中，随着心脏的跳动，精神能量不断向四肢百骸扩散。

形神合一！

这个特征在这个层次的生物中极其罕见。除却进化圣地的弟子，其他人很难做到这一步。

这让他如一个幽灵，无声地消失了。

直到到了大泽的外面，楚风才止步，守在那里——他要截击玉虚宫之主！

玉虚宫之主还没有出来。

这个祸害不能留，居然一心要给自己树敌，跟自己已经势不两立。

终于，玉虚宫之主出来了，脸上带着满意的神情，步履轻快，浑身发光，释放出强大的能量。

因为，他在麒麟旧巢跟域外的超级强者达成了某种共识，那名超级强者送了他一颗异果，让他迅猛进化，挣断了第七道枷锁。

而且，他得到承诺，再过一段时间，他还能得到一颗更高层次的异果！

玉虚宫之主很满意，这次收获巨大，实力突飞猛进，让他有了很大的底气，哪怕还不能压制楚风，但照这样下去以后肯定会有机会。

这里是麒麟旧巢，一些神圣大药终究会慢慢复苏，生长出来！

玉虚宫之主收起往日的严肃神情，面带笑意，迈着轻快的步子走在大泽畔，心情极佳。

然而，他猛地抬头时，脸上的笑容一下子凝固，喜悦的心情瞬间消失，他汗毛倒竖，脊背发凉，因为，他看到了楚风！

第208章
怒

玉虚宫之主头皮发麻，身体略微发僵。这太突然了，他刚才还怀着美好的心情，一路轻快地走来，怎能料到才离开麒麟旧巢就遇上了这个煞星？

一瞬间，他的心情跌到了谷底，这种感觉太糟糕。

这还没有走出多远呢，他就被截住了，楚风这是专门等在这里截击他！

玉虚宫之主不是常人，刹那间他就想到了，楚风多半一直躲在麒麟旧巢附近，亲耳听到他“泼脏水”，这才等在这里。

他懊恼万分，怎么会这么倒霉，早不来晚不来，偏偏这个时候来，跟这个魔王遇上！而且，来到麒麟旧巢后，如果不是有意让楚风背“黑锅”，他多半不至于如此。

虽然那些事情就是楚风做的，但是他这般主动地往楚风身上扣“黑锅”，还被楚风发现，这完全是自寻死路。

连玉虚宫之主自己都叹气，这次作死作大了！

“我等你多时了！”

楚风的一句话，就让玉虚宫之主心中仅有的那么一丝侥幸直接消失。说不后悔那是不可能的，他刚刚突破，还想有更辉煌的战绩呢，结果这么快希望就要破灭！

他有一种憋屈感，他才找到捷径，跟麒麟旧巢合作，即将崛起。可是，一个楚风而已，就将他的美梦打碎了，就要使他陷入万劫不复之地。

“孩子，我们之间就不能够善了吗？”玉虚宫之主用很和善很亲近的语气开了口。

“你的脸皮还真厚！”楚风冷冷地看着玉虚宫之主。不久前这个人还不断为他树敌，想尽办法鼓动麒麟旧巢的高手去对付他。到现在还叫他孩子？楚风一点也不觉得亲近，反而对此人更加厌恶了。

“我们之间真不该走到这一步啊。”玉虚宫之主叹气。

“我曾经对你很敬重，可是你做了什么？”楚风冷冷地看着他，道，“我在虎泷山大战海族，为了救你，还专门再次进去一趟，将你背了出来。可你呢，转头就用黑色物质害我，让我陷入困局，险些彻底沉沦。”

楚风怒气冲天，他人生的第一个低谷，就是被黑色物质侵蚀时！

他经历了诸多危机，最终总算将黑色物质转化成了机缘，塑成了黑白小“磨盘”。如果不是意志坚定，他早就崩溃了。

“那是一个意外，我不是有心害你的。”玉虚宫之主辩解道。

楚风神色淡漠，道：“这样说有意思吗？后来你见我废掉了，一心想要留下我、软禁我。你的心思早已暴露，只是你当时做得不够彻底。”

到了这一步，玉虚宫之主知道狡辩没意义了，这里只有他们两个人，他说给谁听呢？他猛然抬头，面目狰狞。

“我有些后悔当时没有坚持留下你，应该榨取完你的价值后，直接结束你的生命！”玉虚宫之主知道，今天自己要完蛋了，也不再虚伪地辩驳了。

“很好，一会儿我很乐意直接结束你的生命！”楚风冷冷地说道。

“其实，我很欣赏你，你镇异类，压海族，战绩很辉煌。”玉虚宫之主平静下来，之后才冷幽幽地道，“一切都是因为你有绝世呼吸法！你为什么就不能主动送给我呢？我若得到，必成天下第一高手！”

“这就是你害我的动机？”楚风看着他。

“是，如果你主动送给我，就没有这么多事！”玉虚宫之主带着一股怨气说道。

楚风神色冷峻，别说这是黄牛用灌顶的方法传授给他的，难以外传，就算能外传，就冲玉虚宫之主这种心态，他也不会传。

“你是不是觉得天底下的好东西都是你的？”楚风喝问。

“成王败寇。我若是胜了，得到了你的绝世呼吸法，登上天下第一高手之位，说什么都是金玉良言；我现在败了，怎么说都是混账话！”玉虚宫之主说完这些话后，喝道，“动手吧！”

“嗖”的一声，玉虚宫之主主动冲了过来，祭出一座小塔。小塔在他手中光芒闪烁。

这座小塔迎风一展，快速变大，压向楚风。

毫无疑问，这是一件法兵！身为政府异人组织的头领，玉虚宫之主身上怎么可能没有强大的兵器？

“轰！”

那座塔轰然落下，气息骇人，垂下丝丝缕缕的能量光芒，那能量光芒如同黄金帘子般，密集而灿烂。

楚风根本不惧，猛然挥动手掌，“啪”的一声迎着塔拍去。

楚风的那只手掌璀璨如骄阳，光芒炸开，能量翻腾。

“轰！”

整座塔先是龟裂，而后在空中炸开！

玉虚宫之主惊愕不已，这么强大的兵器居然被楚风一巴掌就给拍碎了？他的身体被一些碎片擦中，流出血来。

“你的强大还真是出乎我的预料……”玉虚宫之主语气平和地说到这里时，突然面目狰狞，左手飞出一张银纸。这张银纸比飞剑还要锋利，还要璀璨，径直向楚风卷去。

周围的草木、巨石等全都爆碎，连大泽都水汽蒸腾，快要被蒸干了。这张银纸仿佛无坚不摧，仅是释放出的能量都让人心悸。

这东西类似于金身罗汉纸，也是古代大能的粗陋制品，用来对付枷锁境的进化者游刃有余。真要被它击中，直接会粉身碎骨！

楚风神觉敏锐，速度更是惊人，他施展神足通，双足发光，瞬间就在两千米开外了。

他现在拥有八倍声速的速度，每次轻轻一跃就可以到四五里地之外，在古代已经算是陆地神仙之流！

预感到不对劲后，他一个纵身便躲避开了。

“轰隆！”

后方，大泽已经被蒸干，林地彻底被毁，可怕的能量熔化山石，岩浆滚滚。

玉虚宫之主祭出被古代大能书写过能量符文的银纸后，直接向大泽深处逃遁而去，想要回到麒麟旧巢。

到了那里，自然会有强大的域外降临者庇护他。

然而，他刚跑出去没多远，就觉得眼前一花。楚风后发先至，拦截在前，并且一脚飞出。

“砰！”

玉虚宫之主感觉身体剧痛，而后整个人横飞起来。

这是何等战力？随便一脚，就把他踢飞了！

“你……啊——”玉虚宫之主惨叫。

楚风一步迈出，就追上了在半空中倒飞着的玉虚宫之主。

“啪！”

楚风的手掌散发着淡金色的光芒，释放出惊人的能量，猛然落下。

下一刻，玉虚宫之主睁大了眸子。他的身体像是遭到了一块陨石的撞击，那种巨大的力量无与伦比。

他刚跟域外降临者合作，挣断了第七道枷锁，辉煌之路就此开启，以后必定会成为人类的绝顶强者。

可是，现在一切都完了。

最后关头，他恐惧、后悔，想要号叫，却做不到。

他的精神能量也被这一巴掌打散了。

一团光焰从楚风的右掌心发出，玉虚宫之主形神俱灭！

自从数日前成功进化后，楚风实力大增，一巴掌就能将挣断了七道枷锁的玉虚宫之主拍死。

这件事如果传出去，一定会震惊天下！

东方十大高手之一的玉虚宫之主进一步进化后，却被人一掌打死，实在惊人！

楚风没有离开大泽，而是守在进入麒麟旧巢的必经之路上，坐在一座山头上静静地等待着。

一天后，六个域外降临者回归，正是那些要为韩文泽和黄薇月报仇的人。他们兴师动众而去，无功而返。

“你们看那是谁？”这种生物都很敏锐，在楚风没有任何掩饰的情况下，他们第一时间感受到了他的能量波动。

“楚风！”一个长着鳄鱼尾巴，其他部位跟人类一样的男子腾空而起，冲上千米高的山头，狞笑着道，“正要找你呢！”

他直接下死手，手持一面小鼓，猛力敲动。鼓声震耳，将这座山头都震得爆炸开来。

难怪他敢一个人冲上来，手中的法兵的确不凡！他有这种法兵在手，比没有法兵的韩文泽和黄薇月等人强太多。

“轰！”

半山腰以上的山体都炸开了，烟尘漫天。

“死了吗？该不会形神俱灭了吧？”这个男子在下落的过程中自言自语。

然而，就在这时，他头皮发麻，异常惊悚，因为他看到楚风完好无损，跟着他下降，并且到了他近前，一只拳头砸来。

“不！”他大吼，可声音戛然而止。

楚风一拳就将他打死了。

“嗖！”

楚风将那面小鼓夺走了。哪怕自己用不上，他也可以把它送给身边的人。这东西威力确实很大，若非数日前进化了一次，说不定他刚才就被震伤了。

现在，他肉体坚实，精神饱满，面对进化层次比他高的人，依旧如同战神般！

“咚——咚——”

楚风在落地过程中敲鼓，鼓声震耳，有黑色涟漪扩散出去，袭向敌人。

“砰！”

一人首当其冲，在鼓声中直接死去。

“噗！”

接着，又一人在鼓声中形神俱灭。

转眼之间六人就死了三人，剩下的三人脊背发凉，彻底蒙了。

怎么会这样？这个楚魔王未免太厉害了，直接抢走了那面小鼓，向他们发起了反击！

“你找死！”一个像是夜叉的男子大吼，冲了过来，举拳出击，能量翻腾，极其强悍。

楚风骇然，这个男子进化层次非常高，挣断了十道枷锁，这可真是实力恐怖。

“咚！”

楚风最后一次敲鼓，见没能震伤对方，便收起这件战利品，靠自身的力量跟他硬拼。

楚风想尝试一下，看自己能否与比自己高两个进化层次的人一战。

他挣断了八道枷锁，而对方挣断了十道枷锁，理论上来说差距很大。但是，他已经能轻松打败那些挣断了九道枷锁的生物，他总感觉随着自身的进化，自己或许能大战更高层次的生物。

“砰砰砰——”

两人激烈搏斗，能量剧烈翻腾。

这片地带的巨石都横飞起来，山头都被打塌了，古树、藤萝等更是不断崩碎。

“怎么可能？”这个挣断了十道枷锁的男子满脸惊骇之色，在与楚风的战斗中，他居然负了重伤。

他一脸震惊，道：“一个没落的世界怎么出现了圣子级人物？”

“轰！”

最终，他被楚风一拳打死。

另外两人吓得失魂落魄，转身就逃！

“噗！”

楚风张口喷出一道庚金剑气，直接斩灭一人。

“唰！”

接着，他的脊背上飞出一杆金色战矛，像是龙蛇般，势不可当。另一人也很快就死了。

大泽外部区域成片的森林被毁，一片狼藉，六个域外降临者全部被楚风一人消灭了！

“吓死我了，那是一个魔神啊！”一只受惊吓过度的鹦鹉直到楚风远去后才

“嗷”的一声大叫出来。

它得到了进化，自然是一只异禽。刚才它在远方目睹了这一战，吓得瑟瑟发抖，直到现在两条腿还在打战。

大泽附近还有不少异类跟它一样，一个个毛骨悚然，哪怕那个魔神般的年轻人类男子离去了，它们也还在发抖。

这里的战斗如果传出去，必定会引发轩然大波。

楚风以前压制异类，大战海族，现在又开始针对域外降临者，实在太强大了，昔日的对手若是知晓，一定会惶恐不已。

事实上，这几天楚风已经成了人们议论的焦点，因为海明城紫旌山一战得到了确认，数名域外降临者都被他除掉了。

不管是不是利用场域，引出太阳火精来除掉敌人的，楚风成功消灭了几名降临者，这是不争的事实。

一群人目瞪口呆。

以前跟楚风对立的那些异类心惊不已，忍不住开口：“这个楚魔王又厉害一大截了！”

在过去，楚风便有“魔王”之名，因为他简直是压制异类的“专业户”，接着又大战海族，直到他被黑色物质侵蚀，身体出了问题，“魔王”两个字才很少被人提起。

现在看来，他蛰伏的那段时间，绝不是在修身养性，而是在酝酿更大的风波。

各地的人都在谈论海明城紫旌山一战，那一战简直是楚魔王的“荣耀回归”之战。

极地元磁仙窟的人面面相觑，几次三番确认后很是心惊，堂堂降临者一队人马全都让人消灭了？

被消灭的降临者跟他们虽然不是同一个阵营的人马，但都来自域外，因此，他们的神色非常不自然。

恒岭之行时，他们还小觑楚风，面对楚风时面带轻慢之色，现在看来，他们完全低估了楚风。

戚琳一阵心虚，她曾跟楚风打赌，将自己都给输掉了，真要是再与楚风相见，她可就没那么从容了。毕竟，楚风现在很强！

当然，元磁仙窟也有人认为，楚风这样出手，不会有好下场。

“他这样出手很容易被盯上，成为某些降临者的眼中钉，他的下场不会有多好。”

“他有两种结局：一是被更强的降临者斩灭；二是投靠即将来到这个世界的神子、圣女等，甘愿成为他们的追随者，甚至仆从！”

在一些人看来，其他世界的生物会不断降临，这个世界上的人根本无法与其抗争，现在看起来越是出色的人到时候死得越快。要想改变命运，最稳妥的办法就是投效那些即将降临的神子、圣女等。

事实上，这种想法在这几日间已经滋生蔓延！

在楚风还在麒麟旧巢时，嵲山上就有人蠢蠢欲动。

穆清河一再建言，应该采取行动，主动擒拿楚风，不能让他成了气候，因为他的场域造诣提升太快。

“他现在能利用紫旌山对付韩文泽和黄薇月等人，以后就能利用各地的名山大川伏击皇子。”穆清河认为，楚风过于桀骜，很难降伏，直接除掉最好。

穆青听闻后只是微笑，很从容地道：“没听说过怎么熬鹰，怎么以秘法养獒吗？慢慢驯服他岂不是更有趣？他精通场域，正好可以为皇子服务。”

当然，她也认为应该立刻拿下楚风，不能让他在外蹦跶。

可这几日都没有楚风的消息，她坐镇嵲山，静等他上门自投罗网的计划看起来已然失败。

穆清河旧事重提，请穆青强力出击，扫平昆林山，除掉普梦山的太极老宗师等人，逼迫楚风现身，到时候一举生擒他。

穆青沉吟了一下，最终决定走出嵲山。

“我是要有所行动了，但不可能依你所言。皇子还没有跨界过来，我便那般征伐的话，会让各方瞩目，得不偿失。”说罢，她瞥了一眼穆清河，告诫他要低调，这一次各星球都有天才过来，称得上盛况空前！

“来这个世界的神子、圣女等肯定都很强，就连我们的皇子遇上那些人也不敢说能全部胜出。”

听到这种话后，穆清河心中悸动，会有那么多强者？

穆青平静地开口道：“昆林山那种地方谁敢占据？根本守不住。此山一旦全面复苏，到时候必然会引起巨大的风暴，不知道有多少人在盯着！有些神子、圣女强大得超出你的想象！我们的皇子很强，但是没有必要非得占据天下第一神山，留给别人好了。”

“有时候天下第四比前三名更好，或者，我们应该放弃更多，天下第八、第九也不错。”穆青补充道。

随后，她便下山。她这次的确是为了逼楚风出来，打定主意要拿下他！

但是，穆青并没有闹得天下皆知，而是低调地展现自己的手段。

第一站，她去了卫城山，来到星阳镇，走访刘伯的旧货铺和赵三爷的冷兵器作坊，跟两人相见，也见了其他一些人。

她没有出手，只是说很欣赏楚风，却找不到他，所以来这里看一看，态度十分温和。

赵三爷曾赠给楚风大雷音弓，刘伯也对楚风很好，为此楚风专门回来过几次，除了看望他们，更是送他们异果，如今两人都是异人。

他们狐疑，这女子很漂亮，有种古典美，像是大家闺秀，可是他们从未见过，也没听楚风说过。

最终，穆青跟镇上的人告别，面带笑容离去。

穆青离去后，刘伯与赵三爷第一时间联系楚风，想告知他有人找他，却一直联系不上。

因为，那时楚风在麒麟旧巢，通信器没有信号。

直到一天后，楚风截击了玉虚宫之主，除掉了六名想对付他的域外降临者，走出大泽，才看到留言。

“一个神秘女人找我？”他第一时间联系刘伯与赵三爷。

“她长得非常漂亮，脸上始终挂着笑容，说很欣赏你。是不是你新找的女朋友啊？”刘伯很高兴地问道。

楚风闻言，心头一惊。

“她说目前住在嵲山，但不是天神生物的那个林诺依，以前从未见过。”赵三爷补充。

他们早已是异人，也时刻关注着进化领域的一些事，知道楚风和天神生物以及林诺依的关系。

“进化皇朝！”楚风目露寒光，猜出了对方的来头。这是在威胁他吗？没有强力出手，只是很低调地警告？

在海明城紫旌山跟韩文泽、黄薇月几人开战时，有一个域外生物希望他去嵲山送死，临死时透露给他一些情况，故此他知道嵲山那个女人。

随后，楚风看到通信器上的其他留言，有来自昆林山诸王的消息。

昆林山出事了！

雪豹王告诉他，有一个女人在今天清晨登上昆林山，低调地挑战昆林山诸王。

结果，老僧人被她一指点得横飞出去，夔王更是被她生擒，直接带走了。

“她动手了！”楚风联系昆林山诸王，详细了解情况后，脸色顿时阴沉下来。

这是逐步推进，逼迫他现身吗？

“她说想找你，夔王询问她的身份，她不高兴，直接一掌拍翻，让夔王显出了本体。”雪豹王在说这些话时很气愤。

夔王被擒，这不是光彩的事，昆林山诸王没有对外声张，都在私下想办法营救，所以天下各路人马都还不知晓这件事。

“那个女人很阴险，这是在逼我去找她！”楚风放下通信器，目光冷厉。

他迈开大步，离开渤庄。

很快，昆林山诸王告知楚风最新情况，还发来几张照片，一群王级强者都愤怒无比。

照片中，一个面孔白皙而精致的美丽女子略显慵懒，戴着太阳镜，牵着一只皮毛乌黑的小狗，正在逛街。

那只小狗挣扎着，却毫无作用。

楚风一看，顿时火了。

那竟然是夔王，显出本体也就罢了，还被人以莫名的手段压制，身体不过一尺多长，状若一只宠物狗。

堂堂一代强者，纵横西部区域，勇猛无比，所向披靡，是东方久负盛名的高手之一，竟被这么对待！

楚风怒气冲天。他跟昆林山诸王有很深的交情，跟嫠王关系也不错。在他落难时，昆林山诸王都力挺他，现在嫠王却被人这么对待，只为逼他现身。

“一个侍女而已，也敢这么霸道，简直是在找死！”楚风怒了，双目都在喷火。他很少有情绪这么激动的时候。

雪豹王告知楚风，这是不久前一只禽王在海明城拍到的照片，那个女人显然发觉了，但只是面露微笑，并没有阻止。

“肆无忌惮！”楚风冷冷地道。

那个女人还不想攻占名山，不想举世瞩目，但是私下里对他可是一点也不温和，手段逐步升级！

“你不是在找我吗？我会主动上门，到时候必斩你！你背后的皇子还想跨界？统统消灭！”楚风心中波澜起伏。

第209章 摧毁紫旌山

楚风虽然情绪波动剧烈，但是并没有因此而失去理智，那个女人敢这么行事，必然有所倚仗。

“来自进化皇朝，不知道是几星进化皇朝？”楚风想到了在恒岭之行中看到的那个四星进化皇朝遗址，那个进化皇朝以亚神兽拉车，可遨游星海，那里有数块停放战车的石台。

不管怎么说，敢号称进化皇朝的势力都很可怕，必然是一颗星球上的顶级道统。

“那个侍女该不会进入逍遥境了吧？”楚风自言自语，但很快又摇头，觉得不可能。

越是强大的生物想要跨界越是艰难，这是黄牛曾经多次强调的事。

进化皇朝的人马目前只有一个侍女过来，其他人都未跨界，楚风综合考量后认为她应该还在枷锁境。

可是，即便是在枷锁境，层次也应该很高。楚风双目冷幽幽的，觉得自己应该准备一番。

首先，他得再次进化。他手上有刚刚采摘的异果，正好能派上用场。

一切手段都要以实力为根基，不然都是镜花水月、无根浮萍。

其次，他要布置一个进攻性场域，作为辅助，因为他无法知道那个侍女确切的实力层次。

“来自进化皇朝，身上怎么也得有一两件秘宝吧？”楚风琢磨着，这方面的因素也得考虑进去。

那女人身上甚至可能有威力巨大的武器，关键时刻能扭转战局！

之后，楚风上路，一路风驰电掣地赶往海明城。他要去紫旌山的八卦炉炼药，让自己再一次进化。

不过，他注意到雪豹王发给他的消息，那女人就在海明城中，以奇异的金属链子拴着夔王逛街。

“难道她已经洞悉了紫旌山的秘密？”楚风皱眉。

到目前为止，还没有人知道紫旌山是一处造化地，拥有八卦炉这种地势，若是被那女人发觉可真不妙。

不过，楚风没有减速，依旧拔足狂奔。只要先一步闯进八卦炉中，他就不用担心外人阻挠他炼药。

那地方有古代遗留的场域，有八种可怕的能量，一旦激活，就会成为一处死地，焚尽诸敌。

楚风还真希望等他进入八卦炉后那女人去攻击他，到时候一定要她好看。

在路上，昆林山诸王将最新情况不断告知楚风，因为担心他过去后会吃亏。

那个女人走过的路径与具体的位置等都被昆林山的一只禽王掌握了，目前她还在海明城内。

“不是冲着紫旌山而去？希望是我多想了。”楚风低语，继续赶路。

海明城内，穆青很悠闲地漫步，白皙的手腕上缠着一条细密的银色链子，链子的另一端拴在夔王的脖子上。

她打扮得很时尚，对购物很感兴趣，像是融入了这个世界的文明中。

夔王被压制得毫无反抗之力，此生从未有过这样的屈辱，恨不得立刻死去，只是被那银色链子锁住后，想死都做不到！

堂堂夔王，勇猛无比的强者，居然被人这样羞辱。

穆青瞥了一眼夔王，轻声开口：“你觉得悲愤和羞耻？放心吧，再过一段时间你便会觉得荣幸。”

她轻蔑地看了一眼高空中的那只禽王，若非需要它将消息带给楚风，她怎能容忍被跟踪？

“那个女人出城了！”天空中的禽王将消息传出。

楚风第一时间知晓，片刻后心脏剧跳，眉头深锁。形势不妙，那个女人赶向了紫旌山。

那是他想去的地方，那女人竟也冲着紫旌山而去。

楚风第一次是在那里温养兵器，第二次则是在那里炼药，看来已经引起外界怀疑。那个女人竟要去那里，显然也是有所怀疑。

当楚风赶到海明域附近时，穆青已经接近紫旌山！

“嗖！”

楚风一步迈出，像是一道闪电，在山林中快速穿行。

在距离紫旌山相当远的地方，他就放缓了脚步。

他倒是无所谓，敢强行闯进八卦炉，可是眼下獒王还在那女人手里，如果他直接闯过去，獒王恐怕会更加受罪。

紫旌山瑞气缭绕，烟霞缥缈，很是不凡。

穆青牵着獒王来到这里，很放松地打量这里的地势。

“这片地带果然气象不俗，难怪楚风两次来到这里。”穆青自言自语。她虽然不是场域研究者，但来自进化皇朝，跟着一名皇子，眼界颇为开阔。

她来海明城，就是冲着紫旌山而来。

“这天地间，有些地势很特殊，能孕育造化。有人曾藏身地脉中，培育出神药；也有人借助稀奇的地穴温养自身，体魄得以蜕变；还有死去的生物被埋在阴阳石矿中，历经百年，死而复生。”穆青怀疑这里是一处造化地。

进化皇朝专门供奉着一些场域研究者，皇族请他们帮忙寻找稀有的地势。穆青耳濡目染，所以对地势很敏感。

楚风也来了，但是距离很远，并没有接近紫旌山。如果獒王不在这个女人手中就好了，他就不会这么忌惮。

“这里还真是有些古怪，那个楚风该不会借助这里修行吧？”穆青自言自语。她知道场域研究者的手段，有人可以吞食山川之精进化，比服食异果进化效果更佳。

她相信楚风还远远没有达到那个层次，不过，如果这里真是造化地，说不定他就是借助特殊的地势得到了很多好处。

“我要将这里毁掉。”穆青很果断地祭出一枚银梭，砸向地面。

“轰！”

宁静被打破了，紫旌山这片地带遭到了激烈的攻击，烟尘滚滚。

“这个女人真可恶！”楚风站在距离很远的一座山峰上，亲眼看到了这一幕，脸色阴沉无比。

银梭飞行，如银色的星辰划过，威力惊人，砸在地面上，引得乱石穿空，地面龟裂。

楚风冷冷地注视着远处。

“轰！”

接连数十次攻击后，穆青终于找到了正确的地带，正是八卦炉所在地，她触及了那里遗留的古代场域。

“轰！”

一团太阳火精喷出，那里烈焰腾腾。

楚风觉得她难以毁掉那造化地，毕竟那里有古代场域守护着，可就怕她万一弄出什么乱子来。

他知道，那地下还有非常不一般的东西！

“咔嚓！”

地下的庚金之气都被砸出来了，猛地向上喷出。可是，穆青还没有罢手，恨不得将这里变成深渊。

“还真是有些古怪，我更加确信他在这里能得到好处！”穆青自言自语，继续猛攻。

“哧！”

黑雾弥漫，黑光点点，大片黑色的烈焰腾起。她将太阴黑火所在的地面砸裂了，引出了可怕的太阴之力。

“咚咚咚——”

随着她的数十次攻击，这片地带乱石穿空。

就在这时，楚风瞳孔收缩。哪怕站在远处的山峰上，离得很远，他也觉察到了不对劲，那地下的东西……

“嗯？”穆青可谓反应迅速，她快速收回银梭，并且疾速后退，一时间都顾不上獒王了。

太阴黑火所在的地方，地面裂开，一只长满黑色长毛的大手直接探了出来，恐怖无比。

“啊——”穆青大惊失色。造化地竟有这种东西，跟她的猜测不符，这怎么可能？

远方，楚风神色冷峻，终于将地下这东西给惊动了，这个女人纯属自作自受。

“砰！”

那枚银梭第一时间被那只大手拍中，直接炸开，化成一团银色粉末。

“轰隆”一声，天空黑暗，那只大手接近穆青。

“不！”她惊叫出声。这次的紫旌山之行在她看来是失败的，平白毁掉了一件秘宝，自己也遭到了惊人的攻击。

“嗡！”

天空轻颤，一只碧绿的竹筏浮现，载着她冲天而起，速度快得不可思议。

不过，在最后关头，那只大手探向高空时，一团太阴黑火喷射而上，擦中穆青，让她当场惨叫。

虽然只是一点火星，落在人身上依旧威力惊人。

楚风暗道可惜，那只大手竟缠绕着铁链，被困在地下，能探出地面一部分已经算是不错了。不然，它的威力会更惊人！

同时，楚风注意到，那只大手上贴着一些金色纸张，压制着它的能量，不然，它多半会无比恐怖。

“轰隆！”

最终，那只大手没入地下，地面的裂缝闭合，让人再也看不出端倪。

“嗖！”

楚风从山峰上疾速俯冲过去，接近那片地带，带着獒王离开。还好，关键时刻穆青冲天而逃，那只大手也只针对高空，不然，地面上的獒王危矣。

楚风看了一眼八卦炉，觉得现在没法去炼药，地下那东西刚被惊动，他如果此时去熬炼宝药，那纯粹是找死。

需要待这里平静下来，地下那东西再次沉眠，他才好熬炼宝药。

“夔王，我带你去追击她，给你报仇！”楚风说完，带上夔王，一路狂奔，追向那只碧绿的竹筏！

那女人遭受重创，被太阴黑火烧伤，纯属意外，也算自作自受。

楚风迈开大长腿，冲过山岭，跟飞行没什么区别。

八倍声速，惊世骇俗！

起初提速时，他身畔有一团白雾，这是速度剧烈变化而导致的。

很快，楚风发现夔王状态异常，口不能言，身体虚弱得像普通宠物，恢复不过来。

他想扯断那条银色链子，可它坚韧得惊人，他觉得即便将夔王的脖子勒断，那细密而精致的银色链子多半也不会断。

更让楚风吃惊的是，天边那只碧绿的竹筏速度快得不可思议，即将消失，它的速度超越八倍声速！

楚风一路狂奔，穿过山岭，越过丘陵，闯入平原地带，身上除却用兽王皮制成的短裤、背心，其他衣服皆粉碎了，可他依旧追丢了竹筏。

居然追不上，这可是生平第一次。他想骂人，他还想为夔王复仇，出口恶气呢，可是到头来连人影都没了！

最让他无语的是，那女人压根就不知道后方有人追击。这说明什么？这说明竹筏高速远遁，快得吓人！

这次原本是对付那女人的最好机会，管她进化到了多高的层次，她被太阴黑火烧伤了，不死也得脱层皮。

然而，由神异的碧竹炼制成的竹筏竟这么诡异，简直超越飞碟，就这么从楚风眼前消失了。

他憋着一口气，放缓脚步，走在平原上，觉得实在可惜。

这可不是什么好事，那个女人虽然只是一名侍女，但是手段不少，错失了斩除后患的机会，让楚风觉得如芒在背。

她去星阳镇友善地拜访刘伯和赵三爷，又去昆林山以武力压制诸王，都很有针对性。这次放走她的话，天知道她下次会做出什么事来。

“夔王，你怎么了？”楚风跟夔王交流。夔王开不了口，言语上无法沟通，只能用精神力传音。

夔王遭受了奇耻大辱，有自尽的念头，此时被楚风所救，情绪波动剧烈无比。

这是一代猛人，曾经勇猛无比，却被那女人这么对待，就连楚风都为其感到愤怒。

“那女人很强，你别冒险！”夔王的精神波动被楚风感应到。

夔王现在哪怕满腔怒火，满心屈辱，也还是提醒楚风不要冲动，告知他那个女人强大得出奇。

夔王想报仇，但不想牵连楚风。夔王发誓，等进化到一定层次后，自己一定要手刃那女人，洗刷耻辱。

楚风道：“那样太便宜她了！她不是那个皇子的侍女吗？那就去消灭她的主子，让她亲眼看到，击溃她的信念。进化皇朝的人马又怎样？皇子又怎样？一样全部消灭！”

他怕夔王郁气满怀，出现什么不好的状况，故此为夔王树立一个短期目标。

“好！”夔王点头。

这时，天空中大风呼啸，一只猛禽降落下来。这是来自昆林山的禽王，不久前一直负责盯着穆青。

“夔王！”这只禽王惊呼出声。

“你先带夔王回昆林山，回头我想办法弄断这条银色链子。”楚风说道。

夔王与禽王问楚风要去哪里。

“我去嵲山找那女人，哪怕要留下她的命看那所谓的皇子灭亡，在这之前也不能让她好过。”随后，楚风又皱眉道，“眼下这种情况，我们应该暂时舍弃昆林山。域外生物即将大批降临，占据天下第一神山注定要成为众矢之的。”

“我们都已有这种想法，回头就撤离。”来自昆林山的禽王轻叹。

穆青登上昆林山，以武力压制诸王，对诸王打击不小。诸王意识到，不久的将来，这个世界会成为诸多域外天才的竞技场。

楚风知道，接下来的一段时间对于这个世界的进化者来说可能会很难熬，不同文明的激烈碰撞即将开始。

在置身事外的人看来，神子纵横驰骋，圣女风华绝代，或许会很绚烂。

但对于这个世界上的生物来说，这可能意味着伤亡。

楚风快速给普梦山的太极老宗师等人留言，劝他们趁现在退出名山，离开原来的栖居地，蛰伏起来。

獒王与禽王见楚风这样郑重，都意识到他要放开手脚大干一场，不禁担心起来。

“楚风，别冒险啊。”

“我心里有数。”楚风道。以前对抗异类，抗击海族，他也是这么过来的。妥协没什么用，有相应的实力才能跟那些生物对话，不然一切都是虚的。

楚风远去，一路狂奔北上，前往渤庄境内。

那个女人离开得太快了，都没有发现他曾经在后面追击她，那更好，打她个措手不及，说不定能突袭成功。

不足一个小时，楚风就穿越了七八千公里，临近了嵊山区域，看到了波澜壮阔的碧海。

楚风放缓速度，悄无声息，像是一个幽灵般进入山中，以敏锐的神觉四处寻觅着。

“嗯？”

他最先寻到的竟是林诺依。她就在一座灵峰上，那里有一棵扎根在崖壁上的银色古松，能量强度很高，伴着白雾。

楚风略微犹豫后，悄然离开，继续寻找。

“在那里！”

就在离林诺依不远的一座灵峰上，那个女人盘坐在一片竹林中，碧绿的竹筏被扔在一边，居然被烧坏了一部分。

至于那女人，能量收敛，周身白雾蒸腾——她在疗伤。

她被烧得不轻，身上不少部位负伤，冒出丝丝缕缕的太阴之力。不过，她身上的黑色火焰早已熄灭，看得出她不简单。

她身体有些部位有伤口，如今抹上灵药膏后发出光芒。灵药膏药效惊人，那被烧伤的部位在缓慢恢复活性。

“这女人起码挣断了十道枷锁！”楚风面露讶异之色，这还只是一个侍女，那个皇子得有多强？

楚风形神合一，融入山川中，其他生物难以感知到他。这是他过人的优势。

他临近那座灵峰，准备伏击，一举拿下那女人。

然而，不知道为何，随着临近灵峰，他竟心头悸动，身体略微发僵。黄牛传给他的特别的呼吸法平稳地运转着，让他身心空明之下竟有这种反应。

楚风悚然，果断退走，这地方有危险，他竟然一时间没有发现危险在哪里。

随后，他在足够远处运转大雷音呼吸法，精神上深呼吸，与这片天地交融。

到了如今这个层次，随着对呼吸法理解的深入，他越发意识到，呼吸法是以后进化路上不可缺少的根本所在。

大雷音呼吸法能以雷音淬炼血肉，坚固筋骨，强壮五脏，也能磨砺精神，更能让自身沉静下来，这是他最近的体悟。

现在，他就在这种状态下。果然，心神安静下来后，他又有了心悸的感觉，那灵峰上果真不简单。

楚风用特别的呼吸法和大雷音呼吸法同时检验，都有这种感觉。楚风确信，这不是错觉，那地方真有大危机。

最后他洞悉，那灵峰上有了不得的秘宝，掩盖了什么，若非掌握绝世呼吸法，他根本察觉不到。

楚风与周围的山石草木融为一体，在远方潜伏着，关注那座灵峰。

他没有动用火眼金睛，因为担心动静太大，会被发觉，他还达不到金光收敛、双目内无波无澜的地步。

反正已经知道那灵峰上有问题，这样看着就是了。

一个小时，两个小时，三个小时……直到五个小时后，那女人才站起身来，身上的伤口还在冒太阴之气。被这种高层次的能量侵蚀，想要好起来需要花费很长时间。

她扫视群山，像是非常失望，轻轻一叹。

就在这时，竹林中突然出现了一些身影，非常古怪。

楚风瞳孔收缩，那座灵峰上的确有古怪，有莫名的器物遮掩了那些人的气息和身影。

那些人显然在灵峰上布下了局，他刚才要是闯过去，肯定会遭到伏击。

楚风仔细观察，发现那些人中有两三人很眼熟，他瞬间知道了他们的来头。

他们来自麒麟旧巢！

他曾经在麒麟旧巢看到过其中的两三人！

楚风一阵无语，那个女人还真是厉害，她在紫旌山被重创后头也不回地逃走，居然没有直接回嶂山。

显而易见，她乘坐速度超快的碧绿竹筏先去了一趟与嶂山同在渤庄境内的麒麟旧巢，从那里请来了一些人。

这既是为了保护她，也是为了伏击敢来嶂山对她不利的人。

那女人还真是谨慎，非常阴狠，逃亡时还想着暗算别人。

楚风皱眉，他从那女人身上看出，那个皇子多半也很难缠。今天他若稍微疏忽，就可能死在这里。

既然窥透了古怪之处，楚风自然更加笃定。他一动不动，等待机会，这次说什么也不能放过她！

不久后，那座灵峰上有人来访，林诺依出现，难得地露出笑颜，一时间让整座灵峰都灿烂起来。她来看望穆青。

第210章

偷袭

一身白裙衬托出林诺依纯净与出尘的美，一向冷艳的她脸上露出笑容，显得分外娇艳。

余晖洒落在她的身上，让她整个人都带上了一圈淡金色的光晕，她的青丝随风轻扬，美丽的面孔带着圣洁的光彩。

楚风在远处看着，四处寂静无声。

灵峰上，穆青虽然身上有伤，且伤势颇重，但是依旧认真而正式地向林诺依行礼，很本分地将自己定位为侍女。她很高兴，脸上带着笑迎接林诺依。

林诺依关心地问及她的伤势，并送上天神生物最新研制的药剂，告诉她这是提取当下顶级异果中的活性物质制成的，疗效极佳。

穆青得悉装在水晶瓶中的蓝色药剂目前只成功提炼三瓶，非常珍稀后，面露惊讶之色。她将药剂涂抹一些在伤口上后感觉阵阵清凉，效果竟出奇地好。

楚风沉默地看着灵峰上的两人。他运转呼吸法后，神觉敏锐，能清晰地捕捉到那里的一切。

灵峰上，穆青扬起手，一顶碧纱帐遮蔽那里，掩去一切，两人都消失了，就连那碧纱帐也不见了。

楚风顿时明白了，刚才麒麟旧巢的人必然也是隐在那碧纱帐内，那是一件秘宝，能够屏蔽气息，让外人感知不到。

傍晚，晚霞殷红似血，这片地带很宁静，就连嵖山下那片碧海此时也很平静，无风无浪，倒映着夕阳。

楚风一直看着那座灵峰。他运转了呼吸法，神觉超级敏锐，可惜却被那碧纱帐隔绝了。

此时，他想到了昔日的林诺依，林诺依给他最深的印象就是理性、冷静，不切实际与冲动等跟她丝毫不沾边。

楚风回想，自从他认识林诺依到现在，她似乎从来没有失态过，自始至终都那么理性，可以冷静地做出选择。

很久后，已是夜晚，圆月高挂。

灵峰上终于有了动静，碧纱帐浮现，已然打开，林诺依走了出来。月光笼罩着她的身体，让她看起来出尘而圣洁。

穆青满面笑容，哪怕身上有伤，笑起来会牵动伤口，她也不管。她送林诺依下山，一直送到山脚下。

在穆青上山时，楚风如同幽灵一般想要接近她，可是最后又止步了。麒麟旧巢的人依旧在那竹林中，简直是阴魂不散。

楚风继续潜伏，等待机会！

夔王曾被那样羞辱，刘伯与赵三爷也被这个女人找过，楚风不想再让这个阴险的女人成为自己的威胁。

一直到子夜，穆青突然睁开眼睛。她的伤势已经恢复了几分，但她却在皱眉。她准备好了人手静等鱼儿上钩，结果什么事都没有发生。

按照她的猜测，她羞辱夔王以后，又故意泄露自己的行踪，必然会被楚风等人惦记上，尤其是她还意外遭到了重创，这么好的机会那些人怎能错过？

结果，不管是大鱼还是小鱼，一条都没有来。

这让她心里实在有些不爽。就像是握紧拳头，时刻准备挥出，给敌人重创，结果所见到的只有空气，白白浪费了力气。

事实上，来自麒麟旧巢的几个高手也很不耐烦，这女人请他们过来相助，信誓旦旦地说要撒网捕大鱼，可是大鱼呢？

如果她不是进化皇朝那名皇子的侍女，他们早就发火了，总觉得这么做是吃饱了撑的。

“别放松，说不定大鱼已经来了，在暗中等待机会。”穆青淡淡地说道。事实上，她觉得这样也不错，起码她可以很安心地养伤，不怕别人来袭击与干扰她。

想来再有一两天她就能痊愈，那个时候，敌人真要来了，她自己就能够对付！

黎明前，天地间十分黑暗，穆青再次睁开眸子，目光灼灼。这一夜马上就要过去了，这个时候应该是高度戒备的人较为放松的时刻，敌人如果真来了的话该出现了。

然而，直到天边泛起鱼肚白，依旧什么事都没有。

“嘀，我真是高估他了，终究还是没有勇气，连来这里都不敢，没有胆魄，不过是条杂鱼而已。”穆青淡笑着，其实心里很不爽。

此时，山中的白雾都被红日染上了光彩，到处暖洋洋的。

她叹息，看来这次失算了，根本就不会有人来。

来自麒麟旧巢的五人也都无语，这叫什么事？就这么干守了一晚上！

他们腹议，这女人看起来心思不少，但终究太小家子气，兴师动众设下局有什么用？一切都是她想得太多了。

“我要去见皇子，你们也随我去吧。”穆青开口。

“好！”五人点头。直到这时五人才打起精神，五人来此就是想跟进化皇朝的人搭上关系，无论在哪里，被称作进化皇朝的道统都是可怕的大势力。

他们来到灵峰下，向山脉深处走去。穆青看到不远处的清泉后突然停下，回头看向五人，道：“请各位暂且止步，我去梳洗一下。”

五人面露讶异之色，但还是后退了。

穆青是女人，而且是皇子身边的人，现在有重要的事要去见皇子，自然想展现自己美好的一面。

可是，她被烧伤了，身上有些部位焦黑，实在有损她的形象，所以她想对着清澈的泉水化妆，补救一番。

直到这时，楚风才真正动了。他非常有耐心，静静地守候了一夜，终于寻到了出手的机会。

他以常人难以想象的神觉避开所有人，无声无息地在灌木丛中迈步，精神与血肉交融，形神合一。

金灿灿的朝晖照在身上暖洋洋的，穆青来到清泉旁，开始补妆。

太阳都升起来了，她早已放松了警惕。

这时，楚风突然出击。他左掌心的雷电符号发光，左手还拿着紫金雷电锤，用以增强雷电的威力！

什么东西能快过雷电？

楚风为了对付她，足足等了一个晚上，到了这一刻怎能错过机会？务求一击必中。

楚风心里恨不得直接除掉她，但他曾答应獒王，将除掉她的机会留给獒王，以解开獒王的心结。

“轰！”

这一刻，雷电爆发，从楚风的左掌心喷出，沿着紫金雷电锤轰击而出，击向穆青的后心，能量强得骇人。

穆青神经紧绷了一夜，现在完全处于放松状态，她怎么也没有料到会在阳光灿烂的清晨被人偷袭。

“砰！”

雷电正好击在她的后心，让她大口咯血，横飞而起，但她的心脏依旧无碍。

“该死，她有护心秘宝！”楚风明白了，这个女人有护心秘宝，保住了她的心脏。

楚风反应迅速，毫不犹豫地向前扑击，再次出手，挥动紫金雷电锤，发出一道雷电。

不过，穆青已经惊醒过来，提前做出了反应。

与此同时，那五名来自麒麟旧巢的高手也听到了动静，冲了过来，一个个带着罡风。

五人奔行时，整片山林炸开，飞沙走石。

“轰轰轰——”

雷声震耳，泉水都被蒸干了，楚风猛力挥动紫金雷电锤，瞬间打出多次。

穆青很强，反应也很迅速，但是被太阴黑火这种高等能量重创后，还没有完全恢复，现在与楚风交手吃了大亏。

而且，虽然楚风的第一击没能重创她的心脏，但她毕竟被击中了，身体剧痛，行动也不自如。

此时，楚风又催发出了雷电，攻击速度太快了，让她防不胜防。

“砰！”

她的身体遭到了重击，炽烈的电光在她身上蔓延开来，但她还是扛住了。

楚风吃惊，这个女人居然这么强大，又扛住了一道雷电。

后方，五道身影凌空而来，即将赶到。

“哧！”

楚风除了挥动紫金雷电锤，催发出雷电，还张口喷出一道剑气，那是他肺部养出的庚金剑气，无坚不摧，飞出去等同于飞剑。

这一击终于成功了，庚金剑气雪亮，如神虹纵横，让穆青的一条手臂断掉了。

“啊——”穆青尖叫，声音凄厉无比。她又惊又怒，她是一个美丽的女人，居然断掉一臂，这让她根本不能承受。

“斩了他！”穆青披头散发，冲奔来的五人大声喊道。

同时，她自身也在发光，不顾一切地释放能量，要跟楚风拼命。

楚风眼神冷厉，双目中射出两道刺目的金光，击在穆青身上，让她横飞起来。这是火眼金睛的妙用。

“轰！”

与此同时，楚风一冲而过，手中的紫金雷电锤砸出，耀眼的电光再次迸放。

这一次，穆青的下半截身体废掉了，她凄厉地大叫起来。

“暂且留你一命，等着看进化皇朝覆灭！”楚风冷幽幽地说道。

“咔嚓”一声，临去时，他挥手又是一道雷电，雷电劈中穆青，让她栽倒在地上。

她的体质强得惊人，换作其他任何一人，遭到这种攻击，肯定早就死了。

“嗖”的一声，楚风冲进山林中，消失不见。

后方，五大高手追来，其中，有三人挣断了十道枷锁，另外两人则是挣断了九道枷锁的高手，这个组合实力惊人。

然而，楚风虽然遁入了山林中，却没有逃离这里，而是在关键时刻出击。

他转身低头的一刹那，脊椎骨发光，一杆金色战矛如龙蛇般腾起，能量骇人，向那五人飞去。

“砰！”

其中一个挣断了九道枷锁的人竟被金色战矛刺中，直接殒命。

“你敢！”另外四人大怒，三个挣断了十道枷锁的高手更是腾空而起，扑击而来，其中两人居然长有双翼，可以飞行。

楚风没有停留，一路狂奔，可是有山阻挡，他速度受限。最后，他猛然从海边一座山上俯冲下去，投入嵲山前方的碧海中！

“上天入地也要除了你！”长有双翼的两个高手跟着俯冲进汪洋，追了下去。

海底，楚风没有逃，而是手持金刚琢，静等他们靠近。

“死！”那两大高手在海中以精神力咆哮着，疾速逼近楚风。

“轰！”

见他们靠近，楚风毫不犹豫地祭出金刚琢。这不是为了砸中两人，而是为了引出太阳火精。

“轰！”

炽烈的金光腾起，海水沸腾。

楚风进入玉瓶中，驾驭它冲向远处。

“啊——”两大高手惨叫。

另外两名高手追到海边后，看到海中能量剧烈翻腾，面面相觑，没敢下去。

很快，楚风返回刚才所在的海底。那里太阳火精散开，一人已经被烧成了灰烬，还有一人则被烧残了。

楚风到了近前，隔着海水一掌拍出，将那被烧残了的人打得直接丧命了。

“嗖！”

他将金刚琢寻到，收了起来。

楚风暗暗咋舌，上一次金刚琢吸收的太阳火精太多了，这片海底到处都是这种高等阶的能量，很长时间都没有散尽。

直到半个小时后，这里才恢复宁静。

海岸上，剩下的那两名高手面面相觑，浑身发凉，因为过了这么久了，他们的同伴还没有上来。

两人略微犹豫，而后转身就走，不再停留。

许久后，楚风浮出海面，快速上岸。

他蒸干衣服后，望了一眼崾山，再次走进山中。

他避开所有人，最终临近一座安静的灵峰，灵峰的崖壁上长着一棵银色古松，旁边坐落着一座小道观。林诺依在这里，楚风要与其一见。

早上，初升的太阳红彤彤的，倒映在海面上，那鲜红的倒影随着波浪起伏而化成大片大片的碎金。

崾山一派祥和，云蒸霞蔚，特殊的能量物质“仙雾”翻涌，沐浴着朝晖，显得异常美丽。

这片山地紧临碧海，站在山上极目远眺，碧海一望无垠，格外壮阔，让人的胸怀都跟着开阔起来。

楚风来到那座宁静的灵峰上，小道观陈旧古朴，银色古松扎根在崖壁上。

林诺依有所感应，走出小道观。在朝晖中，她的面庞带着一圈淡金色的光晕，发丝都在发光，白衣洁净，有种离尘出世之感。

两人相视无言，一起走向小道观。

楚风有话要问，他简单而直接，问她是否要站在穆青以及那个所谓的进化皇朝那一边。

“这里很危险，你走吧，立刻离开崾山。”林诺依看着他，一如过去，保持着冷静与理性。

“啊——”穆青苏醒了，剧痛让她险些又昏厥过去，她忍不住发出刺耳的尖叫声。

她失去了左臂，下半截身体也废掉了，对于一个花容月貌的女子来说，这无异于陷入地狱深渊，她接受不了。

“送我去崾山深处！”很长时间后，她才稍微清醒。虽然不再歇斯底里，但她依旧情绪波动剧烈。在阳光灿烂的清晨被人偷袭，直接被打残了，对她来说简直生不如死。

天神生物的人早已来了不少，帮她止血，包扎与处理伤口。但是这有什么用？她身体已残。

她还年轻，本为贵女，却甘愿追随在那名皇子的身边。她有野心，有很大的抱负，可现在才降临到这个世界就被打残了。

这一刻，她心中满是阴霾，万念俱灰，觉得自己前程尽毁，一切辉煌都将与她无缘。

她大声尖叫，心中满是愤怒和怨恨。

有人将她小心地放到担架上，抬着她快速而平稳地向嶂山深处进发。这是穆青的要求，她不甘心，或许只有皇子才能救她。

她要请皇子为她报仇，将楚风抓住，以最残酷的刑罚折磨他。

林诺依站在银色古松下，一再告诉楚风不要再来了，进化皇朝的人很强，楚风远远不是他们的对手。

楚风转身下山，联系獒王和老僧人，告诉他们那个女人现在已然半废了。

然后，他无声无息，趁嶂山混乱时如入无人之境，登上穆青所在的灵峰，一眼便看到她留下的碧绿竹筏。

竹筏破损不轻，有的地方几乎被烧烂了，太阴黑火在上面留下了一些醒目的痕迹。

楚风试了试，发现只要注入能量，竹筏就能够腾空而去。

碧绿的竹筏原本可以缩小到寸许长，随时带在身上，但现在损坏了一部分，无法再纳入掌中。

楚风直接将竹筏收进了玉瓶中。这东西对他来说非常有用，从此他就可以飞天遁地了。

随后，他一路向嶂山深处进发，同时运转大雷音呼吸法，让自身与山石融为一体，无人可感知到他。

他想看一看进化皇朝的那批人马究竟有多强，那个皇子到底进化到了什么层次，还有他们接下来有什么动作。

嶂山深处，穆青痛哭，平日的从容不见了。

天神生物的人将她送到了折叠空间内，穆清河在一旁垂手而立。

经历地星场域考验而活下来的域外生物，再次出入折叠空间便不会再受影响。

“别哭。”大齐皇朝的皇子齐宇开口。

青金战车镌刻着时光的痕迹，不时有大片的光芒腾起，那光芒凝成白虎、朱雀等神兽、圣禽，在战车周围盘旋。

齐宇身穿金属战衣，头戴紫金冠，双目深邃，气宇轩昂。他一步迈下青金战车，抱起穆青。

他运转恐怖的呼吸法，身体迸发出炽烈的光芒，双目中射出两道惊人的光束，口鼻间喷吐白雾，浑身毛孔也是如此，将强大的生命能量全部注入穆青体内。

“殿下，我原本想来告诉你一个好消息，可是在半路上……”穆青哭泣。

“先不要说这些，我帮你疗伤。”齐宇回首，冲青金战车上一名手持神剑与经卷的美丽女子开口，“将我的药液拿来！”

此刻，一群人围了上来，询问经过，了解情况后都满腔怒火，面带杀意，恨不得立刻冲出这片折叠空间。

可是，当听到齐宇的话时，许多人一怔，一名背着药篓的老者更是小声开口：“殿下，那是你保命用的神药。”

“穆青现在更需要它，拿来！”齐宇不怒自威，浑身都散发着炽烈的光芒，如汪洋般的血气弥散开来。

这片山地剧烈颤动，狂风呼啸，成片的大树剧烈摇动，无数叶片簌簌飘落。

一切都是齐宇释放出的能量所导致的。

此时，跟进来的穆清河身体战栗，根本站不稳，直接伏在地上，瑟瑟发抖。

不要说天神生物的人，就连大齐皇朝的一些人都心头悸动，忍不住身体发抖。

青金战车上，那名手持神剑与经卷的美丽女子取来一个拳头大的水晶球，递给齐宇。

“殿下！”穆青声音发颤。

那晶莹的水晶球中封存着一些鲜红的药液，那是一种果实的汁液，是一种稀世宝药。齐宇手持水晶球，以秘法开启，倒出部分药液。

“别说话，喝下去。”齐宇温和地说道。

鲜红的药液流进穆青嘴里，很快她通体散发赤光，一股生机激荡着，在她所有的伤口中蔓延，非常惊人。

很快，齐宇封住水晶球，重新收了起来。

“殿下，我随时愿意为你而死。”穆青哽咽。

“不要乱说话，你一个人的性命关乎在场所有人的命运。”齐宇开口，这般安慰她。

那名背着药篓的老者原本有些不满，此时也释然了，觉得皇子这么做很对，穆青需要保住。

穆青服食鲜红的药液后，精神状态迅速好转，身体上的伤口则有肉芽在生长！

她喜极而泣。

“你安心休养，一切都会过去的。”齐宇语气温和，而后双目光芒大盛，身体绚烂如骄阳，冷冷地道，“将你伤成这个样子，不管他是谁，都得付出代价！”

“殿下，让我先跨界过去吧，我一刀斩了那个人！”

“让我去！”

这时，两名身穿甲胄的骑士跳下坐骑，单膝跪在地上请命，要去为穆青讨个公道。

“两位统领不要冒险，其实如果不是我意外负伤在前，他伤不了我。”穆青开口。她可不想这两位强大的统领冒死跨界，万一失败，她担不起那样的责任。

两名统领站起身来，其中一人身穿银甲，十分威武，道：“渣子一样的地星人，也敢伤我们的人，可惜这颗星球有场域残留，保护着这颗星球上的人！”

齐宇摆手，让他们不要再说。他看向穆青，道：“你说原本有重要的事要告诉我？”

“是，殿下，我有好消息要禀告你，我们很快就可以全部跨界了。”穆青难掩喜色，以密语开始向齐宇禀告。

这片地带光芒腾起，将他们遮住，外人看不到他们，也听不到他们说的话。

远处的山林中，楚风很安静地站着，凝视着嵊山深处。

那些人在折叠空间中，有无形的场域将折叠空间与外界隔绝开来，加上楚风在运转呼吸法，自身融入天地中，那些人哪怕无比强大，也感知不到他。

“他们即将跨界，时间紧迫。”楚风目光冷厉。

他必须着手准备了，要确保万无一失才行，不能让那批人跨界，要想方设法全部消灭！

楚风能够感应到，那批人进化层次极高，不愧为进化皇朝的人马，现阶段真要跨界过来，这个世界的人恐怕会有大祸。

"进化皇朝？这样蔑视我们，我看你们覆灭时会是什么表情！"楚风怒火中烧。

随后，他看到了林诺依，她步履轻快，向折叠空间的方向而去。

楚风转身离开此地，头也不回地远去。

到了这一步，他没什么可犹豫的了，他要想尽办法，准备一些武器。一旦让进化皇朝那些如狼似虎的人马跨界过来，后果不堪设想。

楚风思忖着，走出嵲山。

"到时候看一看究竟是谁压制谁！"他心志坚定。敌人很强，威胁很大，他却想将他们全部消灭。

第211章
风聚嵲山

碧绿的竹筏是以一种名为“虚空竹”的神秘植物制成的，这种竹子异常罕见，能腾空而起，是制造飞行工具的理想材料。

楚风站在碧绿的竹筏上，双足向竹筏注入能量，竹筏顿时飘浮起来，接着如同碧绿的闪电般破空远去。

起初，竹筏还很颠簸，上下起伏，不太好掌握平衡，可是驾驭了一段距离后，楚风很快得心应手。他驾驭着竹筏，风驰电掣般赶往海明城。

这东西果然快得离谱，比他用双足奔跑要快上一截，速度可以达到十倍声速！

在清晨的阳光中，楚风踩在竹筏上，在云层上方飞行，遨游天宇，真正体会到了飞天的美妙。

半个小时而已，他就从嵲山来到了海明城，在紫旌山附近降落，全程有六千多公里。

楚风觉得时间紧迫，他回到这里是想提升自己的实力，希望可以借此地炼药，而后再次进化。

在嵲山待了一夜，他不知道紫旌山地下的远古尸体是否再次沉眠。那东西太诡异太可怕，若是它不安生，他根本不可能动用八卦炉。

现在，这片地带很幽静，没有人在附近徘徊。

楚风以神觉探察，总感觉地下还不安稳。他不禁皱眉，关键时刻无法炼药吗?

“吸取太阴黑火试试看。”

他取出金刚琢，不像前两次那样吸取金色的太阳火精，这次换成吸取太阴黑火。

不久后，雪亮的金刚琢吸收了大量的太阴黑火，黑色能量浓厚，导致金刚琢都带上了些许黑光。

“嗯？果然还不安稳！”楚风心中骇然，他感应到地下有莫名的躁动，那东西还没有彻底沉眠。

“嗖”的一声，楚风果断地驾驭竹筏远去，没有耽搁时间。

“还有几天时间，希望它能早点沉眠。”楚风自言自语。

炼药不成，暂时无法进化，他开始着手后面的事。

“老头子，我想动用炸弹！”楚风联系陆通。他也是豁出去了，只要大齐皇朝的人敢跨界，关键时刻就用炸弹引出可怕的场域能量，消灭他们！

“你疯了？”陆通惊叫。他离开玉虚宫后一直蛰伏着，但是手上确实掌握很多资源。

上一次，陆通曾派专人盗取相应的权限，代替两个叛变的组织发号施令，动用炸弹对付域外强者。

楚风需要陆通的帮助，因为这次的敌人前所未有地强大。他甚至怀疑，那是逍遥境的敌人。

他对陆通没有隐瞒，最后陆通决定联络老部下，再次出手。

得悉玉虚宫之主已经被楚风除掉了以后，陆通把握更大了！

接着，楚风联系昆林山诸王，请其相助，去周边地域走上一趟，凭借强大的实力控制一些热武器，到时候以热武器进攻嶂山深处的折叠空间。

只要大齐皇朝的人露面，他们就发射炸弹，刺激地星的防御场域，提升它的威力，消灭那些人！

上一次，楚风在天空中截击域外强者时，炸弹就起到了巨大的作用，域外强者为了自保而动用了强大的能量，结果引发地星场域的反噬。

昆林山诸王起初大眼瞪小眼，觉得无从下手，过了很长时间才捋顺思路，开始布置。

楚风暗叹，如果大黑牛与西伯利亚虎王在，这种手段肯定特别精熟，任务保证能够圆满完成。

同时，楚风让昆林山的禽王去监视嶂山，一旦有异动，立刻通知他。

他还真担心那批人提前跨界！一旦那样，他就白准备了。

接着，楚风又联系普梦山的太极老宗师，让他前往虎泷山，将那名神秘女子请出山。

如果那名神秘女子上次在雷天城没有吹牛，真有天大的来头的话，哪怕来的是一群逍遥境的强者，又有何惧哉？什么大齐皇子也不在话下！

为了对付大齐皇子，楚风也是豁出去了，他多方备战，确保万无一失！

然后，楚风就闭关了，找了一个山清水秀又安静的地方躲藏起来，开始研究场域。

他的手上有不止一本场域书籍，最开始得到的那本上面有一系列成熟的场域模型，比如养兵场域、进攻场域、防御场域等，都是大型场域，构建完善，只要能研究透彻并布置出来，绝对恐怖。

楚风现在自然盯上了进攻场域，他全身心地投入，全面参悟。

这些日子以来，他去过东海海眼中的真龙巢穴，也深入过麒麟旧巢，真正见识了顶级场域的玄妙之处。

这对他好处极大，触动了他的灵感，开阔了他的眼界。

在此前，昆林山、普梦山、肽山、恒岭、悬田山、辕山等地都留下过他的足迹，都被他研究过。

他的场域造诣提升迅猛，如今到了特别的关卡处，如果能再进一步，他绝对可以布置复杂的进攻场域。

他想尽快悟透那些场域规则，在嵲山给大齐皇朝一个“惊喜”！

他已经去过嵲山深处，对那里的地势已然了解，现在在脑中不断推演，准备引出恐怖的杀伐力。

当天，陆通告诉他没问题，陆通也是豁出去了！

一天后，老僧人告诉楚风，他们这边也没问题，到时候可以发射炸弹。

显然，燊王被辱，刺激了昆林山诸王，就连慈眉善目的老僧人都很愤怒。

“真是对不住，这种活儿原本很适合大黑牛与西伯利亚虎王去干。”楚风道。

“我佛慈悲，但对入侵者也不会客气！”老僧人回应。

而后，楚风又开始专心研究场域。

两天后，普梦山的太极老宗师告知楚风一个不好的消息，虎泷山上寂静无声，他没有寻到那名神秘女子。

楚风皱眉，那名神秘女子拥有高深莫测的战力，是关键性的人物，她要是出手，估计大齐皇朝的人都没有活路。

但是，情况很糟糕，太极老宗师到了虎泷山后根本就联系不到她。

“看来只能靠我们自己了！”楚风叹道。

若非这次形势实在严峻，他也不会想去请援手，但现在看来指望不上了，依旧得靠自己。

“求人不如求己！”

楚风继续参悟进攻场域，真要是能布置出来，到时候哪怕不能全部消灭大齐皇朝的人马，也能消灭六七成。

“要抓紧时间了，那批人可能随时会跨界过来！”楚风心中急迫。

第三天，他取得了突破性进展，在场域规则上有所领悟，研究出不少更深层次的东西！

在此期间，有消息传出。

“进化皇朝的人马即将跨界，那是一批无法想象的强者，是一群近乎无敌的生物，现阶段没有人可以对抗！”

这是麒麟旧巢的人放出的风声，顿时引起了巨大的风暴，各地的人都异常紧张。

进化皇朝？这是何等恐怖的道统！敢以进化皇朝自居的道统绝对骇人，是顶级大势力。

麒麟旧巢的人曾去崤山帮助穆青，双方有过合作，自然知道情况。

他们泄露的不止这些，还提及楚风不识时务，居然袭击穆青，跟进化皇朝发生了激烈的冲突。

这引起了更大的风暴，各地都在关注！

所有人都想知道，进化皇朝马上要过来了，楚风如何应对？他还能活下去吗？他挡得住那种庞大的势力吗？

哪怕一直对楚风很有信心的人如今也轻声叹息，面露忧虑之色，因为双方力量太过悬殊！

“进化皇朝的逍遥境高手就要跨界过来了，这是一股近乎无敌的力量！”

麒麟旧巢的人都是域外降临者，连他们都放低姿态，这般称赞进化皇朝的实力，足以说明问题。

所有人都预感到，暴风骤雨要来了，一种前所未有的紧张气氛蔓延。

强大的进化皇朝是否会席卷天下，横扫八方？所有人心中都没底，那样可怕的一股力量震撼人心。

麒麟旧巢的部分人这样高调，却让嵲山深处的大齐皇子齐宇非常不满，他不想被人关注，只希望悄然跨界。

“我等去护卫皇子跨界！”麒麟旧巢有一些人前往嵲山，想要将功补过。

从韩文泽和黄薇月开始，麒麟旧巢就跟嵲山有合作，现在大齐皇子要跨界，正是麒麟旧巢一部分人表现的时候。

山雨欲来风满楼。现在，整个天下充满了紧张的气氛，所有进化者都觉得有些压抑，仿佛快要窒息一般，各方一致认为这次会刮起天大的风暴！

山不是很高，山中树木葱郁，偶尔有鸟鸣声，更显幽静。

楚风一个后空翻落在地上，以表达内心的激动。他领悟了场域中更深层次的东西，开始在这片地带布置，以检验成果。

玉瓶中有大量磁石，足够他使用。

一条小河如玉带般在山脚下蜿蜒而过，流向远方。但不久后这里发生大爆炸，地面沉陷，小河消失，两座矮山也消失了。

楚风从远处的地缝中钻出，灰头土脸，衣衫褴褛，非常狼狈，但是满脸喜色，因为他初步布置出了一个进攻场域，效果非凡！

他向前迈出了一大步，场域造诣达到了一个崭新的高度，这可不仅是对这次的战局有利，对探索名山好处更大。

嵲山深处，古木参天，荆棘丛生，折叠空间内一派肃杀之气。

大齐皇子齐宇还没有跨界，消息就走漏了，这让他非常不满意，脸色阴沉。来自麒麟旧巢的几人略有不安，前来赔罪。

有些消息是他们放出去的，而今他们来护卫齐宇跨界，希望将功补过。

“你们去嵲山周围巡视，一有风吹草动立刻来报！”一名统领开口，将来自麒麟旧巢的几人支走了。

“不见得是无意泄露的。”背着药篓的老者开口，神色凝重。

齐宇点头，凝视折叠空间的外部区域，目光灼灼，道：“说不定就有和我们来自同一颗星球的对头。”

“那也应该不配与我们为敌，估计只是二十二年前过来的马前卒。”另一名统领愤怒地说道。他转身看向齐宇，请命先过去，清理出一条安全的道路，以免到时候有人干扰他们跨界。

齐宇身上的金属战衣发光，他没有同意，道：“越是强大的生物踏足这个世界越是危险，你如果依靠自己的力量过去，必死无疑。”

他们深入研究过，随着地星不断复苏，从其他星球进入地星的路径才会渐渐安全。

地星遗留的古代场域像是在庇护这个世界上的生物，域外太强的生物过不来，只有随着地星不断复苏，这片古地上的进化者越来越强，域外更厉害的生物才能降临。

“远超那些地星人的域外强者也不是绝对过不去，但是付出的代价太大，有些人即便能活下来也可能会废掉。”一名端坐在坐骑上的骑士开口。

无论是元磁仙窟，还是麒麟旧巢，当中域外降临者的沉眠很多是当年强行跨界所致。他们虽侥幸未死，却付出了惨痛的代价，需要以沉眠来休养与恢复。

当然，更多的域外强者在降临时直接死亡，被焚烧成灰烬！

“为稳妥起见，属下等人甘愿冒死闯关，先进入外面的空间，护卫殿下跨界！”这时，有一群骑士下了坐骑，单膝跪在地上请命，两名统领也是如此。

“不，这是送死！”齐宇拒绝。

他带的这批人实力层次都很高，等到这个世界出现一些逍遥境的高手时，他们跨界才会相对安全。

“殿下，我们几个专为踏足这个世界而压制自身修为，目前还在枷锁境，就让我们过去吧！”其中有几人坚持，并给出了合理的理由。

“是啊，殿下，早一天进入这个世界才能占据主动，才能早点拿到大齐皇朝圣人当年遗落在这里的兵器。”

齐宇闻言，眼中光芒闪烁。

他知道，大齐皇朝所在的星球也有人惦记他祖上的神圣器物，想要谋取，他们的确早些过去为好。

此外，当年大齐皇朝来这里是为了谋取更为骇人的机缘，结果失败了，他想完成先人遗愿，取出某片大地下的东西，甚至直接在这个世界成圣。

最终，他同意了，走过去拍了拍那几人的肩头，又跟那几人用力地抱了抱。

齐宇道："你们若有意外，家人都由大齐皇朝照顾！"

"多谢殿下！"

"愿为殿下而战，哪怕可能会死也毫不畏惧！"

五名骑士上前，身上的甲胄闪着寒光，他们先后开始闯关。

"轰！"

第一个人冲出的刹那被火光淹没，都没有来得及发出惨叫声就化为灰烬。

这让所有人的脸色都难看起来。

"送穆青过去时，那篇护道圣文用掉了，现在剩下的篇章不足。"有人叹道。

这一路上，他们消耗了不少神物，如今神物略显匮乏。

"轰！"

第二人才踏足过去，便被浮现的场域纹路磨得形神俱灭了。

"地星神秘而复杂，有前人布置的场域，而且地星意志未完全消失，出于一种本能，一直在守护这个世界。"齐宇脸色不好看。

他带过来的人都是他的亲信，路上已经死了很多，留下的都是潜力巨大的人物，结果一部分人就这么倒在看似近在咫尺的空间前。

"说到底，这个世界的人进化太慢，层次太低，不然，地星意志早允许我们踏足了！"一名统领冷冷地道。连续死掉两名骑士，他的手指都捏得发白了。

第三人开始闯关，"嗖"的一声竟然冲了过去，虽然被场域纹路烧得身上有些焦黑，但是他没有死，熬了下来。

"哈哈——好！"后方，一群人大笑，都无比高兴。

那人伤势不是特别严重，踉跄着站了起来，一跃而起，腾空两三千米高，表达兴奋的心情。

“砰！”

落地后，他单膝跪下，道：“愿护卫殿下跨界，无论是那些下等地星人，还是其他心怀叵测的降临者，若敢妄动，全部消灭！”

“好！”齐宇道。

折叠空间中，许多人振奋无比。一个穆青根本不够，再有一名骑士过去，这就稳妥了！

“哧！哧！”

第四名、第五名骑士先后闯关，结果都死了，被光焰笼罩住后灰飞烟灭。

能否成功闯关不仅跟血脉、根基、进化层次有关，还要看运气，起码那名成功闯关的骑士杨恒自己都不知道为何能成功。

“殿下，我去巡视一番，去去就来！”杨恒转身离去。他化成一道银色电光，疾速穿行，在整片嵲山区域巡视。

杨恒很强，是枷锁境的高手。

不久后，他看到了来自麒麟旧巢的那几个投靠者，直接绕过。

很快，他又看到了另外一批人马，潜伏在暗中，正在低声密谋着什么。

“还真有不开眼的马前卒！”杨恒冷冷地道。而后，他如一架超声速飞行器般从一座山峰上猛地俯冲过去。

“哧！”

刹那间，他右手中的银刀便如匹练般横扫过去，斩断巨石，割裂山丘，毁坏整片森林，光芒耀眼无比。

当即就有人惨叫，倒地身亡。

“锵锵锵——”

这里发生了大战。片刻后，来自麒麟旧巢的五个生物被除掉了四个，还有一个被活捉。

“凭你们也敢跟进化皇朝作对？你们身后的主子也没那么大的本事！”杨恒抓着俘虏离去。

不久后，他回到折叠空间，将俘虏扔在地上，立时有专人去审讯。

“去见穆青了吗？”齐宇问道。

“已经见过了。得殿下的神药疗治，穆青断肢再生，恢复得差不多了，这几日都跟林小姐在一起。”杨恒回应道。

接着，他又露出激动的神色，小声密报道：“据穆青观察，林小姐体内的那座能量塔有可能是五星进化皇朝遗留之物，甚至更神秘！”

“什么？”这一刻，不要说那些骑士，就连大齐皇子齐宇都吃惊不已。这绝对是一个惊人的消息。

五星进化皇朝，放眼浩瀚的星空都算是顶级势力，那种道统底蕴太深厚了，他们的传承绝对恐怖无比。

真要是能够得到他们的传承，完全可以再造一个大齐皇朝。

而且，这个世界上这种级别的进化皇朝能量塔每年都能动用一次，可以开启安全通道，接应大军过来。

“恭喜殿下，注定要在这个世界成圣，到时候荣耀回归！”

“辉煌已经拉开了序幕，看来殿下是天选之子，谁与争锋！”

此时，楚风已经出关。他领悟了进攻场域的又一重要环节，可以布置出简化版的进攻场域了，目前来说威力应该够了。

事实上，现在容不得他继续参悟了，这一领域的进步需要灵感，更需要长时间地揣摩，哪里还有时间耗下去？

普梦山的太极老宗师、昆林山的老僧人等一群人都来了，跟他会合。

楚风取出几颗银色丹药，递给至强的几人，告知他们，这可以让他们实现超级进化，挣断第八道枷锁。

几人吃惊，他们连第七道枷锁还没有机会挣断，就得到这种价值连城的宝药，简直像做梦似的。

最终，太极老宗师和老僧人都突破了，成为挣断了八道枷锁的高手，实力大大增强！

另外几人则很遗憾，只挣断了第七道枷锁，突破一道关卡而已。

随后，楚风、老僧人、太极老宗师三人联手，将夔王脖子上的银色链子扯断了，让夔王彻底恢复过来。

夔王服下一颗银色丹药后，也突破了，成为挣断了八道枷锁的高手！

嵲山，穆青微笑，亲手触摸那座能量塔，感受到了一种苍茫、恢宏的气息，激动得身体都在发抖，灵魂都在悸动。

“你竟让我抚摸它，感受昔日那个进化皇朝的无上结晶，我无比荣幸！”她对林诺依行大礼。这次可不是客气，而是发自真心。

林诺依平和而安静，微微点头，道：“可以构建那条安全通道了。”

此时，楚风、老僧人等人已经接近嵲山区域，遥望着嵲山。

第212章 灰飞烟灭

嶮山，草木苍翠欲滴，灵瀑垂挂，加上特殊的能量物质“仙雾”缭绕，空中白鹤盘旋，宛若仙家府邸。

事实上，很久以前，这里就是进化圣地。

“还没有动静。”楚风他们来了，但离得很远，以免被人发现。

银色古松下，穆青激动而喜悦，拜别林诺依，说要去告知大齐皇子等人做准备，构筑祭坛，与能量塔对接。

“咦，是那个女人，她居然复原了？”楚风看到穆青行走在山中，身体完好无损，当真大吃一惊。

要知道，数日前他亲自动手将穆青废掉了，现在她竟断肢重生？

嫠王哪怕平日很沉稳，现在也难以控制自己，满头发丝乱舞，眼睛都红了。数日前的奇耻大辱嫠王怎能忘记？

“别急。”普梦山的太极老宗师开口，将一只手放在嫠王的肩头，平息嫠王的怒火。

楚风也宽慰嫠王：“我不知道她是用什么方法恢复的，但没关系，到时候再废掉她就是了。”

马王晃着锃亮的大光头，也开口道：“我们一定要抓住她，让你出出气。”

有麒麟旧巢的人出现，这是投靠大齐皇朝的那批人，想护卫齐宇跨界，却被支来巡山。

楚风发现后皱眉道：“你们先退走，我去看一看。”

他掌握无上呼吸法，能形神合一，融于天地中，寻常人难以发现他。

穆青步履轻快，因为激动人心的时刻不远了，大齐皇朝的人马即将跨界，成功就在眼前。

若是能整体跨界过来，他们将成为一支至强的队伍，具有让人生畏的竞争力，远胜很多星球来的人马。

“殿下！”穆青来到折叠空间，先跪拜行大礼，感谢齐宇的救命之恩，然后告知他好消息，“那座能量塔起码属于五星进化皇朝，甚至更非凡！”

所有人都激动无比。能量塔是一个进化皇朝的辉煌见证，更是心血结晶，只有在进化皇朝将覆灭时才会构建。而后，它会从世间隐去，静待能够发光的时机，从而再次崛起。

穆青告知齐宇，那座能量塔没有任何问题，充满了生机，帮林诺依淬炼进入体内的各种能量。

“五星进化皇朝的能量塔极其不简单，凝聚一个辉煌道统的全部精粹时，惊天动地，吞噬进化皇朝所在地的一切，必须得到地星意志的认可才能成功。”齐宇面带郑重之色。

林诺依体内的能量塔是无价之宝，曾获地星意志的认可，自然能接应域外生物进来。

“沐浴更衣，筑建祭坛。”齐宇吩咐道。

这并不是走过场，而是很神圣的仪式。前贤手札中有提示，对于五星进化皇朝的能量塔，需要礼敬。

“皇子掌握控器领域的无上秘本，只要能跟那座能量塔接触，想要让它易主都不难。”一名老者笑着说道。

“一切当谨慎，我所掌握的只是残本而已。”齐宇不敢大意。

他们在这片地带用特殊的石料构筑祭坛，进展不快，甚至可以说相当缓慢。

他们像是在举行某种仪式，就连大齐皇子齐宇都参与其中。

远方，楚风看得莫名其妙。他估量了一番，等那些人将地上所有石料都堆砌起来，起码得到明天。

同时，楚风敏锐地注意到一名骑士可以出入折叠空间，看来他跟穆青一样，成功闯过了关！

“管你们要做什么，有什么阴谋诡计，到时候炸弹一发射，引出古代残留的场域，我就不信你们都能熬住！”楚风自言自语。

一切都准备好了，就等这群人跨界了！

不过，楚风隐约间还是略感不安。这群人也太郑重了，连那大齐皇子都在虔诚地筑建祭坛，跟其他人一起行动。

楚风站立良久，不断推演怎么布置进攻场域，才能最有效地消灭这群人。

“关键时刻，请昆林山诸王听我吩咐，瞬间投掷磁石来得及吗？”他略微皱眉。

他要布置的进攻场域哪怕是简化版，也要投掷不少磁石，万一哪个环节出了问题，就会影响场域的威力。

楚风退出嵲山，与昆林山诸王会合。

“我估计还有一天时间，他们才会尝试跨界。”楚风说道。随后，他与昆林山诸王一起隐藏起来，不想被人发现。

楚风皱着眉头，琢磨布置进攻场域的事，真要临时布置，效率不高，而且只要有一块磁石位置错误，就会严重影响场域的威力。

突然，楚风想到了某些器物，从玉瓶中取出四根黄铜柱子。

这是锁龙桩，是楚风从南域海黑龙太子那里夺得的，能布下场域，让人迷失方向。

“我可以用这四根黄铜柱子取代成堆的磁石，构建集大成的场域。”

接着，楚风心头一震，施展火眼金睛，凝视四根黄铜柱子，并用手不断摩挲。

他早就知道这四根黄铜柱子名叫锁龙桩，只是以前从没有想过它们为什么叫锁龙桩！

他仔细研究，双目光芒如电，发现了端倪，一些符文被他以特别的场域手法激活，从黄铜柱子内浮现出来。

“锁龙桩，这东西真要彻底复苏，可锁蛟龙！”楚风大吃一惊，而后心头火热，深入研究起来。

晚间，楚风放下锁龙桩，心中有了决定。虽然目前他还不能发挥出锁龙桩真正的威力，但是想要困住与伏击敌人，运用锁龙桩明显比临时布置场域效果更佳，也更方便。

锁龙桩是某种场域的集大成形式，楚风现在开始研究，再次动用时就不是让人迷失方向那么简单了。

清晨，初升的太阳带着蓬勃的生机，从海平面跳出来。灿烂的阳光照射着大地，整座崂山也跟着灿烂起来，云蒸霞蔚，到处充满了生机。

灵峰上，林诺依白衣如雪，绝美出尘。她沐浴着朝晖，安静地看着大海，美目深邃，低语道："时间不多了。"

不久后，穆青脸上带着喜悦和激动之色，来请林诺依。

楚风也开始出发，因为，在天穹盘旋的异禽告知他，折叠空间内有异动。

他临去时不让众人跟随，且叮嘱道："我自己去就可以，一会儿你们按我的手势让外面的人执行命令！"

这是提前商量好的，楚风不同的手势代表不同的意义，也许是发射炸弹，也许是开启激光……当然，还有最后一个手势，那就是行动失败，速速逃亡。

折叠空间内，大齐皇朝数十人全都准备好了，站在祭坛前，准备跨界，进入外面的空间。

"五星进化皇朝的能量塔可以让我们无忧地闯关，从此以后，海阔凭鱼跃，天高任鸟飞，这个世界将成为我们的造化地，其他人都无法与我们竞争！"

"殿下是天选之子，注定要在这里成圣！"

这些人很激动，都在期待跨界那一刻！

随后，他们看到了穆青，也看到了那个白衣出尘的女子，在朝晖中带着一圈光晕，散发着神圣光彩。

就连那些桀骜不驯的骑士也都略微出神，安静地盯着那像是从画卷中走出来的绝世丽人。

他们面对没落的地星上的生物有一种优越感，认为这里的人是当年那群失败者的后裔，血脉已经不纯，辉煌一去不返，已然沦为下等族群。

可是现在，他们一阵出神，忽然觉得这个女子是如此圣洁，让他们自惭形秽。

齐宇气宇轩昂，走到折叠空间边缘，凝视林诺依。他虽然不是第一次与林诺依见面，却从来没有一刻像现在这么心动。

他脸上露出温和的笑容，跟林诺依对话。

林诺依微笑，良好的礼仪教育让她一言一行都自然而得体。

远处，楚风皱眉，一只手已经举起。有昆林山的异禽在注视着他，只要他猛力挥落手臂，嵲山深处就将遭到毁灭性的攻击。

楚风悄然后退，拉开足够远的距离。可是这时，他那只举起的手略微僵硬，他想到了林诺依对他说过的话：相信她，不会害他。

终于，折叠空间那里发生了惊人的变化。

一座能量塔浮现，苍茫、恢宏的气息铺天盖地，而后能量塔不断变大，矗立在嵲山深处，有一半挤进了折叠空间，笼罩着那座祭坛。

最终，它将大齐皇朝所有人都罩住了，这等于构建了一条安全通道，将带他们跨界！

穆青一直守在一旁，此时，她兴奋得尖叫起来，忍不住想要放声高歌！

杨恒也精神亢奋！

楚风睁大眼睛，那只举起的手就要猛力落下！

然而这时，那座能量塔无声无息，平整地分为两半。

"啊——不！"那些骑士大叫，他们的坐骑也痛苦地嘶吼着，暴露在这片天地间的刹那，他们身上腾起炽烈的火焰。

一名强大的统领第一个在火光中化成了灰烬。

"殿下，快动用控器领域的无上秘本啊！"一名老者大叫，也在瞬间化成了灰烬。

这里，一团又一团火焰腾起，有的更是直接炸开，如绚烂的烟花绽放开来。

"不要啊！"有人叫着，声音中满是恐惧。

林诺依白衣洁净，清丽如仙，她舒展双臂，姿态优美，让那分开的能量塔合二为一。

齐宇周围是成片的经卷，一篇又一篇发光，映现出漫天星斗般的文字。那是圣文，不具备惊世能量，却可以化险为夷，保住他的性命。

然而，齐宇的双足依旧被火光吞没了，形势糟糕至极，他急忙口诵真经，以增强圣文的威力。

同一时间，他运转控器领域的无上秘本，想夺走能量塔！

所有这一切都发生在电光石火间，快到所有旁观者都没反应过来。

瞬间而已，成片的强大进化者就被烧成了灰烬。

杨恒像是一只受伤的野兽，双目猩红，充满血丝，额头上青筋毕现，立时向前扑击。

穆青姣好的面庞上原本带着笑容，可是，一刹那便是天堂与地狱之别，她面部表情凝固，接着如同发疯一般，尖叫着向前冲去。

楚风脸上的表情变了又变，从一开始的惊怒与伤感，再到愕然，最后是震惊与喜悦。

这种巨大的变化着实让他的心脏有点承受不住。他那只举在半空中的手都已经发力，就要挥落下去了。若非他掌握无上呼吸法，精神与肉体融合，反应远超其他进化者，他恐怕已经下了发射炸弹的命令。

最后关头，他硬生生地定住自己的手，没有让手落下去，并朝远方摆了摆手。

“嗖！”

这一刻，他不加掩饰，全面爆发，浑身毛孔都在喷出能量精气，像是一艘人形战舰，穿越长空，迅疾而猛烈。

他怕林诺依出事，发狂般奔行，同时聚集全身能量，远距离进攻！

“刺啦”一声，他左手心的雷电符号闪烁，一杆闪电长矛凝成，被他第一时间掷出。

半空中，雷电轰鸣，炫目的光束简直要刺瞎人的双眼，闪电长矛凌空而行，击向杨恒。

杨恒虽然反应很快，侧身躲避，但是左肩依旧被刺中。

不过，他的身体只是稍微受阻，依旧向前扑击。他恨不得立刻解决林诺依，现在他的眼中没有其他敌人，他只想除掉这个白衣女子。

哪怕她绝代倾城，杨恒也视她为魔女，他的心都在滴血，那是一群潜力无边的精锐骑士，是大齐皇子成圣的班底所在，结果一瞬间就近乎覆灭。

祸乱的根源就是这个女人，这个宛若仙子的女人一念之间就让大齐皇朝的大半人马灰飞烟灭了。

“哧！”

一道雪白的剑气疾速飞来，阻挡杨恒。那是楚风肺部养出的庚金剑气。

楚风心中焦急，他距离事发地有些远，现在只能远程攻击。

同时，他祭出赤色飞剑。赤色飞剑像是一条赤色蛟龙，俯冲过去，劈向穆青。

杨恒与穆青两人发疯般进攻林诺依，想立刻要她的性命。

“你们都该死！”杨恒手持光华四射的银刀，硬撼楚风的庚金剑气，在空中划出白茫茫的刀气，剖开山地，毁掉森林。

穆青则披头散发，尖叫着对抗赤色飞剑，逼近林诺依。

在此过程中，楚风手持金刚琢，风驰电掣，终于接近那里。

林诺依并未慌乱，一直保持着镇静，而且，她已经看到了楚风。她一身白衣在成片的火光中分外醒目，显得清新脱俗。

此刻，齐宇在夺她的能量塔，想将能量塔控制在手，扭转败局。

只是他失望了，那能量塔才被他摄过去一段距离，便迅速转动，脱离他控制的范围，向林诺依而去。

“超星能量塔！”他大叫，脸上写满震惊，心都在滴血，心中有无边的失落。

那能量塔比他们预料的还要惊人，可是，他只能失之交臂。

那是超星能量塔啊，只要将它夺到手中，并给他足够的时间，他便能开创一个比大齐皇朝还要辉煌的进化皇朝。

可是，一切都晚了，那个看起来美丽出众、神态安闲的女人，弹指间便让他输掉了一切，所有人马都将葬送在这里。

“啊——”齐宇大叫。这是他第一次失态，在星路上经历了那么多危险，他都没有如此。

他已经来到这个世界，进入他的祖辈征战过的星球，甚至有了成圣的希望，却在最后关头大败。

他的班底被毁，倒在道路的尽头。只差一步啊，他们就可以到达前方，而前方就是光明，就是成功的所在。他心中滴血，身体痉挛，实在太不甘心了。

“呼！”

能量翻涌，恢宏而苍茫的气息像是从远古传来，古朴的能量塔刹那间降落，笼罩住林诺依。

同一时间，楚风掷出金刚琢，一头发丝都被大风吹得向后飘舞。

这样霸道的一击，他原本是想留给大齐皇子的，可是看到杨恒那雪亮的银刀劈向林诺依，他唯有果断地掷出金刚琢。

不过，他没有竭尽全力地砸出，而是用了巧劲，并且将一股精神力附在金刚琢上，以便随时操控雪亮的金刚琢。

“砰！”

杨恒手中的银刀被砸得四分五裂，同时一团黑色的火焰在他身前爆发。

那是太阴黑火，是一种等级非常高的能量。

太阴黑火触及杨恒的身体，他根本承受不了，踉跄着后退。

“一群失败者的后裔，你们都给我去死！”他痛苦地大叫着，将手中的断刀猛力掷向林诺依。

这一刻，楚风阻止不了，但是悲剧并没有发生，那寒光闪烁的断刀砸到能量塔上后直接被震落。

楚风提起来的心终于放了下去，所谓的超星能量塔的确很神秘。

他以那股附着的精神力催动金刚琢。因为这一次他没有全力砸出金刚琢，金刚琢击中银刀，释放出太阴黑火之际，速度就已经变慢。

他以精神力轻轻一拨，改变金刚琢的方位，使其朝疯狂进攻过来的穆青而去。

一朝被蛇咬，十年怕井绳。穆青上一次就是被太阴黑火烧成重伤，才被楚风偷袭成功的。现在再次见到这种黑色火焰，她本能畏惧，甚至压下心中报复林诺依的冲动，快速后退。

“砰！”

楚风用精神力震动金刚琢，让它喷出太阴黑火，有些火星顿时溅落在穆青身上，她惊惧万分，大叫起来。

事实上，楚风的主要目标根本不是她，对付她只是顺带为之，他真正想对付的是大齐皇子齐宇。

“轰！”

楚风的精神力猛然爆发，轰在金刚琢上，之后，他果断离开。

金刚琢内剩余的太阴黑火全部喷出，席卷了前方那片地带。

那里，天空中飘浮着一张又一张发黄的纸，它们都发光，接着燃烧起来。所有纸张上都有文字，映现出来，烙印在空中。

那是圣文，是真正的圣人所写的文字，可是在带来之前，其中蕴含的恐怖能量就磨灭了。

因为，域外生物进入地星时发动的攻击越强，遭受的场域反击之力越可怕，真要是动用圣人的能量对抗，那么这里直接会化作人间地狱，万物都要毁灭。

没有了圣人能量的圣文难以全面护住齐宇，他的双足被点燃。

他想要坚持，希望能够熬过那一刻。他一旦成功闯关，那就是真龙归沧海，朱雀腾九天。到时候，这个世界上的人谁能与他抗衡？什么超星能量塔，终究会成为他的囊中之物，那清丽绝世的女人也要受到他最可怕的惩罚！

可是，现在金刚琢飞来了，带着大量的太阴黑火。这对齐宇来说是一场灾难。

齐宇周围尽是经卷，经卷悬浮在空中，不仅保住了他的命，而且庇护了他身边的人。

事实上，也只有他和他身边的人还活着，其他人都形神俱灭了。

他们这群人太强大，现阶段，地星意志不允许他们踏足这片古地。

太阴黑火席卷而来，黑光闪烁，很多经卷原本就在燃烧，现在毁坏得更迅速了。

一瞬间，那些被经卷庇护的人都惨叫出声，周围的圣文炸开，不断消失。

“救我！”有骑士哀号，满脸痛苦之色，身上的银色甲胄熔化，冒出一阵阵火焰，很快便没了生机。

“天谴啊！”一名中年男子实力很强，现在却满脸绝望与惶恐，向折叠空间爬去，他颤抖着，嘴巴已经发不出声音，精神意识却传出，“昔年，我们大齐皇朝的主力作为进攻小队之一，接受排在第十二位的星球道统的统率与安排，和其他队伍一起从嵲山这条星路进入这个世界，结果遭受了灭顶之灾，现在……又遭天谴！”

他以肉眼可见的速度在风中灰飞烟灭，最后的声音充满恐惧。

还有人至死都很强硬，号叫着：“殿下，要为我们报仇啊，诛灭这个世界上的生物！”

林诺依再次行动，她身在能量塔中，直接腾空而起，撞向齐宇那里。

“砰！”

受到太阴黑火冲击的圣文原本就在不断消失，现在又被能量塔撞击，毁灭速度更快了。

楚风哑然，他原以为这次林诺依冒失了，终于冲动了一次，现在看来，一切都在她的掌握之中。

他对此很欣赏。

“啊——”齐宇披头散发，道，“失败者的后裔，你们早晚会覆灭！”

齐宇知道大势已去，自己无法坚持下去了，如果没有圣文的保护，他马上就会死。于是，他果断转身，想要冲进折叠空间中。

“锵！”

楚风的脊椎骨发光，惊人的能量化作一杆金色战矛腾起，破空而去。

“噗！”

金色战矛光华刺目，刺中了齐宇的后心。

第213章

林魔女

楚风原本以为大齐皇子的进化层次非常高，金色战矛伤不了他，没想到现在他不仅被金色战矛刺中，而且伤得很重。这让楚风略感意外。

齐宇闷哼一声，却没有驻足，只是飞扑向折叠空间。

他被楚风一矛刺中，并非他实力不济，而是他不敢动用一身的能量，怕遭到更为可怕的场域反噬。

域外生物强行跨界，实力越强越困难，齐宇一直隐忍着没有爆发，心中满是怒火。

终于，他冲进了折叠空间内。

他周围的那些经卷宛若经过千万年时光的冲刷，此时全部消失了。

这是圣人留下的笔墨，可护他平安，不料竟全部毁于一旦。

至此，齐宇才止步，浑身发光，释放出骇人的能量，一瞬间，他身上被金色战矛刺中的部位伤口消失了。

不过，他还在痛苦地呻吟，他向下望去，双足上的火焰依旧没有熄灭。

哪怕他闯入了折叠空间中，他双足上的火焰依旧在焚烧，甚至有蔓延上来的趋势。

“红尘业火！”他声音发颤，第一次面露惧意。他终于知道让他的人马几乎全军覆灭的能量属于哪一种了，不仅有场域的能量，还有红尘业火！

十大世界中的佛族都十分忌惮这种火，可想而知它的威力有多大。

齐宇站定，回头看向林诺依，咬牙切齿，双目充血，眼角似乎都要瞪裂了。

他原本气宇轩昂，英武十足，可现在面目有些狰狞。这次他一败涂地，全都是因为这个女人！

随后，他看向楚风，目光冷厉无比，刚才他身上的伤就是此人的手笔，这让他既愤怒又憋屈。

进化到他这个层次，枷锁境的人怎能伤他？若非刻意压制自身的实力，不敢动用能量，他怎会负伤？

他的牙齿咬得下唇都在流血，他却不知道疼痛。

他还能轻蔑地对待这个世界的人吗？他已经一败涂地，没脸再咆哮了。

他的身边还有四人，身上都带着火焰，在地上翻滚着。只有这四人得圣人经卷庇护，跟他退了回来，但是眼看也活不成了。

“啊——”齐宇犹如困兽，发出了近乎绝望的凄厉的号叫声，那声音中满是不甘和怨恨。

而后，他果断地斩断了自己的双足，以阻止火势蔓延，不然，他整个躯体都会成为焦炭。

双足断落，他却不知道痛。

他从怀中取出一个水晶球，水晶球晶莹剔透，当中一团鲜红，迸发着赤光。

水晶球中封存着神秘的药液。齐宇捏碎水晶球，将所有的药液都倒进口中，而后腾空而起，头也不回地飞走了。他速度极快，像是一道闪电，刹那间便消失在折叠空间深处。

在此过程中，他都没有回头看一眼那几名倒在地上哀号、满地翻滚的骑士。因为，他知道这些人活不了了。

楚风没有追击，他知道自己真要深入折叠空间的话凶多吉少，大齐皇子哪怕失去了双足也很可怕，毕竟进化层次极高。

林诺依注视着齐宇远去，也没有追赶。她被接近透明的能量塔守护着，站在枯枝败叶上，自始至终都很镇定。

“啊——”

杨恒乱发飞舞，身上有几道很深的伤口，那是太阴黑火焚烧所导致的。此刻，他终于驱除了那种高等级能量，赤手空拳地向楚风和林诺依冲来。

只是，他已经这个样子了，实力锐减。

同时，穆青身上的少许太阴黑火也熄灭了，她也冲了过来。

这两人披头散发，都很疯狂，带着无边的怨气和杀意。

“锵锵锵锵！”

到了这一步，楚风根本不想浪费力气了，他从玉瓶中取出四根黄铜柱子，果断地将其抛向四个方位。

“啊——”穆青尖叫。一刹那，迷雾翻涌，电闪雷鸣，她寸步难移。

杨恒也又惊又怒，他一步踏出，像是进入了另一片天地，四周迷雾浓重，头上雷霆不断轰鸣，闪电不时落下。

四根黄铜柱子来历非凡，现在只是初步激活内部一些符文，便足以困住他们。

锁龙桩，这样的名字可不是随便起的。

楚风站在一根黄铜柱子近前，张嘴喷出一道雪白的庚金剑气，剑气绚烂，如蛟龙盘旋，“噗”的一声射中了杨恒。

“这片没落之地……竟要成为我的葬身之地，我竟要死在这个世界的人手中，我不甘心啊！”杨恒被庚金剑气射中后还没有死去，精神波动剧烈，心里倍感憋屈。他已跨界成功，却还是要死。

“没落之地？”楚风并没有动怒，而是语气平和地道，“回首当年，各大世界的道统皆来朝拜，你们所谓的大齐皇朝也是其中一员。你们也配傲慢？”

“砰！”

杨恒被锁龙桩圈着的区域内的闪电击中，精神溃灭，彻底没了气息。

“噗！”

穆青被楚风张嘴间喷出的庚金剑气射中，断了一条手臂与一条腿，哀号不止。

“有些可惜，让那皇子逃走了。”楚风看着折叠空间。

不远处，那几名被火焰淹没的骑士形神俱灭，大齐皇朝的人马除了一个齐宇，全部被消灭了。

林诺依收起能量塔，它缩小到两寸高，“唰”的一声没入她的体内，消失不见。她转身看向楚风，目光清澈。

“嗯？还有人，我去解决！”楚风让林诺依注意保护自己，而后，他腾空而起，如一只鹏鸟般飞出两千多米远。

“砰！”

当他降落在地上时，金刚琢已经出手，被他发现的这些人中最强大的那个当场被砸死了。

这些人是来自麒麟旧巢的人，曾说要护卫大齐皇子跨界，可是不被信任，都被支去巡山了。

刚才大齐皇朝的人马转瞬间败亡，这些人听到动静后第一时间冲来，没想到遇上了楚风。

这时，老僧人、獒王等也冲过来了，喊杀声震天。

诸王声势浩大，一个个血气冲天，尤其是如今已经挣断了八道枷锁的老僧人脑后生佛光，坐在一只黄金狮子身上，十分惊人。

普梦山的太极老宗师则身负太极图，阴阳二气流转，也很骇人。

来自麒麟旧巢的几人见他们中最强的一人被楚风一击除掉，现在又看到这么一群王级强者扑击而来，心中怯战，转身就走。

“砰砰砰——”

没什么悬念，剩下的几人全部死去，一个都没能逃走！

这几名降临者都不成什么气候，真要是有骨气的强者也不会来这里投靠大齐皇朝。

诸王冲到折叠空间入口，见到林诺依后，惊为天人，一个个瞪着眼睛。

诸王筹谋了很久，都准备发射炸弹了，结果这个漂亮得不像话的女子弹指间便解决了问题。

诸王对林诺依相当敬佩，这种手段，这样的结果，实在出人意料。

诸王都跟林诺依套近乎，对她相当客气，总觉得这女子实在了不起。

时间不长，一群人就熟悉了。

马王干咳道：“弟妹啊，你的确比我女儿漂亮那么三分，难怪楚兄弟不肯移情别恋，我原本还想做他的岳父呢。”

林诺依微笑。

其他人都无语，马王的女儿身高足有两米，膀大腰圆，也只有马王外加一个大黑牛觉得她闭月羞花。

“林魔女，楚魔王，放我出来！”这时，被锁龙桩困住的穆青尖叫起来。

“林魔女？分明是仙子好不好！”雪豹王不爱听这个称呼。

“其实也不错，林魔女，楚魔王，挺般配的。”盘王开口。

就连普梦山的太极老宗师都微笑着，现场解字：“楚字上半部为林，林字下一人为楚。”

“妙极，是这样。”

昆林山诸王可不是文盲，昔日的大黑牛和西伯利亚虎王更是精研数种语言，准备探索世界各地。

然而，太极老宗师却又忽然不说话了。

“林魔女！”穆青依旧在叫。

楚风收起锁龙桩，将穆青放了出来，交给獒王处置。

“给她一个痛快吧。”獒王没有折磨她，取来一柄大刀，结束了她的性命。

进化皇朝的一群强者灰飞烟灭，獒王心中的屈辱与怨气也随之消散了。

至此，嵲山一战落下帷幕。

明月高挂，倒映在海面上。海面上波光粼粼，偶尔有海鱼跃出水面。

楚风与林诺依坐在碧绿的竹筏上，一会儿在碧波上漂浮，一会儿又在天空中飘荡。

月光下，林诺依整个人散发着洁白的光辉，白皙的面孔精致无瑕，美目清澈。

此时，海面上飘着香气，她正在享用楚风的劳动成果。

“这是我第一次吃你亲手做的食物。”林诺依现在很放松，不再那么冷艳，甚至略显慵懒地坐在竹筏上，看向平静的海面倒映出的月影，又看向楚风。

“以前不会做，直到发现了顶级食材，我的厨艺才突飞猛进。”楚风笑道。

听他这么说，林诺依不禁灿烂地笑了起来，想到他整理出来的那个美食排行榜，真不知道说什么好。

想起过去种种，她脸色温和，感觉跟楚风在一起很轻松。随后，她收回目光，看向天边，遥望星空。

这个晚上，楚风已经多次见她凝视星空。

“今天虽然一切都在你的掌握之中，但还是有风险。万一齐宇不退走，直接冲出来对你全力出手怎么办？还有麒麟旧巢也有人冲到，只有你一个人的话很不利。”楚风提及白天的事。

“他们攻不破能量塔。”林诺依开口。

然后，她略微犹豫，轻叹道：“其实我想将你从这件事中摘出去，树大招风，你已经引起太多人的注意了。”

林诺依告知楚风，有麒麟旧巢的强者暗中赶到，她与他们有约定，共击大齐皇朝的人。

这几名麒麟旧巢的强者可不是被骑士杨恒斩掉的那几人，而是真正的高手，可惜，这次楚风把他们要做的事情给抢着做了，他们都没有出手。

楚风闻言，吃了一惊。

“齐宇实力强大，目前不可能跨界成功，能够成功的很有可能是较弱的几名骑士以及齐宇的侍女。”林诺依说，一旦发生那种事，她会以能量塔保护自己，将那些人引到远方的一个山谷中，由麒麟旧巢那几名真正的高手解决。

“你竟能跟他们联系上。”楚风看着她。

“麒麟旧巢内有人对大齐皇朝无比仇视，他们与大齐皇朝来自同一颗星球，但他们所在道统的圣女还没有过来。”林诺依道，“其实，这次放走齐宇也好。”

楚风诧异地问道：“为什么？”

“齐宇进化层次颇高，在很长时间内都无法跨界过来，而那颗星球上跟大齐皇朝对立的另一个道统的圣女还在路上，即将赶到，两人会在折叠空间相遇，将有生死一战。”林诺依这样断言。她肤色白皙，明眸灿灿，沐浴着皎洁的月光，身体略带薄雾。

楚风听闻后都有些怀疑，林诺依是否故意放走齐宇，让他跟那所谓的圣女互相牵制。

“你考虑得很透彻，林魔女比我厉害。”楚风打趣道。

林诺依直接给了他一个大大的白眼，一向冷艳的她很少做出这种表情，竟然略显妩媚。

当林诺依起身，再次站在竹筏上遥望星空时，不知道为何，楚风觉得她似乎离自己很远。

这一夜，天下震动，一部分消息终究还是传了出去，一个进化皇朝的人马几乎全军覆灭，震惊各方势力。

就在这一夜，各座名山所对应的星路上的生物躁动，非常不安，来自各星域的人马准备趁现在没有人截击，迅速跨界。

在这些生物看来，一个进化皇朝的人马跨界时被人阻截而几乎全军覆灭，过于恐怖！

当夜，天下震惊，各条星路不时开启，闯关者不计其数。

无论是城市周边，还是偏远的无人区，都有域外生物出没，瘆人的嘶吼声不时响起。

圆月原本很明亮，但是到了深夜后竟呈现暗红色，凝出一层淡淡的血雾。

各地越发不宁，所有生物躁动，气氛很压抑。

可以看到城市周围成片的大山深处，折叠空间中有庞大的身影不时走动，偶尔仰头号叫，震得夜空都在颤动。

更有猛禽扑棱着翅膀飞上天空，阴影覆盖山峰，散发出可怕的煞气。

最恐怖的自然是名山深处，那神秘莫测的折叠空间内，一双又一双眼睛在黑夜中亮起，有的如同灯笼那么大，还有的睁开的瞬间发出的光芒如闪电般划破伸手不见五指的漆黑地带。

名山后是一条又一条星路，连接着其他星域，现在有的生物想要闯关，不少甚至已经在行动中！

有人监测到，各地一些雄伟的山脉间不时有光芒迸放，如同一团又一团神火。

漆黑的林地、神秘的沼泽等地被这种光芒瞬间照亮。

这个夜晚，无论是人类还是异类都很不安，一部分人注定无眠。

因为，这部分人知道，当太阳再次升起时，这个世界就会不一样了。

他们都在暗中谨慎地观察各地情况，心情颇为沉重。

当然，也有不少人没有察觉。相对来说，他们是幸福的，没有忧虑，不为那种压抑的气氛所影响。

对很多人来说，嵲山发生的事很神秘，他们想要知道真相。

虽然传出了一部分消息，但是整件事依旧扑朔迷离，那可是一个进化皇朝，竟然说灭就灭了。

据闻，那个进化皇朝有数十个进化层次非常高的生物，一个个无比强大，起码目前这个世界上还没有那种可怕的生物。

可是，这么多域外生物在一日间便化作历史的尘埃，光想一想就可怕。

不过，普通人说起这些事很兴奋。

“到底发生了什么？是楚风出的手还是另有他人？”

“有人说是一个仙子现身，将那个进化皇朝葬送了；还有人说是楚风用场域这种非常规的手段消灭了进化皇朝的人马。”

嵲山之事像是一枚深海炸弹，炸出了惊涛骇浪，影响太大。

别说其他人，就连楚风的熟人杜怀瑾、欧阳青、叶轻柔他们都目瞪口呆。

嵲山一役，进化皇朝的人马几乎全军覆灭，这股风波席卷天下。

楚风的通信器如果不是早已关闭，肯定被打爆了。

一些大势力也对嵲山事件格外关注，他们一直在监测各地名山，观察折叠空间，自然敏感地意识到各大名山异动可能跟这件事有关。

大势力了解得多，得出的结论自然也相对准确。

大齐皇朝几乎全军覆灭，导致名山所对应的那些星路上的生物皆躁动不已，想尽快真正地踏足地星空间。因为，他们怕也被人堵在折叠空间中。

以上是一家机构得出的结论。

毫无疑问，这个世界上有些势力或者个人跟名山中的那些生物有联系，不然，那些生物不可能第一时间得到消息而产生不安。

著名的灵运山深处的折叠空间内，就有人在低语。

“一个进化皇朝几乎全军覆灭，只是几人所为？我怎么觉察到某种阴谋的味道？这个世界上有遗族，血统不凡，会是他们在暗中出手吗？如果是这样，我等闯关可能会受阻。”

“即便如此，我们也不能立刻都去闯关，体质与精神过于强大，当下闯关的话会遭到这颗星球意志的针对，十分危险，可以让子弟先行。”

其他各地的折叠空间内也有类似的观点与声音。

清晨，许多人起来后的第一件事就是看嵊山后续报道。

有人揭露隐情，嵊山一战，那股进化皇朝的人马几乎全军覆没是楚风与人联手所致。

也有人说，天神生物的林诺依得到莫名的传承，跟楚风联手，打败了那队可怕的人马。

还有人说，这个世界的遗族出现，来自布拉卡纳山和海外仙岛等地，被楚风引到嵊山，共同对付大齐皇朝的强者。

不管怎么说，嵊山事件里面都有楚风的身影，各地人们非常吃惊。

在人们看来，这已经算是揭露出部分真相。

“这位小叔爷是要登天成神啊。”熊坤、胡生等都惊呆了。

他们哪怕早有心理准备，心脏也有点承受不住。在他们看来，楚风每隔一段时间就要出来吓一次人，动静越来越大！

这个清晨，大量的人在谈论嵊山事件。

然而，在众多新闻媒体平台放出一则重磅消息后，人们全被转移目光。

“一座名山一条路，域外生物大闯关！”

这种报道可谓石破天惊，震撼各地，在全世界范围内掀起滔天巨浪。

事实上，各大势力谨慎监测一夜，仔细探察与求证，也得出了结论：域外生物大规模跨界！

很多人昨夜已经觉察到一些生物躁动，但是根本没有想到已然变天！

人们沸腾了，街道上人头攒动，到处都是身影。一夜间而已，这个世界就要从此步入未知的轨道吗？

据一些机构初步观察，昨夜域外生物大规模地闯关，有人形生物，也有凶禽猛兽，更有不可理解的生命形态。

其中，许多生物被炽烈的火焰焚烧，永远地消失，但还是有成功者。

外界天翻地覆，全世界大讨论，人们很是惶恐。

嵊山外，很遥远的海上，却是另一番情景。

朝霞绚烂，海面上金光点点，楚风与林诺依泛舟海上，十分悠闲。

楚风往海里甩下鱼钩，直接钩上来一只两万斤重的大海龟。大海龟起初还很愤怒，想要倾倒碧绿的竹筏，结果看到楚风后当时就蔫了。

“魔王大人，放了我吧，自己人！我来自东海龙宫，效命于龙女，上次你去海底，我还曾经去迎接你。”

楚风无语，这个世界还真小，在海中垂钓都能钓上一只会说话的灵物，而且还认识自己。

将大海龟放走后，他也没心思钓鱼了，而是看向林诺依。他总觉得她有些缥缈，有些遥远。

这种感觉很特别，两人分明近在咫尺，他却总觉得她随时要远去一般。

“你是不是要离开？”他终于忍不住问道。

林诺依就在近前，很安静地沐浴着朝晖，仿佛不染人间烟火。

“是的，我要远行。”她答道，没有隐瞒楚风。

“要走多久？”

“很久很久，也许一百年，也许一千年，也许一万年，也许再也回不来了。”林诺依答道。

她瓜子脸，皮肤白皙，眉目如画，身段修长，白衣和长发在海风中飘起，迎着红日，整个人都仿佛在发光。

楚风看着她，一时间没有说话。

海上起风了，霞光在海面闪耀，远处一只巨鲸跃出海面，像是不甘困于水泽。

“扑通！”

巨鲸落下，白浪击天，波涛汹涌，打破宁静。

“一定要离开吗？”楚风询问。

“是的，要离开了。我得到了一座能量塔，这个道统生根于星空的彼岸，寂灭于地星，得到它时很多事便已被我承接了下来。”林诺依低语。

她要离开了，很有可能不再回来，前路怎样，她也不知道。她在能量塔中看到的景象匪夷所思，那片古地很有可能超越百强世界所统御的范围，光怪陆离，不可名状。

而她所看到的只是一角而已。

楚风恍然大悟，怪不得她在夜晚总是遥望星空，他忍不住一声轻叹。

他很想说跟她一起上路，一起探险，但是最终没有开口，因为这里还有他的父母，还有其他关心他的人。

他冲动地一走了之，与他相关的那些人怎么办？

林诺依脸色柔和，看向他，道："你要保重。"

是他该对她这样说才对。听到这样的话语，楚风脱口而出："我跟你一起过去。"

"不！"林诺依摇头。

"将来我会踏足星空，会去找你。"楚风这样说。

林诺依摇头，微笑道："离别不用这样沉重，多少年后回首，我们都可以寻到一段岁月，有真挚，有感动，有些许不舍，这就足够了，算是一段弥足珍贵的记忆，值得珍藏。"

她很洒脱，比男子还拿得起，放得下，也许是早就看到了未来，也许是自制力超强。

"我还真是一个凡人。"楚风说道。

林诺依理了理自己飘起的长发，又温柔地帮楚风整理被海风吹乱的衣领，十分恬静地道："让我们互道珍重。"

楚风点头。

林诺依脸上带着笑，很平和地放下了一切。

第214章
世界不一样了

碧海上，竹筏载着楚风与林诺依。

两人提起过去，谈及现在，在分别之际没有沉重，也没有热烈，反而都很安静与平和。

有些事无须细想，光阴荏苒，多年以后，各自的人生轨迹肯定早已大不相同。

楚风抬头，在接下来的时光里，他应该会娶妻生子，而林诺依在星空的彼岸会怎样?

想到这些，他摇了摇头。

竹筏破开海水，回到嵲山。

此时，天神生物内很不安宁，高层震动，大齐皇朝的人马几乎全军覆灭于嵲山深处，对他们的冲击非常大。

外界也一片混乱，一座名山一条路，域外生物大规模跨界，死了一大批，但也有一部分成功过来。

不过，楚风没有理会这些，他来送林诺依远行。

时间过得很快，一下就到了夜晚。当明月高挂时，嵲山一座灵峰上，一棵银色古松发光，林诺依就站在银色古松下。

楚风离她有一段距离，在后方凝视着她。

她被夜间的雾和月华笼罩着，身影美丽，却很缥缈，有些不真实。

“再见！”林诺依回首，看向楚风。

“保重！”楚风站在原地，注视她离开。

前方，成片的符文浮现，崖壁上一条神秘的星路开启，发出微弱的光，通向未知之地。

林诺依体内的能量塔出现，“嗡”的一声轻颤，她踏上那条发出微弱光芒的星路，整个人瞬间变得模糊起来。

她挥了挥手，就此远去。

“唰！”

清辉一闪，像是吞走了大片的月华，这座灵峰变得很灿烂，吸收星空中漫天的光雨。

但是，这里很快又变得暗淡了，一片死寂。

银色古松下恢复了正常，什么都没有了。

楚风站了很长时间，之后转身，看到了林诺依的父母。他们早就来了，就在不远处。

他轻轻点头，向两人问好。

“星路如果没有断，还能走得通，大概黎明时会再现一次。”林父说道。

林父与林母有一块星石，如果星路再现，他们将凭此星石踏上星路，随林诺依而去。这是他们与林诺依早已约定好的。

这是唯一的星石，拿着它便可踏足那条星路。

说到底，林诺依再淡然，也有割舍不下的东西。

林父与林母看似平静，其实很紧张，怕星路已断，踏足星路的林诺依发生什么意外。

黎明时，银色古松下，星路再现！

这一刻，林父与林母先是面露喜色，而后又怅然。他们对这个世界有太多的不舍，但最后还是踏上了女儿离去的路。

“再见！”楚风朝他们挥手，而后转身下山。

在他身后，最后的一抹星光闪过，林父与林母随之消失。

与此同时，银色古松枯萎，崖壁化作飞灰，接着整座灵峰矮了一截，坐落在灵峰上的千年小道观也化为尘埃。

这个变故无声无息。

楚风远去，直接离开嵲山，没有任何停留。

当太阳升起时，楚风已经在数千里之外了。他开启关闭多时的通信器，各种留言顿时涌了进来。

他看了又看，回复不过来。

手指划过通信录，他轻轻一叹，从此以后有一人永远也联系不上了，成为一段回忆。

随后，他的通信器响个不停，是昆林山诸王找他。

“兄弟，你在哪里？”

昆林山诸王告知楚风，现在跨界过来的域外生物不算少，各地都出现了域外生物的身影，诸王决定正式舍弃昆林山。

在这风口浪尖上，诸王想蛰伏，不愿去争霸，不愿去大战。

楚风闻言，看向天空。这个世界已然变了，也不知道其他星域有多少人赶来，成批地进入地星空间。

天还是那天，地还是那地，空气依旧清新，但是某种轨迹已经改变。

连昆林山诸王都看开了，决定放弃心中的圣地。这算不上低头，也谈不上妥协，一切都只是为了活下去。

“兄弟，有什么打算？”雪豹王隔着通信器问道。诸王都想见他，离开昆林山后，诸王还没想好接下来去哪里。

“我？吃饭，睡觉，打豆豆！”楚风说道。

“什么？”诸王发蒙。

“错，是吃饭，睡觉，打降临者！”楚风说道。

“打降临者？弟妹不是让你蛰伏起来，短期内不要再现身吗？”马王不解地问道。

楚风道：“好吧，蛰伏。不过我看降临者不顺眼，凭什么他们来了我们就得躲起来，把名山让给他们？”

“不对啊，兄弟，先退出名山，避免伤亡，这还是你说的呢。你现在这状态不对劲，赶紧说在哪里，咱们聚一聚。”雪豹王叫道。

此时，楚风心里确实很不爽，先是黄牛、大黑牛等离开，不知道还能否活着走出不灭山，现在林诺依也远去，相隔遥远，昆林山诸王更是被迫放弃昆林山。

说到底，都是域外降临者闹的。

随着其他星域的生物不断赶来，可以料想，这个世界的生物境况会越来越糟糕，尤其是进化者，处境堪忧。

现在一路行走，楚风已经能够感受到一些不同了，整个世界都仿佛不一样了。

随便看一眼新闻报道，都在提降临者的事。这才两天而已，各地便都不平静了，所有名山中的生物都在躁动。

“兄弟，说话啊，在哪儿呢？”通信器另一边，马王的大嗓门传来，因为诸王没听到楚风的回应。

“等一下，我好像看到域外降临者了，待会儿再说！”楚风盯着前方的一片山地，这样说道，而后直接挂断了通信器。

数千里外，昆林山诸王愣住了，这兄弟要干什么？

“现在域外降临者不断从名山中走出，咱这个兄弟要去惹祸？”

“喂，喂，喂！”诸王对着通信器大叫了几声，发现早已挂断，彻底无语。

这兄弟怎么了？不是说要蛰伏，要隐忍吗？

前方，一片山地中走出几个域外降临者，看样子都不弱，正在谈论嵲山事件，并提到了楚风的名字，语气不善。

楚风直接冲了过去。

“砰砰砰——”

他一上去就出手，倒也没有下死手，就是一顿揍而已。

几个域外降临者怒吼，他们才九死一生，从折叠空间中出来，还没有去惹别人，就先被打了？

他们能看出，这个人是这个世界的原住民，绝非跟他们一样来自其他星域。

不是说这个世界早已没落，没有强大的进化者了吗？

“嗷嗷嗷——”

几个域外降临者大吼。他们还不能熟练运用这个世界的语言，只能以咆哮表达愤怒，并奋力反击。

“叫什么？入侵我们的世界，都欠收拾！”楚风说道。

不是每个降临者都如进化皇朝的皇子那么厉害，事实上，现在能平安过来的域外生物九成九处于枷锁境，不然根本活不下来。

几个域外降临者其实不弱，但是现在都被楚风压制住了。

不远处，有路过的人见到这一幕，一个个目瞪口呆。那不是楚风吗？他在跟域外降临者战斗，或者说在收拾域外降临者？

“你是谁？为何对我们出手？”几个域外降临者悲愤不已，用精神力传音，询问道。

“我就是你们口中的楚风，看你们来我们的世界夺取机缘，就是想给你们一点颜色看看！”

几个域外降临者无语，早就听闻这个楚风邪乎，怎么才来到这个世界就遇上了他？太倒霉了！

路过的人都被惊得不轻，貌似是楚风主动出击，找域外降临者的麻烦？

这里的事情很快就被传了出去，简直惊呆一大片人。

现在整个世界都变了，来了很多域外降临者，楚风还敢这样？这也太强悍了！

一开始时，许多人不信。

收拾完几个域外降临者后，楚风施施然而去，留下几个躺在地上动不了了，一脸悲愤之色的域外降临者。

不过，这几个域外降临者也服气了，愤怒过后，彼此交流，只能怪他们自己倒霉，谁叫他们语气不善地谈论楚风，结果被他听到，太邪乎了！

事实上，这不是个例。

楚风一路行走，接连遇到四五批域外降临者。

别人遇上降临者，都会远远地躲避，而楚风看到他们从山脉中走出，会主动凑过去。

当这些来自其他星域的降临者对他不敬时，他便果断出手！

别说其他人，就连认识他的熊坤、胡生、姜洛神、欧阳青等人都傻眼了。

昆林山诸王得悉后，也都无语，他还真是要吃饭，睡觉，打降临者啊！

就在人们以为楚风会惹出大麻烦时，事情的发展出乎所有人的预料，一些从折叠空间中走出的域外生物居然开始向楚风示好。

“楚兄弟，我们的圣女有请！”有域外强者来寻他，并郑重地发出邀请。

“圣女那种生物真的过来了？”

“我说楚兄弟，这个……说法不太好吧？”那个域外强者皮笑肉不笑。

星海中，一颗又一颗星球滚滚而动，壮阔而瑰丽，可这是近距离视角的体现。

如果拉远距离，放眼苍茫的宇宙，一颗又一颗星球又算得了什么？那是多么渺小、微不足道啊！

宇宙中，绝大多数星域处在永恒的黑暗之中，没有声息，没有生命，有的只是冰冷与死寂。

在苍茫的宇宙中，哪怕穿过很多星域，有时也难以寻到生命体。漫长岁月以来，宇宙都在经历大爆炸时代后的寂寥。

此时，一辆马车踏着星光，沿着未知的路径，向宇宙中少有人问津的一角蛮荒之地悠悠而去。

马车不断消失，一会儿驶进空间隧道中，一会儿又从空间隧道中驶出，遨游星空，而后再次选择新的空间隧道，驶向远方。

这十分惊人，哪怕不是真正靠自己的肉体遨游星海，可是借助古老年代开辟的路径行走这么长的距离也很了不得！

拉车的是一匹天马，通体金黄，高大而威猛，鬃毛很长，乍一看很像是一只圣狮！

天马拉着一辆与它同色的金色战车，脚踏星空而行，穿过最后一条空间隧道，终于抵达目的地。

“到了吗？”金色战车上，一个男子开口，听声音还算年轻。他走下战车，站在星空中，俯瞰下方。

下方，一颗水蓝色的星球缓缓转动。这正是地星。

男子身穿黄金战衣，战衣暗淡，没有光泽，且男子体表附着灰雾，遮住躯体。

与此同时，一只满身都是土黄色鳞片的独角熊拉着一辆青铜战车，咆哮着从不远处的一条空间隧道中钻了出来。

青铜战车上有一个男子，身穿青铜战衣，体表白雾弥漫，笼罩了躯体大部分。此时，他也俯视着地星。

在那匹神骏的天马旁，那个身穿黄金战衣的男子开口道："晴岚，你来了。"

独角熊发出咆哮，震动太空。它拉着的青铜战车上，那个身穿青铜战衣的男子略微颔首，并叫了一声"杨宣兄"。

两辆神秘战车载着两个神秘男子从宇宙繁盛之地而来，出现在地星外的太空中，若是被人察觉，人们一定会心惊不已。

不过，附近的太空探测器都失效了，察觉不到他们。

"我们两个负责镇守在这里，以防意外发生，其实根本动不了什么手脚，也只能看着而已。"身穿黄金战衣的男子杨宣说道。

"我是被发配了。"身穿青铜战衣的男子晴岚开口。他长发飘起，身上的青铜战衣显得十分古朴。

虽说他们是借助空间隧道而来的，可是能独自上路，远距离行走，来到宇宙的一角，也算是非常惊人了。

杨宣低头，道："这颗星球还真是古怪。对了，你族有后辈进入下方这颗曾经排在第十一位的星球寻机缘吗？"

晴岚瞥了他一眼，道："你有一个圣女族妹也在下方的星球上吧？"

杨宣闻言，顿时神情一滞。他的年龄比那圣女族妹的祖父年龄都要大，这种辈分让他脸色木然，好半天才道："她走的是灵运山星路。"

随后，他们分别取出一物。

晴岚取出一颗如同玉石般的银色眼球，道："这是昔年一位千里眼大成的前贤坐化后所留的神物。"

说是千里眼，其实能够看到的景物何止千里那么简单，万里之外也能看到，而且能洞穿虚实，绝世超凡。

杨宣也取出一物，竟是一只光泽莹莹的金色耳朵。他开口道："这是昔日顺风耳大成的金身罗汉级进化者所留。"

银色眼球和金色耳朵开始发挥作用。就这么一瞬间，他们便洞彻万物。

他们用银色眼球看到火球系一个方向有很多战舰，似乎在寻找着什么，金色耳朵甚至能接收到一些古怪的波段。

"机械族很了不得，这是在寻找捷径，想要整体降临地星吗？听闻导致机械族起源的某一棵无上古树有部分残根在地星上。”

机械族，据悉是某棵神秘古树的花粉洒落在金属上，导致金属通灵，从而演化出的一个族群，最终迅猛进化，发展出了灿烂的文明。

“不止机械族，还有其他族群跟机械族合作，想要寻找出漏洞，破解地星场域。”

不得不说，银色眼球和金色耳朵作为古代大能的道果结晶体，实在恐怖，隔着这么远的距离，都能洞彻一些事！

随后，他们转移注意力，催动银色眼球与金色耳朵，开始真正关注地星，搜罗各种有用的信息。

这两种道果结晶体散发出微弱的能量涟漪，不具备威胁，没有杀伤力，因此并未被地星场域所阻挡。

“有意思，这些地星人中倒也出了个人物。你听到了吗？金色耳朵传来的杂乱声音中提及一个人，他几乎消灭了一个进化皇朝的所有人马！”杨宣讶异。

晴岚点头道：“的确出乎预料。我以银色眼球寻觅，看一看能否找到这个特殊的人物。”

过了很长时间，晴岚面露讶异之色，像是很意外，道：“巧了，我看到一个人，练有金菩提呼吸法的前两层，进攻时凝成的能量体也是金菩提形状，或许是你族的战兵，应该是你那位圣女族妹的手下。”

提及那位圣女族妹，杨宣的神色又略微一滞。虽然从进化的角度来看，他还很年轻，但是他怎么也比那位圣女族妹大多了，甚至比她的祖父都大几岁，这种辈分太糟糕！

“会你族呼吸法的人很倒霉，貌似被一个地星人压制了，快来看。”晴岚不怀好意地说道。

杨宣凝视那个方位，并且催动金色耳朵。

毫无疑问，催动这两种道果结晶体，对催动者的实力有很高的要求，因为接收到的杂音等太多，需要排除。

实力不够强的话，说不定催动者自身的精神都会被冲击得崩溃。

杨宣哪怕实力很强，也只选择进化者的声音，普通生物的音波都被排除，不在接收范围之内。

同时，他还注意锁定特殊区域，针对单独目标，这就省力多了。

晴岚脸上略带幸灾乐祸之色，道："有意思，那个地星人名叫楚风，似乎就是此前消灭嵲山星路上大齐皇朝人马的人，现在对上你们这一族的人了。"

杨宣起初还面无表情，但马上脸色就不是多好看了。他黑着脸，道："那个挨打的人应该是我族妹的手下。"

地面上，杨霖感觉很冤。

他请楚风去灵运山见他们的圣女，结果楚风提及"圣女那种生物"，口吻太不够友好，要知道圣女身后的道统恐怖无比，有圣人从很久以前一直活到现在，这样的道统走出的圣女怎能不被尊敬？

所以，杨霖语气严厉，为楚风纠正错误，没想到倒了大霉，凭他挣断了十道枷锁的实力竟打不过楚风，挨打不说，还被奚落。

"看你一身疙瘩，背后还长着银色肉翅，肯定是银翅夜叉族的吧？"楚风问。

杨霖哪怕被打得很惨，依旧在运转金菩提呼吸法奋力反击，身体周围到处都是金菩提能量体。

"我是夜叉族的！"他大方承认。

"还真是夜叉族的，真是该打！"楚风道。这个人语气不好也就罢了，居然还要带他去见夜叉族的圣女！

杨霖大怒道："凭什么我是夜叉族的就该打？"

"因为你太可恶，竟让我去见母夜叉！"楚风也大怒道。

他亲身经历过一些事后，觉得相关的神话传说总有些道理，面对母夜叉这种生物，还是有多远跑多远吧。

太空中，杨宣面庞略微抽搐，脸色越发难看，他们这一族血统高贵，什么时候成夜叉族了？

地面上，杨霖听闻后感觉冤到极点，愤懑无比，道："圣女跟我不是一个族群的，我只是她的一个追随者。她来自圣族，地位与身份高贵到无法想象，可俯瞰星海！"

"不是母夜叉啊，早说啊，我一直想猎捕那个……啊哈……结交域外圣女呢。”楚风说道。

而后，他又问了一句：“你们的圣女是人形的吗？”

“哈哈——”太空中，身穿青铜战衣的晴岚笑了起来，回头看向杨宣，道，“这个人有点意思，看样子是盯上你族妹了。”

杨宣黑着脸，俯视下方，道：“先是质疑我们的族群，现在还敢亵渎我的圣女族妹，这个卑鄙无耻的小子，我降临后定不轻饶他！”

“哈哈——”晴岚畅快大笑。

地面上，杨霖感觉十分憋屈，也无比别扭，这小子问的是什么话啊，什么人形不人形的，这还用问吗？

他没好气地回应道：“我们的圣女风华绝代，光芒照耀整片星空，让数不尽的英杰尽折腰。她带着善意来到这颗星球，不想与你等冲突，所以想请你这样的人过去面谈。”

“还不错。”楚风点头，又问道，“你们的圣女在哪里？”

“灵运山中。”杨霖答道。

灵运山！

楚风吃了一惊，这可是很有名气的山，这座山对应的星路绝对不简单。

楚风警醒过来！

直到这时，他的心才沉下来。在此之前，他的心犹如悬在空中，似无根浮萍。

黄牛、大黑牛和林诺依等人相继离开，此生可能再也见不到了，生离死别，让他的心情非常糟糕。

所以，这一路上他任性行事。

最终，楚风没去灵运山。他可不想找不自在，这个所谓的追随者都是挣断了十道枷锁的高手，那个圣女肯定实力深不可测。

她现在还不敢走出折叠空间，足以说明她的进化层次肯定非常高。

楚风决定去开启各座名山的道场，赶紧提升自己！

“别挡路，下次我去见她，今天没空。”

听楚风这么说，杨霖火冒三丈，但是他真打不过这魔王。

太空中，晴岚乐不可支。

杨宣则恼怒不已，脸色难看。地面上那个小子还真是嚣张，如果能够降临，他真的想亲手教训教训那个叫楚风的家伙。

“哧！”

最后，他没忍住，催动那颗银色眼球，将一身能量全部注入进去，一道刺目的银光顿时射出，冲向地面。

“你疯了！”晴岚惊叫。

“无妨，我只是让它显化异象，没有催动神术！”杨宣说道。

地面上，楚风吓了一大跳，一道银光莫名其妙从空中落到他近前，很醒目，也很神圣，无比惊人。

这明显是冲他来的，险些劈中他！

好像没什么威力？可是，还是吓了他一跳。

楚风不满，冲着天穹喊道：“该死！”

“哧！”

太空中，杨宣又一次催动银色眼球，落下一道银光，吓唬楚风。

“还没完没了了！这是哪儿来的银光啊？想吓唬我？”楚风惊疑不定，有点心虚。

第215章 天选之子

“哧哧哧！”

杨宣黑着脸，一口气又打下去几道银光。

楚风的确心虚，这是哪里来的银光，声势惊人，这么片刻间他心里就略微有些发毛了。

可是数次之后，他摸清了虚实，从空中落下的银光十分绚烂，看着唬人，其实没什么威力，完全是虚张声势。

“什么用都没有！”他嘀咕着，眼中满是不屑。

然而，太空中可是有古代大能的道果结晶体——银色眼球和金色耳朵，能捕捉到他的每一个表情，听到他嘀咕的每一句话。

杨宣不禁心头冒火。他第一次遇上这种状况，竟被枷锁境的家伙鄙视。

他是何等身份？这种境况太可笑！

这要是传回星海内部，被那些跟他一样光芒万丈的各族世子知道，他还不被那群家伙给笑死？

“回去不许说！”他警告晴岚。

晴岚微笑，趁机勒索：“一只五星级斗兽，保证它可以连胜十场，为我从斗兽殿赢来一种宝药。”

“你怎么不去抢啊？”杨宣瞪着他。

地面上，楚风准备上路，可是发现这片地带来了不少域外降临者，都是被银光引来的。

要知道，这一路上他可没少收拾域外降临者，现在这批降临者中就有很多挨过他的打。

下一刻，这批降临者呼喊着，不约而同地向楚风冲来，想要跟他算账。

太空中，杨宣的眼睛亮了起来，他没想到竟会看到这样一幕。那些人是他投下的银光吸引来的，要围攻那个家伙？

然而，他脸上的笑容没有保持多久就皱起了眉头，那些人虽然多，却围不住楚风，被打得七零八落，他那圣女族妹的追随者杨霖又一次被收拾了一顿。

现在不要说杨宣，就连一直看热闹的晴岚都一脸难以置信的神色。这颗没落星球上有人居然只身一人对付一二十个降临者，而且毫无问题，这一幕太不可思议了！

其间，楚风也曾遇到危险，但最终还是打得一群降临者横七竖八地倒下了。

当中有三四个降临者已挣断了十道枷锁，比楚风高两个层次，可一样被打得满地打滚。

而且，楚风在干什么？杨宣与晴岚仔细观看，一阵无语，这小子竟将那群人身上的东西都给拿走了。

然后，楚风又开始审讯，一个一个逼问那群人的来历，还拿个小本子给记下了！

这真是奇耻大辱，一群域外降临者被打得鼻青脸肿，最后还被记债，这说出去谁会相信？

杨宣与晴岚面面相觑，总觉得这小子太邪乎！

事实上，今日发生的事被人看到后已经传了出去，着实引发了不小的轰动。

“楚魔王每次安静几天后，保准会再出来吓人，这次闹出来的动静未免太大了吧！”

嵲山事件后，楚风消失了两天，结果一出现就狠狠地收拾域外降临者，真是让人无语。

现在，域外降临者从各座名山中不断走出，全世界震惊，很多人非常惶恐，不知道未来会怎样。

在这种情况下，各方都无比谨慎，不想惹到大规模出现的降临者，没想到楚风却特立独行。

现在各大媒体平台上，关于他教训域外降临者的照片有一大堆，看得所有人都无语，简直不敢相信。

别人都害怕，他却这样随心所欲。

也有很多年轻人看到这些照片后，兴奋不已，近乎狂热地崇拜楚风。

可事实是，楚风已经跑路。

他预感到了危机，知道自己遇上了麻烦。挣断了十道枷锁的降临者不时出现，真要再多上一些，对他的威胁会很大。

他向海明城的紫旌山赶去。按照他的估计，地下那上古怪尸应该已沉眠，不会再妨碍他炼药。

但是，在路上，在楚风穿越一些山脉的时候，银光再现，不断落向他。这是在定位！

那银光很特别，十分神圣，自然非常吸引人的注意，有些降临者追逐而来。

太空中，杨宣微笑，他已经用这种方法为楚风引去了两三批对手，给楚风造成了一定的麻烦与困扰。

但很可惜，每次楚风都能突围而去。

终于，楚风来到海明城紫旌山。一番认真探察后，他发现此地很平静，那上古怪尸已经沉眠。

一路上，由于杨宣的干扰，很多人发现了楚风的踪迹，知道他来到了这里。

不过，楚风一旦到了此地，此地便是他的地盘了。

只要那上古怪尸不复苏，那就没什么危险，他躲在八卦炉中非常安全，谁敢进攻的话必然会被烧成灰烬。

楚风激活场域，开始炼药！

上次，他在麒麟旧巢采摘到不少异果，现在真正的收获季节到了。

一刹那，八种能量火焰跳动，焚烧八卦炉，八卦炉中云烟氤氲，药香扑鼻。

太空中，杨宣和晴岚倒吸了一口凉气。

他们用银色眼球和金色耳朵关注那片地带，发现那里莹莹灿灿的，八种能量火光映照地面。

“那里是一处造化地，那小子竟然寻到了一处非凡神穴！”晴岚神色凝重，这样说道。

只是，他们无法彻底看清，紫旌山的场域被激活后，就算是银色眼球都视线受阻！

无论在哪片星域，场域研究者都很了不得，受到各方尊敬。他们手段超绝，布置的山河神穴、规划的圣人墓窟等全都匪夷所思。

楚风很安静地炼药，也将那碧绿的竹筏置于八卦炉中，进行修复。

在此期间，外面很不宁静。

太空中，杨宣不时降下银光，银光在紫旌山上方缭绕，气象惊人，宛若神迹。

杨宣想引来更多的强者，给楚风造成困扰与麻烦，算是对他的惩戒。

可惜，事与愿违，神秘的银光的确引来了不少强者，可这些强者根本踏足不了紫旌山的八卦炉区域，在途中就会被烧死。

时间一长，这里的事就透着神秘色彩了。

楚风在这里，结果天空中不断降下银光，看起来很神圣，像是在应和他。

很多人知道，之前楚风遭到域外降临者攻击的时候，他的头顶上空也有这种异象。

现在还没有人说什么，可是很多人心里打鼓，很是吃惊，这是神圣预兆啊！

楚风炼药炼了一天一夜，功德圆满。

事实上，都不用他动手，八卦炉就能炼好一切，这种地势太超凡。

在八卦炉内，竹筏已经修复，浑身绿莹莹的，是一件非常好的代步工具。

地上有多颗蓝色丹药，散发着光芒，喷出能量雾霭，香气浓郁，飘进人的口鼻中，让人飘飘欲仙。

“成了！”楚风十分喜悦。他直接服食了一颗丹药，希望立刻进化，更上一层楼。

“轰！”

蓝色丹药蕴含着莫名的触媒物质以及惊人的能量，在服食的刹那，他浑身都蓝莹莹的。

有能量冲击，更有触媒激发他全身细胞的活性，让他体内释放出爆炸性的力量，每一寸血肉都在发光。

“轰隆隆！”

最终，楚风成功地挣断了第九道枷锁，体内冲起刺目的光，体质迅速增强！

这像是在脱胎换骨，他比以前更加强大，实力大增！

可以说，他每次进化动静都很大，力量的增长幅度远超其他人，这是生命层次的直线飞跃。

他挣断的第九道枷锁是肾脏部位的枷锁！

此时，楚风的一对肾发光，炫目至极，充满了生机。

在能量爆炸性的增长中，他不断蜕变。

到了最后，一对能量光翼从他的一对肾中蔓延而出，绚烂而神圣，不仅可以攻击敌人，还能让他飞天遁地！

“这……”楚风震惊而又喜悦。

自此之后，他能飞天了！

他并没有多出什么器官，只是肾脏部位能量充足，可以透体而出，形成一对能量光翼。

这对能量光翼不仅可以当成阔刀进行战斗，还能让他翱翔于天穹之上。

这对楚风来说，无异于天翻地覆的变化，他终于能够凌空飞行了，进攻范围一下子变大，而且实力增强一大截！

楚风出关，展开能量光翼，伴着绚烂的光芒，缓缓腾空，宛若神祇出世。

这个时候，杨宣注意到了他，再次快速向他投下银光，想引附近的人赶来围攻他。

事实上，这片地带早就有很多人。

银光从天而降，跟楚风几乎融合在一起，这一幕震撼了很多人。

无人进攻，人们看着楚风，心中满是忌惮和羡慕！

“天降瑞兆，这种异象太惊人，这……意味着他是天选之子吗？”有人将这种想法说出口后，这片地带一片嘈杂。

在这之前，很多人心中就有疑问：为什么他的头上总是有银光缭绕？

现在，无论是本土进化者，还是域外降临者，都心情复杂，认为那种异象预示着楚风气运非凡，或许，他真的是天选之子。

楚风浑身散发出惊人的气息，凌空而立，一对能量光翼无比炫目，真的如同神祇。

很多人战栗，自认远远不敌楚风，再想到他以前的辉煌战绩，自然更加认为他非凡了。

越来越多的人相信，楚风不是一般的人，受到天地气运的加持。

“没错，在我们的世界有这种说法，也有类似的记载，他绝对是天选之子中的一员！”

到了后来，在场的所有人都相信了。

太空中，杨宣傻眼了。为了惩罚那小子，他不断投下银光，结果将那小子塑造成了天选之子？

他又急又气，恨不得下去一巴掌拍醒所有人。

晴岚也无语，神色异样地看向杨宣，那意思是，你玩大了！

此时，紫旌山一片祥和，没有杀戮，也无战斗。

就连域外降临者都在跟楚风套近乎，很是和睦。

因为，在来这个世界前，他们就在各自的世界听一些老前辈提及，到了这个世界肯定会遇到一些天选之子，这个世界的原住民中也有可能会诞生这种人，只要遇上，那就尽量拉好关系，绝对不能与其对抗。

太空中，杨宣真要气吐血了。自己到底干了什么？这是间接帮了那小子一个大忙，让所有人都以为他是天选之子。自此之后，那小子多半会一帆风顺，各方都会拉拢他。

想到这一结果，杨宣只觉得憋得慌。

同时，他想到了一件更为严重的事。

当初，他们族内也曾提及天选之子的事。

他们认为，如果这个世界的原住民中出现这种人，一定要先拉拢，与其交好，毕竟原住民更得地星意志青睐。

杨宣记得清楚，当时他还亲口劝他那位圣女族妹放下架子，跟原住民中的这种人拉好关系，联合起来。

他头大无比，总觉得自己为族妹挖了一个大坑！

八卦炉附近，土地呈淡紫色，略带金属光泽。此地常伴炉火，自然没有林木，却不缺少生机。

楚风悬在半空，身体明净无瑕，带着光辉，体内充满爆炸性的力量，这种感觉太美妙了。

他舒展四肢，体内血气如海，轻轻一招手，地上一块数万斤重的褐色石头就到了近前。他把石头托在掌心，而后猛然掷出。

石头突破声障，直接消失，只留下些许烟雾。

附近的人都非常吃惊，感受到了那一掷之力的恐怖之处，数万斤重的巨石就这么被抛得没影了！

无论是这个世界的进化者，还是来自域外的生物，都非常震惊。

进化到如今的层次，他们不是举不起那么重的石头，可像这般猛然投掷出去，让它消失在山岭深处，实在太惊人。

释迦掷象，不过如此。

楚风很满意，体会到了自身的强大，恍惚间，他有种感觉，自己仿佛能拔起山峰，擒住上古蛮龙。

突然，楚风扇动一对能量光翼疾速远去，“哧”的一声，神圣光芒闪耀，他的能量光翼从一座石山前划过，释放出能量精气。

“咔嚓！”

那座石山的上半截被他的能量光翼截断，坠落下去。

光翼灿烂，由能量构成，宛若天刀，斩开石山。

“嗖”的一声，楚风飞回，降落在地。

他的腰部不再发光，一对能量光翼消失。那仅是肾脏部位能量充沛的体现，可以透体而出，并非真实的翅膀。

楚风身体带着清香，体质还在不断提升，细胞活性依旧在增强，全身上下明净无瑕。

这片地带十分热闹，很多人热情地上前跟楚风打招呼。

“楚兄弟实力惊人，难怪一直以来屡创奇迹。”先秦研究院的高层齐宏林亲自来到这里，脸上满是笑容。

不少人神色复杂，尤其是财团的人，他们知道，楚风的崛起势不可当，他居然挣断了九道枷锁！

要知道，不少财团所仰仗的域外降临者也不过如此，即便进化层次高也高不到哪里去。

而且，他们能够看出，楚风实力远超同层次的人，就算压制挣断了十道枷锁的高手也不是什么难事。

这让他们心中掀起惊涛骇浪！

这到底是怎样的一个魔王？原本就能以弱击强，现在还了得！

很快，他们的失落情绪就消失了，因为，连一群域外降临者都围了上去，跟楚风交谈，非常热情。

一些域外降临者邀请楚风去跟他们的神子、圣女见面。

本土进化者闻言，神色一动，由神子、圣女带领的队伍绝对可怕，必然来自域外非常强大的道统。

“楚兄弟，我是来自阿法拉星系的黄通……”一个狮面人身，非常高大，鬃毛很长的生物面带笑容，用蹩脚的地星语言自我介绍，跟楚风攀谈。

周围一些降临者面露惊容，因为阿法拉星系的生物都很强，进化层次非常高。

“我代表我家主人黄金神子邀请你去户山深处一会。”黄通看起来很粗犷，说话却十分客气。

一些降临者了然，暗自轻叹，那个黄金神子果然来了！

这些降临者中有来自阿法拉星系其他势力的人，也有曾经去过阿法拉星系的人。

从这些降临者的表情可以看出，黄金神子十分厉害。

楚风估摸着，此人现阶段肯定走不出折叠空间，因为进化层次太高。

很快，一个紫衣女子来到楚风近前，她年岁不大，顶多二十岁，有种古典美，笑容可亲。

她的地星语言倒还算标准，可以跟楚风沟通，声音也很好听。她自我介绍说叫叶澜。

“我来自神女星系。”

来自神女星系的叶澜始终面带笑容，和楚风谈及神女星系的一些事，而后邀请他与来自神女星系的天女会面。

那名天女如今在谷山深处的折叠空间中，还没有跨界出来，但时刻关注着外界发生的事。

许多人神色一动，因为神女星系有一颗星球非常强大，在宇宙星海中有极大的名气。

来自神女星系的天女，不用想也知道绝对了不得。

就这么片刻间，楚风身边已经出现了三四个神子、圣女的使者，着实惊人。

域外降临者很多，不可能身后都有神子、圣女，来自普通进化门派的降临者占绝大多数。此时，有一大群降临者围在这里。

事实上，在这个过程中楚风一直狐疑，这群降临者怎么了？没事这么热情干什么？原本他都做好战斗准备了。

要知道，他昨天一路狠狠地收拾域外降临者，现在竟看到一些曾被他打得很惨的熟面孔也很热情地凑了过来。

他一阵无语，有些发蒙。

有神子的手下邀请他云碰面，有天女的使者向他抛出橄榄枝，还真是古怪。

当然，楚风心中的狐疑没有持续多久，毕竟这片地带人多嘴杂，楚风听到了一些议论声，意外得悉他莫名其妙地成了天选之子。

他无语，那银光落下，纠缠他，竟导致了这一结果。

不过，既然域外降临者这么热情，想与他结交，他自然不会主动摘下头上的这圈光环。

太空中，杨宣站在那里，心情相当不爽。他全程看着，发现地面上那小子竟然已经如鱼得水，完全代入了天选之子这个角色，被人们如同众星捧月般拥簇在中间。

紫旌山上，楚风越发淡定自然，脸上带着笑跟各路人马愉快地交谈，答应会去各座名山深处一一拜访那些神子、圣女。

这时，銮铃声响起，不远处一辆战车驶来，气势不凡。

紫色的车体云雾氤氲，是以一种稀有金属铸成的，那原本是铸造兵器的顶级材料，却用来造车了。

拉车的是一只异兽，像是骏马，不过通体都是银色鳞片，光灿灿的，额头上还有一只独角。

“有点意思，有一部分亚神兽血脉的独角兽。”来自阿法拉星系，狮面人身的黄通开口，看着那里。

赶车的是一名异人，看起来三十几岁，挣断了八道枷锁。他驾驭战车，缓缓而来，很是自恃。

“这只拥有一部分亚神兽血脉的独角兽年岁不大，却已经挣断了九道枷锁，还算可以，有机会进一步纯化血脉。”来自神女星系的紫衣女子叶澜点头说道。

显然，黄通和叶澜所在的世界非常繁盛，他们自然见多识广，知道这种拥有亚神兽血脉的生物。

财团的成员神色一动，赶车的人挣断了八道枷锁也就罢了，这拉车的异兽居然是挣断了九道枷锁的生物，在现阶段着实惊人。

事实上，本土的进化者都大吃一惊。

驾车而来的男子并不是此车的主人，只是负责赶车而已，但是面对本土的进化者相当自信，带着淡淡的傲意。

当紫色的战车来到人多的地方时，他都没有停车，依旧驱车前进，人们不得不慌忙让路。

不过，驾车的男子看到一群域外降临者之后，明显不再那么自恃了，他终于停车，跳了下来。

而且，他面露笑容，跟降临者打招呼，态度不错。

“楚风在这里吗？”他是来找楚风的。

很快，人们就知道了，他来自海外的蓬莱仙岛。

本土的进化者都神色一惊，他们自然知晓这个神话传说中的岛屿，想不到还真的存在，而今出世了。

难怪这个赶车的人这般自恃，在众人面前都不下车，直接驱车而过。

域外的降临者则都很平静。

“我家少主吩咐我来请场域研究者楚风，想见他一面。”这个名为陈瑞的中年男子说明来意。

他没有理会本土的那些进化者，而是对着域外的降临者抱了抱拳，脸上带着笑意。

这让楚风不喜。

楚风在东海的真龙巢穴外就曾遇到一个蓬莱仙岛的人，当时听龙女讲，这些蓬莱仙岛的人以这个世界的正统自居。

“他找我有事吗？”楚风问道。

陈瑞惊讶，这个楚风竟然从那群域外降临者中走出来，而且看样子先前与降临者相谈甚欢。

他原本还带着傲意，想直接让楚风跟他走，去见他家少主。

可现在他没敢喊楚风直接跟他上路，而是面露笑意，道：“楚兄弟，我家少主想请你过去一叙，他很欣赏你，没别的意思。”

事实上，他喊楚风上路的目的，是帮他家少主研究某座名山中的场域。

陈瑞又道：“我家少主现在去访友了，所以，我们不急于上路。”

其实，他家少主是进入某座名山深处，见到一名圣女，惊为天人，至今未返。

当然，这种事陈瑞不可能讲出来。

这时，有财团的成员暗中示好，用精神力传音，告知陈瑞不久前这里发生的事——楚风被认为是天选之子。

“什么？”陈瑞脸色变了，竟有这种事，楚风真要是这种身份的话，就算没有域外降临者在此，他也不敢随意“请走”。

这时，那只独角兽昂起头，看向楚风，冷笑道：“天选之子？还真敢说！蓬莱等地的遗族乃这个世界的正统，外面也有人敢以天选之子自居？”

陈瑞赶紧阻止独角兽，却不敢呵斥，因为他家少主很喜欢这只拥有一部分亚神兽血脉的独角兽，想要将其培育成真正的亚神兽。

楚风心里相当不爽，蓬莱仙岛一个赶车的，刚出现时，面对本土的进化者那么倨傲，不加理会，而面对域外的降临者却满面笑意，这就是所谓的这个世界的正统？

尤其是那只杂血独角兽，居然摆出这种姿态，他的脸色顿时阴沉下来。

“一只拉车的走兽而已，也敢在这里肆意言语，真没规矩！”域外降临者中有人走出来，杀气腾腾地开口，而后又对楚风微笑，显然是在卖好。

“没错，太没规矩了，一只走兽也敢在这里非议，该死！”又有人走出来，要对付独角兽。

第216章
圣女

先后有人站出来，扬言要对付独角兽，顿时让陈瑞感觉形势不妙。

“你们想干什么？”独角兽心惊不已，身上的银色鳞片发光，额头上的独角更是“刺啦刺啦”作响，放出电光。

“一只拉车的走兽而已，也敢犟嘴？”来自阿法拉星系的黄通开口，也向前逼去。

独角兽心里发毛，它看不上本土的进化者，可是对上域外降临者就没底气了。

“呼啦”一声，一群域外降临者走了出来，个个很强大，冲着蓬莱仙岛的紫色战车而去。

就连来自神女星系的叶澜也准备动手，身体散发出能量光辉，紫衣飘动。

域外降临者这么主动相助，原因只有一个，这个世界的天选之子备受地星意志青睐，与这种人共进退，会有好处。

“各位，有话好说。”陈瑞拦阻，额头上冒出冷汗。一群域外降临者围堵独角兽，真要除掉了的话怎么办？

他可是知道，他家少主想将这只独角兽培养成真正的亚神兽，格外看重它，不容有失。

“你们不要乱来，这是我们的世界，不是你们的地盘，我在和本土的进化者说话，你们管不到。”独角兽色厉内荏。

“楚兄弟，你打算怎么处置它？”黄通问道，狮鬃浓密，非常威猛。

楚风摊手，一副你随意的样子。

不过，这时他的肚子不合时宜地叫了起来，“咕噜噜”声如同雷鸣。他挣断了肾脏部位的枷锁，进化的后遗症终于体现出来。

这是老毛病，楚风突然体会到一种难以控制的饥饿感，不断泛酸水，胃都有点疼了。

叶澜微笑道：“楚兄弟刚进化完毕，体质迅猛提升，饥饿劳累，需要高能量食物进补。巧了，这只独角兽有一部分亚神兽血统，正好可以拿来进补。”

这名来自神女星系的古典丽人笑容可亲，可是看在陈瑞眼中，那是相当可怖。

“各位，不要乱来！”陈瑞阻止。

“闪开！”一群人上前，他一人怎么挡得住？

独角兽慌神了，虽然它实力很强，可被这么一群域外降临者围攻，它肯定没什么希望活下来。

“楚风，我们之间只是有一点误会而已。”独角兽慌忙喊道，“蓬莱等地的遗族负责守护这个世界，乃正统，你我同为本土生物，不应如此。”

楚风没说话，心里却十分反感，无论是陈瑞还是独角兽都以这个世界的正统自居，面对本土进化者时十分倨傲，看到域外降临者时姿态却很低。

“啊——”

最终，黄通、叶澜他们一起出手，独角兽虽然奋力反抗，但是毫无用处，很快便被斩了。

陈瑞脸色煞白，这可是他家少主的坐骑，就这么被人斩了，他回头怎么向少主交代？

没多久，这里便肉香扑鼻，一群人大快朵颐，还有人取出来自其他星系的美酒。

楚风饥饿感消失，浑身充满力量。

陈瑞急火攻心，险些昏厥过去，他完全没辙，最后耷拉着脑袋，如丧考妣。

不远处，各大财团的人面面相觑，蓬莱仙岛以正统自居，连一只拉车的异兽都趾高气扬，可结果……很惨！

今天，蓬莱一脉栽了。

楚风没有动手，今天发生的事真的跟他没有直接关系，连兽肉都是别人烤熟后请他吃的。

黄通笑道：“楚兄弟，我们阿法拉星系的美酒还不错吧？我再送你两瓶，可惜总共也没带过来几瓶。”

“多谢黄兄。”楚风笑道，收下美酒。

黄通道：“楚兄弟，我这人比较直，你身为天选之子，如果跟我们的黄金神子殿下合作，保证所向披靡。”

叶澜也急忙开口，说神女星系的天女绝世无双，几无对手，邀请楚风去谷山深处面谈。

不远处，本土的进化者都神色异样，这些降临者完全没将蓬莱仙岛的人放在心上，除掉人家的独角兽，都没离去，还在这里谈笑自若。

尤其是，域外降临者不断拉拢楚风，这种变化简直太不可思议了。

要知道，在这之前楚风还跟域外降临者不睦呢，可是自从他成为天选之子后就完全不同了。

事实上，楚风也体会到了这种变化，头上莫名其妙多了一圈光环，各种事都开始对他有利，他才不会去解释，说自己不是天选之子。

不久后，又有人来找楚风。来人来头也非常大，是布拉卡纳山的遗族。

不过，这个人比陈瑞、独角兽态度好多了，相当温和，对楚风说，若是得闲，可以去布拉卡纳山的秘境做客。

陈瑞的脸色顿时更难看了，布拉卡纳山的遗族来抢人，关键是姿态竟然这么低，这不是将他与独角兽衬托得过于跋扈吗？

同为使者，这个人直接将陈瑞比下去了，让人生出好感。

通过交谈，楚风了解到，遗族都生活在特殊地带，常年与世隔绝，他们可不是天地剧变后才开始进化的，而是一直有传承、有底蕴，不然何以以正统自居？

楚风心头微沉，遗族中有实力深不可测的高手。

最后，众人散去，楚风独自离开。他暂时没有去布拉卡纳山的秘境，也没有跟域外降临者去见他们的神子、圣女。

他从所有人的眼前消失，不久后驾驭碧绿的竹筏出海，风驰电掣，前往海中的不灭山。

他想去看一看能否联系到黄牛、大黑牛等，给其送药，助其突破。

在路上，他也尝试用能量光翼飞天，速度惊人，瞬间就能飞很远。

毫无疑问，只要体内能量充沛，他就能够显化能量光翼，飞天遁地，并以能量光翼攻敌。

最终，楚风成功寻到了不灭山。他身上有一块石头，是当初从不灭山带走的，可以凭此回到不灭山。

“黄牛，黑老大，蛤蟆，虎哥，老驴，金雕王！”楚风站在山外不断大喊。

七座大山死气沉沉，这片地带的各种骷髅也一个个没什么反应。

太空中，杨宣、晴岚惊异不已，楚风进入某片海域后就失去了踪影，他们哪怕拥有银色眼球和金色耳朵这两种古代大能的道果结晶体，也无法捕捉到那里的情况。

他们知道，那里多半是诡异之地。

不灭山外，楚风轻叹，他终究没有见到黄牛等，想来黄牛等可能进入不灭山的秘境中去了。他转身离开。

楚风回归陆地，悄然去见父母，老猿也在。上一次大林寺被黑冥鹏王攻破，老猿心灰意冷，退出了凌山。

楚风留下丹药，秘密离开。

随后，他跟昆林山诸王碰头，普梦山的太极老宗师也在。楚风送给他们新炼制出来的蓝色丹药，让他们秘密突破。

接下来，楚风在一些名山中转悠，不是为了见神子、圣女，而是为了破解场域，寻找异果，继续进化。

“楚兄弟，你居然来灵运山了，是要和我们的圣女相见吗？”

在灵运山，楚风避无可避，遇到了杨霖和其他一些域外降临者。他们都是那个所谓的圣女的追随者。

灵运山名气太大了，楚风近期确定的目的地就包括这里，他想在山中寻找异果。

遇到杨霖后，他原本想拒绝杨霖的邀请，但想了想，还是跟了过去。他想看一看所谓的圣女什么样子。

或许跟她交流一番，能有什么收获。

当然，他肯定不会进折叠空间。

太空中，杨宣看到楚风进入灵运山，脸就略微抽搐了一下。看到楚风遇到杨霖，勉强答应去见他们的圣女时，杨宣整个人都烦躁不安起来。

晴岚也一阵无语，低头看着灵运山。看到杨宣现在这个样子，他都有点同情杨宣了。

“我说，你不能乱来，先前投射银光就已经过界了，让人知道的话不好。”晴岚警告杨宣不能再乱来。

杨宣没说话，一直盯着地面，看到楚风顺利地和他那圣女族妹相见，他的脸直接就黑了。

灵运山内，楚风终于见到了一名真正的圣女——杨珊。她站在折叠空间的山林中，身段修长，浑身散发神圣的光辉，通体绚烂，十分耀眼。

她宛若神祇，站在山林中，连带着大片的山林都在发光。

她向楚风表达歉意，说自己对自身掌握的呼吸法的领悟到了关键时期，肉体与精神都正在蜕变，暂时无法控制能量光芒的迸放。

楚风知道，这个女子了不得。

杨珊身段绝佳，声音也好听，唯一让楚风感到遗憾的是，她蒙着面纱，只露出一双明眸，看不到真容。

他有心动用火眼金睛，但想了想，暂时还是算了。

这种眼术目前施展起来动静太大，有金光飞出，不能无声无息。真要是被这名圣女察觉，她非跟他成为仇敌不可，那就不妙了。

接下来，两人相谈甚欢。

“我听闻你对场域很有研究，我这里有一本场域秘册，送给你。”杨珊很大方，第一次见面就送楚风一份大礼。

太空中，杨宣真是坐不住了，恨不得突破地星场域，直接降临到地面，抢回那本场域秘册。

他那位圣女族妹平日涉猎甚广，也曾想要研究场域，不过并没有深入。显然，那本场域秘册是从族中带来的，价值绝对非常惊人。

须知，他们这一族有从很久以前一直活到现在的圣人，这样的族群岂能等闲视之？他们收藏的场域秘册绝对不简单。

看到楚风笑开了花，贴身收起场域秘册，杨宣气得咬牙切齿。

“还笑，我真想拍死你！”他在太空中干着急。

接下来，杨宣更不淡定了，因为他那圣女族妹还要送楚风秘宝！

“族妹，不要送啦！”杨宣想活吞楚风的心都有了。

他知道他那圣女族妹为何会如此，当时他曾劝告她，踏上星路后，一旦遇上本土的天选之子，一定要竭尽全力拉拢他，跟他结盟，那样会得到地星意志的认可，寻找机缘时，好处无穷。

“啊啊啊——”杨宣真是受不了了。

在他看来，这简直是自作孽，平白无故塑造了一个冒牌的天选之子，还要去坑他的族妹。

这真要是传回星海，被那群世家损友听到，被那些王孙贵女知晓，他还不被笑死！

他在太空中走来走去，一想到那些人愕然而笑喷时的表情，他就坐卧不宁，身上像长了刺一般难受。

下一刻，他脸色黑如锅底，停止走动，决定想方设法通知他的族妹把那小子干掉！

晴岚看出了他的不对劲，警告道：“杨宣，你可别动歪脑筋！你我都没有办法干预此地，连圣人都无法在这颗星球上显圣，毕竟它曾经排在第十一位啊，当年陨灭了多少皇朝之主、菩萨级进化者？圣血浇灌各座名山，不然也不会有今日之一切！”

“不行，我得使些手段。我干涉不了这颗恐怖的星球，但是我得带话给我那圣女族妹，不然她非被那冒牌货带到深沟里去不可。这是我的错误导致的，我得纠正。”杨宣说道。

他脸色阴沉，很担心他的族妹一旦寄希望于那冒牌货，犯下决策方面的大错，被她师门知晓的话，会动摇她的圣女地位。

越是强大的圣地竞争越激烈，他这位族妹虽然有天纵之资，很有才情，可若是在这颗没落的星球上栽个大跟头，还是会受到严重冲击的。

他们这一族有活着的圣人，并不是非要让后辈去做另一个道统的圣女，也不希望她这样失败。

“不行，我不能让你再犯错。”晴岚摇头，坚决阻止杨宣。不然，这里的事被人知晓的话，他也有可能会被囚禁，他原本就是被发配过来的。

杨宣脸色微变。

晴岚忽然开口道：“咦，那是什么？你族妹最终选定的秘宝看着有点眼熟。”

灵运山，山顶有湖，芦苇茂密，灵瀑、深潭更是数不胜数。

灵运山的折叠空间内景色一样优美，松林苍翠，清泉石上流，加上被圣女杨珊散发出的氤氲的能量雾霭笼罩着，染上了一层圣洁的光彩，显得越发灵秀。

杨珊取出一柄青铜剑，那青铜剑带着斑斑绿锈，很古朴，不是多么锋利，而且剑体很厚，有点像锏。

杨宣看到后，眼珠子几乎都要瞪出来了，那不是他赠给他圣女族妹的剑吗？

这一刻，他简直是百爪挠心。

杨霖小跑进入折叠空间，接过青铜剑，把它交给楚风。

青铜剑入手沉甸甸的，看着很古朴，楚风尝试擦掉剑上的绿锈，结果失败。

楚风觉得，这青铜剑有些来头，颇为不凡。

被注入能量后，青铜剑嗡嗡作响，炫目的白光喷出，激射出去很远，仿佛一条真龙要破空遁走。

“这柄青铜剑谈不上令人惊艳，但也不差，胜在坚固，经历过漫长岁月中的很多场战斗，一直没有损毁，很受走肉身成圣路线的进化者钟爱。”杨珊微笑着介绍道。她虽然戴着面纱，但笑起来时周身光华流转，迸发的神圣光辉更为绚烂，笼罩山林。

楚风笑得合不拢嘴，认真表达谢意。

太空中，杨宣看楚风笑得那么灿烂，气得咬牙切齿。

晴岚在旁狐疑地道：“那青铜剑看着十分眼熟，你昔年好像也有这样一柄？”

“你认错了！”杨宣一脸正色，予以否认。

可是，他暗中却在擦汗，这也太倒霉了，他当年珍爱的兵器竟落在了那小子的手中！

他都做了什么？无意间塑造出一个冒牌的天选之子，坑了他族妹，还要坑走他的兵器！

地面上，杨珊低语：“很多人研究过这柄青铜剑，认为它不简单，就连我的一位族兄都废寝忘食地琢磨过很多年，还是一无所获，我也没发现它的秘密，今日送你了。”

太空中，晴岚神色异样，看向杨宣，那意思再明显不过：你有什么话可说？

杨宣不仅脸色发黑，还觉得胸闷、眼花、耳鸣，差点憋出内伤。

“我警告你，回去不许乱说！”杨宣恶狠狠地威胁晴岚。这要是传出去，他一世英名就彻底毁了，这是典型的挖坑埋自己。

他能想象那些贵女、那些大教传人在谈论这件事时的表情，很长时间内他都会没脸见人。

晴岚笑得相当舒心，故意戏弄杨宣，道：“你有没有想过，万一他真是天选之子呢？我看很像。”

杨宣闻言，略微一怔，但很快摇头。按照推断，这种没落的星球上极难出现天选之子，真要出现的话，那就是奇迹。

不过，他还是看了又看，结果更加火大了。

那小子一边摆弄青铜剑，一边笑嘻嘻地盯着他族妹看呢，他真想俯冲下去，狠狠收拾那小子一顿！

“不行，即便违规，我也得想办法为族妹纠正错误，一定要示警。”杨宣决定想方设法揭露那冒牌货。

“不行！”晴岚沉下脸，不让他乱来。

“嘻嘻——”就在这时，黑暗的宇宙中传来令人心旌摇曳的笑声，接着一个身段姣好的女子出现。她有着暗红色的长发和雪白的肌肤，丹凤眼瞟向杨宣。

“杨宣，你要犯大错吗？”她的声音听起来让人觉得酥酥麻麻的。

“神女星系的胡倾城，你不要乱扣帽子！”杨宣脸色变了。

胡倾城身穿黑色战衣，不过长腿与藕臂都有一部分露在外面，黑色战衣衬托白皙的肤色，对比明显，让她有种另类的气质与魅力。

她一副慵懒的样子，道：“我刚才好像看到有人坑自己的族妹，羞恼之下还想犯规，这可是会影响到别家子弟的。”

“你……”杨宣哑火，最担心的事情要发生了，这件事可能会被他的所有熟人知晓。

虽然不在同一星系，但是他们彼此不时见面，比如各自代表身后的势力参加同辈间的切磋，又比如去相邻星球的学府深造。

他们这个层次的进化者身份都很惊人，都来自顶级势力，有的为世家子弟，有的为一国贵女，还有的为菩萨级进化者的后人。

如果这个胡倾城大嘴巴的话，他肯定在很多颗星球都会出名。

胡倾城舔了舔红唇，笑道：“我对这个地星人很感兴趣，若他以后能脱离这颗星球，我不介意亲自去接应他。”

“你是想勾引他吧！”杨宣不忿，与胡倾城针锋相对，因为这个胡倾城太可恶，一向喜欢看人笑话。

“是又怎样？”胡倾城毫不在意。

最终，杨宣妥协：“我愿意倾家荡产，送你们每人一只五星斗兽，如何？”

“成交！”

“成交！”

胡倾城、晴岚两人点头，痛快答应。

然后，杨宣准备违反规则，给他族妹传递信息，揭露那个冒牌货。

地面上，楚风笑得很开心，跟杨珊告别。他这次收获真是太大了，跟域外的一名圣女拉上了关系，想来以后合作一定相当愉快。

分别后，他向灵运山外走去。

就在这时，天空中突然落下银光，又是奔着他而来，而且银光扭曲，像是要化成什么似的，但似乎很艰难。

“又来了！”楚风驻足，谨慎地戒备着。

下一刻，银光炸开，同时赤光与青光迸放，三色光芒纠缠着，一起消失了。

太空中，杨宣耗尽力气，近乎虚脱，冲胡倾城怒道：“你变卦！”

“我觉得还是大公无私比较好。”胡倾城笑容灿烂。

晴岚纠结不已，最后劝道：“算了，杨宣兄，令族妹有天纵之资，且拥有进化领域的元光神体，无论对上谁都不会吃亏，你就不用瞎操心了。你的五星斗兽我不要了。”

灵运山，杨霖看着远处消失的异象，一脸震惊之色，喃喃道：“不愧为天选之子，果然是有大气运的人，上次见他时还是银光腾腾，而今竟已是三色光芒绕体，下次再相遇说不定就是五色神光冲霄汉了，果然值得圣女拉拢与结交啊！”

杨珊美目深邃，凝视着楚风离去的方向。

太空中，“噗”的一声，杨宣这一次真的吐血了，一半是累的，一半是气的！又成全那小子了？当着他族妹的面，进一步证实了那小子是天选之子？

他想哀号！

楚风盯着天空看了半天，一阵狐疑，又吓他？

太空中，杨宣果断地抛下银色眼球和金色耳朵。眼不见，心不烦，不然，他真受不了那小子了。

胡倾城笑得开心，取笑杨宣。

杨宣气愤地道：“你现在尽管笑我，你妹妹不是在谷山深处吗？她也派人去邀请那小子面谈了。你笑我？到时候他也会坑你妹妹！”

胡倾城的笑声戛然而止。

杨宣又看向晴岚，道：“你们族中也有人来吧？”

刚才还很淡定的晴岚张了张嘴，顿时不淡定了！

地面上，楚风心中满是喜悦。这次的灵运山之行收获巨大，他莫名其妙有了天选之子的身份，居然可以带来这么多好处。

他决定一路冒充到底！

既然有神子、圣女相邀，他为什么不去？他还可以去镶山、谷山等地转一转，跟那些神子、圣女好好谈一谈，说不定也会有巨大的收获。

他忽然觉得，人生是如此美好。

楚风走出灵运山，一路北上。他给自己制订目标，近期要迅速进化，并提升场域造诣，机会难得。

楚风还未走出缙江境内便有人来找，来人自称海外仙岛的使者，请他去海外仙岛赴宴。

什么情况？蓬莱仙岛的人改变态度了？楚风纳闷。

“我不是蓬莱仙岛的人，我是方丈仙岛的使者。”来人说明情况。

神话传说中，海外有三仙岛，分别为：蓬莱、方丈、瀛洲。

楚风不解，他跟方丈仙岛的人没有什么交集，他们为何来请他赴宴？

这名中年使者微笑，小声道：“好事，我们方丈仙岛的一位公主选婿，有的大人听闻你不错，要给你一个机会。”

楚风发呆，这还真是出乎他的预料！

他一阵琢磨，又是天选之子的身份引起的？

然而，这次他没有开心，而是感觉惊悚，事情的发展越来越超出他的预料。

他有点冒冷汗，忍不住抬头望天，再这么下去会不会遭天打雷劈啊？

第217章

火精之井

楚风的确有些心虚，莫名其妙就成为天选之子，他总觉得不靠谱，说不定什么时候就会出问题。

方丈仙岛的人来邀请他，他倒也不怯场，完全代入天选之子这个角色中，跟这名使者交谈。

他想摸一摸海外仙岛的底，看看这些遗族到底实力有多强，底蕴有多深厚。

结果出乎意料地顺利，方丈仙岛的使者没有隐瞒，坦诚告知他，岛上的确有绝顶高手，实力远超外界进化者。

因为，他们的传承自古就有，未曾断绝，绝非如外界这般，天地剧变后才开始进化。

同时，楚风了解到，无论是布拉卡纳山，还是蓬莱仙岛、方丈仙岛、瀛洲仙岛，这些遗族栖居地都属于秘境，类似折叠空间，也是在天地剧变后才显现的。

秘境内的遗族想要出来并不是那么容易，也需要经受地星场域的考验，一不小心便可能死亡。

楚风听闻，相当吃惊。

“相对来说，比域外生物走星路跨界还是容易一些的。”方丈仙岛的使者道。

便是如此，楚风也惊疑不已，地星意志和地星场域难道还会针对本土的生物？

遗族应该算是这个世界上古时期的强者后裔。相对来说，这些遗族的血统更纯粹才对。正因如此，他们才以正统自居。

最终，他只能认同方丈仙岛使者的观点，这与血脉无关，只论空间，秘境与折叠空间都是受到地星意志和地星场域排斥的，属于附属地。

因此，这种附属地的生物想要进入地星主空间，需要经历生死考验。

一番交谈后，楚风收获不小。而后，他向方丈仙岛的使者告别，说自己处理完一些事后，便会考虑去海外的方丈仙岛。

离开前，方丈仙岛的使者又一次称赞岛上那位公主天生丽质，国色天香，让楚风早点上路去方丈仙岛。

“去见其他神子、圣女？还是先消化一下这次所得吧。”楚风嘀咕着。

他背着青铜剑上路，边走边浏览那本场域秘册。

场域秘册以特殊的金属制成，每一张都是金属片，上面刻有密密麻麻的符文。

他现在有深厚的底子，这些符文对他来说不再是难题，很多他都认识，不认识的则需要他在磁石上刻写，慢慢摸索其作用，这种推演很耗费时间。

场域之路本就艰难，不然也不会只有少数人踏上这条路，实在是耗时耗力却难有所成就。

楚风在这一领域相当有天分，一路全靠自学，就琢磨出门道，若非如此，他早就放弃了。

“好书！”他很满意，不愧是有圣人坐镇的家族，他们的收藏绝对了不起，这本场域秘册非常深奥，涉及很多繁复的场域符文，层次极高。

楚风确信，真要能将这本场域秘册吃透，他在场域领域绝对能算一个人物！

最后，他干脆一头扎进旁边的山林中，埋头苦读，研究起来。

他想提升自己的场域造诣，这样才好去辕山破解场域，采摘异果。辕山有一棵怪树，满树璀璨果实，实在诱人。

他惦记那棵怪树很久了！

楚风废寝忘食，仔细研读，认真揣摩了足有半个月才出关。

“秘册里的一个场域模型跟辕山那里的场域感觉有点像，可以去试试看。”他自言自语。

楚风的肾脏部位释放出能量，形成一对绚烂的能量光翼。他凌空而行，很快就离开了缙江，进入皖州，这种速度实在太惊人。

辕山就在皖州境内，楚风没用多长时间就赶到了。

当初，他带着财团的人和极地元磁仙窟的人，先探悬田山，又去辕山，在辕山发现了那棵怪树，可惜费尽手段都没用。

当时死了不少人，为此财团的人和极地的人简直视他为丧门星。

“我又来了！”楚风凝视前方，巍巍镶山雄峻，银瀑垂挂，能量充沛。

传说镶帝曾在此炼丹，故名镶山。

楚风琢磨，或许正是因为镶山异果繁多，才有炼丹传说。

山上怪石嶙峋，到处都是奇石，也算是胜景。此外，古松成片，苍翠欲滴，云雾如海，宛若仙境。

楚风一路观察地势，沿着安全路径，登上怪树所在的山峰。

上一次，光是登这座山峰就死了不少人，不过这次很顺利。

怪树还在，它看起来像是一棵枣树，但足有水缸那么粗，扎根在悬崖峭壁上，树皮开裂，枝干很多，叶子很密集，发出灿烂的碧绿色光芒，整棵树如同一条老龙伏在崖壁上。

十几颗果实发光，都有拳头那么大，且色泽金黄，十分绚烂，像一盏盏小灯笼似的。

果实形状像枣子，但是个头过大，且颜色不同。

楚风吃了一惊，这些果实似乎更有灵气了，上次来时它们虽然也发光，但是不像现在这样金光缭绕，生机勃勃。

“情况不太对。”楚风观察良久后，动手破解场域，发现这地方的场域比他想象的还要厉害。

他施展火眼金睛，看到了地下的一些情况，金光刺目，能量强度高得骇人。

要知道，这里不是主峰，仅是一座普通的山峰而已。

“难道这地方藏着其他东西吗？”楚风怀疑，竭尽全力破解此地的场域。

“轰！”

地下，金色能量直接冲起，像是岩浆喷涌一般，朝楚风席卷而来。

楚风转身就逃，展开能量光翼，风驰电掣，眨眼间就到了五里地之外，可身后依旧金光闪耀，热浪滚滚。

“嗖！”

他再次飞遁，远去数里。

“地下有一口井，蕴含着浓郁的太阳火精！”楚风怀疑，这里的太阳火精比紫旌山八卦炉那里的还多。

他回头看去，那怪树还在，没有被毁，所有的太阳火精又都流转回去了。

“与其说是一口井，不如说是一个火炉！”楚风双目金光一闪，再次凝视地下，很是吃惊。

在古代，这里一定有进化者炼丹，只是他不能确定炼丹的是不是辕帝。难道这里有一个蕴含着太阳火精的炉子？

接下来的几日，楚风都在此地研究，不时引出像岩浆般喷涌而出的太阳火精，动静很大。

这一日，在他研究场域秘册，准备再探辕山时，一种危机感涌上他的心头。

“嗖嗖嗖嗖嗖——”

五道身影接连出现，快如闪电，前一秒还在四五里地之外，下一秒就扑到了楚风眼前。

五人都手持秘宝，上来一句话也不说，直接出击！

既然被发现了，他们也就不再掩饰，动用最强手段进攻。

五人都挣断了十道枷锁，绝对是一支战力非常恐怖的队伍，各自的秘宝也很惊人。

其中一人手持一柄长刀，抡动起来时发出刺耳的尖啸声，冲击人的精神。

“锵！”

楚风二话没说，抽出背后的青铜剑，直接劈了过去。青铜剑跟长刀撞在一起，迸发出刺目的光芒。

“咔嚓！”

长刀被青铜剑劈开。楚风攻势不减，“噗”的一声，又劈中了手持长刀的人。

楚风战力惊人，武器锋利，直接劈死了一个顶级高手，吓了另外四人一大跳，这实在是太强悍了。

地上，淡金色光芒一闪，一条麻绳如同金蛇般游动，朝楚风疾速而去。

楚风脸色变了，捆灵绳这东西很难缠，一般来说足以压制枷锁境的进化者。

有这样一条捆灵绳在，正常情况下，足以拿下楚风。

“嗖！”

楚风后退的刹那，双手持青铜剑，猛然发力，双臂璀璨刺目，将大量能量注入剑体中，而后奋力一击。

“锵！”

楚风一剑劈中捆灵绳，金属交击的声音响起，最终，这条捆灵绳不敌青铜剑，断裂开来。

上一次，韩文泽与黄薇月去擒拿楚风，就曾动用一条捆灵绳，当时他释放出太阳火精烧断了那条绳子。

这一次，楚风直接得多，一剑劈断！

楚风眼中寒光闪烁，这几人有备而来，个个手持秘宝，他一个疏忽就会被他们拿下，他们都当诛。

“锵锵锵——”

他挥动青铜剑，跟剩下的四人大战，接连劈毁他们手中的秘宝。“噗”的一声，一人横飞而起，当场丧命。

“哧！”

一剑划过，另一人也倒地而亡。

“噗！”

第三人被楚风一剑刺中，当即毙命。

大战激烈，最后，楚风又一次挥动青铜剑，将最后一人斩了。

楚风神色凝重，有人一口气派出五名挣断了十道枷锁的高手也就罢了，更重要的是五名高手都手持秘宝！

要知道，现在他是名义上的天选之子，各方都在拉拢他，今天居然有人来对付他。

如果身上没有蕴含太阳火精的金刚琢以及这柄青铜剑，那条捆灵绳就很难对付，他也许就会被拿下。

显然，来人不知道他身上有能对付捆灵绳的秘器。

“蓬莱仙岛的人。”楚风脸色阴沉。

他从这些人身上闻到了海风的腥咸味。这个味道其实很淡，这些人并没有沾海水，只是被海风吹过，能留下多少味道？

一般的进化者根本闻不出，只能说楚风神觉太敏锐！

“是那个拥有独角兽的陈家少主指使的吗？找死！”楚风神色冷峻。

楚风之前还对蓬莱仙岛的人有所忌惮，现在得悉他们跟折叠空间中的域外生物一样，想走出秘境有一定的难度，真正的绝顶高手目前出不来，他还有什么可忌惮的！

楚风凝视远方，散开神觉，没有再发现敌人。

蓬莱仙岛的那个陈家少主直接派人对付他，看来那个人非常自恃，不容他人拂逆自己，得悉独角兽被斩后立刻选择报复。

“又不是我斩的！”楚风心中有一股火气。

当时，一个赶车的人、一只独角兽施施然闯到紫旌山，架子很大，唤楚风去见陈家少主。

那一人一兽无视本土的进化者，对域外降临者则满面笑容，那种姿态实在让人看不下去。

后来独角兽被黄通、叶澜等人斩了，而今蓬莱仙岛的那个陈家少主竟将账算到他头上了？

“真以为我好欺负啊！”楚风眼中寒光闪烁。

他自始至终都没有对那一人一兽动手，反倒被盯上，今日蓬莱仙岛有五名高手跨海而来对付他，由此可见那个陈家少主何等蛮横！

“说自己是正统，就真的以为自己是这个世界的主人，别人的生死全凭你心意？”楚风呼出一口浊气，平复心绪。

据悉，蓬莱仙岛的那个陈家少主闯进某座名山深处，正在热烈地追求一名来自域外的圣女。

楚风一番琢磨，自己现在没时间跟那个陈家少主较劲，应该尽快提升实力，有机会再去收拾他。

这几日间，楚风在辕山研究地势，想方设法接近那棵怪树，不时引出太阳火精，场域造诣提升得很快。

“这山腹中，或者说这口井中，肯定有什么东西。”楚风再次接近那棵扎根在崖壁上的怪树，施展火眼金睛，双目中金光闪烁。他看得清楚，这山体之中有一口井，内部蕴含着浓郁的太阳火精。

可是，哪怕是火眼金睛之能也有穷尽时，不可能望穿一座山体内的火精之井，他看不到里面到底有什么东西。

“这棵怪树可能是一段圣树根须初步发芽所致，如今还远没有圣药的气象，但几年后说不定就能有极佳的药效。”楚风盯着这里看个不停。

各座名山中都有圣树根须，它们不会一下就复苏，而是慢慢恢复。

他研究圣女杨珊送给他的场域秘册，在这里不断实践，悟透了秘册中的很多内容，心里充满收获的喜悦感。

两日后，楚风终于接近怪树。

这是他参悟场域秘册的成果。在场域领域，现阶段这个世界上无人能出其右！而这一切都是他自学所得。

这等悟性，这等成就，即便放眼宇宙星海也得惊呆成片的场域研究者，被名宿知晓的话，他们肯定要抢着收他为徒。

从某种意义上来说，楚风在场域上的天赋有些吓人！

此地的场域被破解后，果实的芬芳直接冲了出来，浓香扑鼻，实在诱人。

怪树苍翠，树冠巨大，叶片绿莹莹的，树上有十几颗果实，都像小灯笼似的迸放光芒，通体金黄，看着就很诱人。

楚风采摘了一颗果实，张口就咬。反正果实这么多，足够他炼药，他想试试果实的药效如何。

毕竟，他最近接连突破，已是挣断了九道枷锁的高手，一般的异果对他没用了，他还真担心白忙活一场。

“好香甜！”金色果实味道鲜美，入口时很脆，稍微咀嚼便直接化为浆液，浓香而甘甜。对楚风来说，这是一种享受。

一刹那，楚风的体表金光闪烁，能量惊人。可惜，这种果实不能让他进化，他早有所料。他最近进化迅猛，一般的异果跟不上他的脚步。

不过，可以拿去炼药。

“炼药的话，这种果实的药效好像也还差一点火候。”楚风皱眉。他将要挣断第十道枷锁，层次非常高，自然需要非凡的异果。

到了如今，他接触过很多异果，经验丰富，自然稍微一品尝就能摸清果实的药效。

“嗯？上次我来时这些果实虽然也发光，但是不像现在这般生机勃勃，金光闪闪。”楚风说道。他带领财团的人与极地的人来这里时，这些果实绝对不如现在有灵气。

“这么说，果实还不算彻底成熟？”他眼前一亮，开心不已。

楚风仔细琢磨，这些果实现在拿去炼药的话药效只是略有不足，照这个趋势下去，再养上十天半个月，药效应该就足够了！

他猜测，若是养上更长时间，比如一两个月，药效多半会更惊人。

“这些果实具有成长性，离熟透还早。”楚风心中喜悦，如果猜想成真，这怪树上的果实可不止让他进化一次那么简单，也许可以助他进化两三次。

他顿时激动不已，对他来说，这是一棵宝树，能让他多次进化，必须好好保护起来。

他不去研究山体内的火精之井里到底有什么了，他现在还没有那么大的本事，眼下照顾好这棵怪树最要紧。

“我能不能在这里栽种那三颗种子？”楚风心头一动，从昆林山山脚下捡到的石盒内有三颗种子，曾经给予他无尽惊喜，只是这几个月他没有找到合适的土壤，一直没有栽种。

他觉得，那三颗种子可能比什么都重要，绝不容有失！

可惜，他无法在这里栽种三颗种子。他用火眼金睛探察后发现，怪树是圣树根须发芽所致，而那圣树根须在太阳火精之下很深的地方。

楚风现阶段可不敢深入蕴含着太阳火精的井里，那纯粹是找死。

“好吧，就先保住这棵怪树。”他退后，不仅修复这里的场域，还多布置了几层，以防其他人来这里采摘果实。

“十天后再来，期待进化！”楚风很满意，因为，可以预期的进化不远矣，而且，他还在这里参悟场域秘册，场域造诣得到了很大的提升。

他晃晃悠悠地走出镣山，相当放松。

楚风一到外界就引起了人们的注意，还没有离开皖州就有很多人找来。

现阶段，几乎所有域外降临者都认为他是这个世界的天选之子，为了搜寻这片古地的机缘，不少降临者想拉拢他。

当楚风进入隆冈境内时，他身后跟了一大群降临者，这些降临者来自不同的星系，族群自然也不同，不全是人形的。

这个阵势吓了隆冈境内的进化者一大跳，不少人无语，不久前楚风还跟降临者大战，这才多长时间，那些降临者就都上赶着跟他套近乎，主动跟着他了。

这个场面自然被很多人看到并拍摄下来，发到网上后引发了轰动。

“这个魔王果然不走寻常路，真会折腾！”财团的很多人忍不住吐槽。

姜洛神相当无语，这才多少天没见，这家伙就成为降临者的座上宾了？她怎么看都觉得这是一个冒牌货！什么天选之子，她压根就不信。

“洛神啊，你不信也得信，他还真有可能就是天选之子，不然，那群降临者为什么非得找他？你要趁早下手啊，不然就彻底没机会了。”千普山上那名老者神出鬼没，吓了姜洛神一大跳。

“死老头，你走路怎么从来都没有声音？说话太难听了，什么叫趁早下手？再说，他都不来千普山……”

“别急，我马上让人去找他！”老者拍胸脯保证，相当果断地转身就走。

“啊，你曲解了我的话，回来！”姜洛神万分羞恼，在后面追赶，但是老者拿着通信器已经下达命令了。

此时，楚风在隆冈境内被来自阿法拉星系的狮面人身的黄通发现了。黄通离得很远就喊：“楚兄弟，等一等！我送你的酒喝完了吗？还不错吧！”

黄通自来熟，上次在紫旋山送了楚风两瓶来自阿法拉星系的美酒，还曾与楚风一同吃烤肉，关系不错。

黄通非常热情，道：“你什么时候和我去户山见我们的黄金神子殿下？他很想与你畅谈一番。”

楚风笑道：“我倒是想与你一起去，不过叶澜小姐先找上来了，让我去谷山见神女星系的那位天女。”

身穿紫衣的古典美人叶澜笑盈盈地从人群中走出来，跟黄通打招呼。

黄通笑呵呵的，倒也不急，道：“没关系，先去见那位天女也好。”

楚风抱怨道：“说起来，你们上次斩了独角兽，请我吃肉，结果蓬莱仙岛的人把我恨上了，派了五大高手来对付我，凶猛无比。”

“什么？敢对楚兄弟动粗，他活腻了吧！”黄通瞪眼，很是威猛，散发出的气息让周围一大群人都骇然。

黄通挥手道：“他是哪里人？蓬莱仙岛的遗族？走，兄弟们一起抄家伙去收拾他！什么蓬莱仙岛某一脉的少主，算什么，欺人太甚！”

不得不说，黄通号召力很强，将一群人都鼓动了起来。当然，这群人主要也是想卖楚风面子，跟他搭上关系。

“走，走，走，去收拾那个陈家少主。我们斩了他的独角兽，他却针对楚兄弟，连他也一起斩了算了。”

跟在后面的本土进化者都吃惊不已，一群域外降临者居然真的对楚魔王言听计从？！

这时，叶澜有些尴尬地道：“蓬莱仙岛的那个陈家少主目前应该还在谷山深处。”

众人一怔，很快，许多人反应过来。

有传言称，蓬莱仙岛的那个陈家少主在某座名山深处邂逅一名来自域外的天女，惊为天人，展开了热烈的追求。

黄通眼珠乱转，迅速挥手，道：“兄弟们还等什么？走啊，一块去谷山，斩了那个陈家少主！”

“好，一起去！”一群人响应。

楚风听闻后毫不犹豫地喊道：“走，我们也去追神女星系的天女！”

许多人起哄：“好，去追神女星系的天女！什么蓬莱仙岛某一脉的少主，到时候让他一边去。”

叶澜目瞪口呆，事情超出了她的掌控范围。

第218章

追求

“走喽，去追神女星系的天女！”一大群人起哄，面带兴奋之色，唯恐天下不乱。

相对而言，神子、天女级的人物绝对高高在上，跟他们属于两个层面的人，根本不可能有太多交集。

现在有人带头，他们也乐得一起跟着闹腾。

他们都是域外降临者，不久前才从名山深处的折叠空间中跨界出来，实力不用多说，这样一批人马会合在一起非常可怕。

楚风“嘿嘿”直笑，躲在大部队中间，一路冲向谷山。蓬莱仙岛的那个陈家少主如果不在谷山也就罢了，真要在那里的话非被压制不可。

后方，各大财团的人面面相觑，这楚魔王还真不愧是丧门星，果然走到哪里都没有好事。

这种事涉及天女、蓬莱仙岛某一脉少主这等人物，他们不敢掺和，真要是不知深浅地卷进去，必定会死无葬身之地！

“黄通，你别捣乱！”叶澜在后面追赶，她不好意思责备楚风，便对黄金神子的追随者黄通发飙。

她看出来了，黄通很积极地鼓动众人一起冲向谷山，绝对是为黄金神子着想。

黄通狮面人身，看着粗犷，其实很能说，张嘴就反驳：“楚兄弟被人欺负到头上，我们去讨说法有什么不对？那个陈家少主张狂得过分，竟敢派人去对付楚兄弟，我们不答应，黄金神子殿下也不答应！我真不知道神女星系的天女为何跟那个陈家少主走得那么近，真是岂有此理！走，兄弟们抄家伙去拿人！”

有人附和道："什么蓬莱仙岛的陈家少主，都没听说过，直接拿下！"

众人乱哄哄的，一路奔行，连大地都在颤动。

又不是去跟天女开战，收拾蓬莱仙岛某一脉的一个少主而已，他们没有一点心理压力。身为降临者，这么多人在一起还怕什么？

"你不要乱说话！神女星系的天女怎么可能跟蓬莱仙岛的那个陈家少主走得很近？"叶澜斥道。

但是，现在没人听她讲道理，大家都知道是怎么回事，就是想跑过去凑热闹而已。

"咱们过去后别废话，直接动手，收拾蓬莱仙岛的那个陈家少主，为楚兄弟出气！"黄通鼓动道。

众人像是一阵山洪，在"轰隆"声中冲向谷山，叶澜根本阻挡不了。

她倒不是替蓬莱仙岛的那个陈家少主着想，而是为神女星系天女的清誉考虑，这么多人乱说话，不时有人喊着去追求天女，成何体统！

叶澜还得向楚风解释，怕他误会什么。

她很狼狈。除掉独角兽的行动，她也参与了，她当时根本不知道蓬莱仙岛的那个陈家少主就在谷山，正追求神女星系的天女。

谷山在雍关境内，路途遥远，但对这群人来说根本不算什么。

在古代，这样的人就算是陆地神仙，哪怕不能飞行，速度也远超飞鸟，朝游东海，暮宿昆林，根本不成问题。

众人从隆冈横穿而过，进入雍关境内。

最终，谷山在望！

此时，外界正在关注这件事，人们都被惊得不轻，一群域外降临者拔足狂奔，这么快就从隆冈赶到了雍关？简直快得离谱！

谷山以奇险闻名，远远望去，山势陡峻，高耸入云。天地剧变后，这里的山体也不知道大了多少倍，更有诸多不曾见过的巨峰拔地而起。

云海茫茫，仅到半山腰处，由此可见山之雄伟。

"这山真不凡！"有人嘀咕着。

到了这里后，所有人都安静了不少。

楚风凝视着谷山，感受到了场域的气息。这地方不简单，不少山峰内蕴场域符文。

有一种说法，上古先民最初就居于谷山，谷山是文明的发祥地，被视为圣山。

一群人不敢乱闯，没人尝试登那第一主峰。他们冲向后山，接近折叠空间。

松涛阵阵，清泉汩汩，山地间精气浓郁，有像仙雾般的特殊能量，略显朦胧。

“到了后什么都不要说，直接开战！”黄通提醒道。

楚风相当满意，向黄通投去感激的目光。

这片地带植物丰茂，瀑布成群，更有许多藤蔓发光，爬满崖壁与巨树。

一片折叠空间内，能量强度非常高，有人在里面，而且人数不少，都是来自神女星系的高手。

楚风注意到，折叠空间外有几人器宇不凡，其中一个年轻的白衣男子非常英俊，身边跟着数名身量魁梧的进化者。

“可是蓬莱仙岛的人？”楚风喊道。

“是！”对面有人答道。

“别废话，兄弟们，上啊，撂倒他们！”黄通喊道，号召众人一起出手。

“轰轰轰——”

一道又一道能量光腾起，向前飞去，众人一起出手。

对面几人脸色煞白，这是什么情况？这么一大群人“轰隆隆”跑来，问明他们的身份后二话不说，直接出手。

他们想跑都不能，一群人将他们半包围起来，野蛮出击，真是恐怖。

刹那间，他们身上腾起炽烈的光芒。他们都带着威力不凡的秘宝，此刻迅速进行防御。

但是，对面的人太多了，黑压压一大片，他们被动无比，先保住性命再说。

“轰！”

山林都炸开了，土石飞射，岩浆四溅。

几人惨叫，身上的秘宝先后破碎。

这么一大群降临者联手，别说这几人，就算是逍遥境的生物来了，估计都得犯怵。

到后来，只有那白衣男子倚仗身上的秘宝活了下来，不过也已经昏厥过去，他那件塔形秘宝也已经龟裂，散落一地。

折叠空间中，神女星系的人都目瞪口呆，到现在他们还不解，这群人发什么疯，竟然野蛮出手，攻击蓬莱仙岛的人。

叶澜赶紧进入折叠空间去禀报。

太空中，晴岚招呼杨宣与胡倾城："快过来，有新情况。"

"不看！"杨宣回应道。眼不见，心不烦。这些日子他都不去触碰银色眼球和金色耳朵了，怕被气坏。

胡倾城笑容灿烂，道："你这是在逃避，遇上有意思的事怎能错过？走吧，好好去欣赏一下，多半又是那小子带来的惊喜。"

她还不知道，这次楚风是跟她的妹妹在谷山相遇。

"没错，就是那小子，有惊喜呢。"晴岚笑道，招呼他们两个快过去。

胡倾城笑盈盈地道："我猜，那小子又去灵运山见圣女杨珊了，一定十分有趣。他该不会真的想追求圣女吧？"

晴岚笑容异样，道："这个……有点出入，不过差不多，那小子的确在很不要脸地告白呢！"

"什么？我要斩了他！"杨宣大叫，终于忍不住冲了过去，想要看个仔细。

胡倾城笑嘻嘻地道："人生不过是一幕幕悲喜剧，慢慢欣赏就是。"

杨宣看到地面上的情景后，彻底怔住，眼睛发直。

胡倾城步履轻快地走了过来，满脸笑意，道："怎么，都看傻眼了？该不会是你的圣女族妹真的跟他关系暧昧吧？"

晴岚道："那小子真有一套，聚拢了一百多名域外进化者，压制'情敌'。"

胡倾城笑嘻嘻地道："有意思，看，杨宣都傻眼了，该不会又气坏了吧？"

她终于走到近前，借助银色眼球与金色耳朵探察。

"啊？"下一刻，胡倾城目瞪口呆，简直不敢相信自己的眼睛。

直到这时，杨宣才回头，淡定地开口道："追求你妹妹呢。"

胡倾城无语，那小子这次不是纠缠圣女杨珊，目标竟是她的亲妹妹！

杨宣施施然道："人生不过是一幕幕悲喜剧，慢慢欣赏就是。"

胡倾城听闻，顿时气愤至极，这家伙居然将她的话语原封不动地还回来了。

楚风饶是一向脸皮厚，现在也脸色微红，在上百名来自不同星球的降临者的注视下，向一名身份超凡的天女告白，着实尴尬。

这真不是一般人能做出来的！

尴尬的何止是他？折叠空间中，来自神女星系的一群高手都愣住了。现在不能跨界出去的域外生物都是超级高手，他们什么没经历过？但他们就是没见过这么不要脸的人，这是有意亵渎天女，还是疯了，或者嚣张得过分？

一群人相当不忿，你当我们是空气吗？再这样下去是不是要当面抢人？

他们神色不善，盯着楚风。这么多降临者在此，等以后各自回归母星，这件事岂不是要传到各星系？太高调了！

便是此前蓬莱仙岛的陈家少主，一见神女星系的天女就惊为天人，也只是在这里驻足，以帮忙的名义留下，没敢真的表白。

神女星系的天女胡若仙饶是一向镇定，面对什么场合都能微笑，展现绝世风姿，现在也脸色微红，相当尴尬。

她还真没见过这么不要脸的男人，当众这般，想干什么？

她有倾国之姿，时常会遇到火热的眼神，都习以为常了。那些人心中再怎么想，表面上也是彬彬有礼的。

身为天之骄女，她从来没有遇到过这么肆无忌惮的追求者，当着各星系的人的面向她告白，这是想名动星海吗？

楚风很想说，这完全是赶鸭子上架，真不能全怪他。

在隆冈境内时，他曾鼓动众人一起去谷山追求天女，到了这里后众人起哄，然后……他就这么做了。

冲动之下，他觉得没什么可怯阵的，不就是张嘴说句话的事吗？

只是付诸行动后，那可真是尴尬。

一群降临者一个个张口结舌，这主还真敢说啊！

他们都被镇住了，不知道说什么好，现场一度安静到落针可闻。

最终，这种尴尬的宁静还是楚风自己打破的，说都说了，做都做了，还有什么可后悔的？

尤其是看到来自蓬莱仙岛的白衣男子还一动不动地趴在不远处的地上，他就更加自信了。

连这阶下囚都跑到这里来追求神女星系的天女，他这个胜利者自然不能怯场。他当即走过去，再次开口，越说越溜。

周围一群人都惊呆了，刚才冲动也就罢了，现在还敢来？

太空中，晴岚目瞪口呆，就这么看着，连他也没有想到，楚风越说越溜，彻底进入状态。

“哈哈——”杨宣则大笑不已，心情舒畅。楚风追求的根本不是他的圣女族妹，而是胡倾城的亲妹妹。

胡倾城先是愣在那里，而后才恼羞成怒，瞪向杨宣，道：“你少幸灾乐祸！”

之后，她又盯着地面，大骂楚风！

她自然能看出，自己的妹妹措手不及，俏脸都红了。

她顿时大怒，那小子太可恶了，胡家女子天生丽质，一向是她们控制别人的情绪，焉能如此？

她还真担心她妹妹胡若仙被楚风镇住。

谷山，银瀑成片，能量化成白雾，瑞禽在空中盘旋。

然而，这么祥和的景象也驱散不了折叠空间这里的诡异气氛。

来自不同星系的降临者目不转睛地盯着楚风，这兄弟太厉害了，现在还没说完呢！这是调戏，还是亵渎，抑或是真想娶天女当媳妇？

楚风的确不怵，既然都荒唐行事了，那就多说一会儿呗。

神女星系的人如果知道他这种无所谓的心态，保准想打死他。

当然，神女星系的人现在就想打死他了！

最后，楚风总结性发言，说蓬莱仙岛的陈家少主金玉其外，败絮其中，哪有资格追求天女？他路见不平而已。

神女星系的人总算明白了，这家伙跑这里来捣乱，其实症结在蓬莱仙岛的陈家少主身上。

说了半天，折腾了这么长时间，这行事荒唐的家伙主要的目的竟然是打击对手！一群人无语。

胡若仙终于开口，第一句话就让楚风的脸通红。

“楚兄，这个男子不是蓬莱仙岛陈家一脉的少主。”她声音柔和。

此时，不仅是楚风，就连黄通等一群曾经出手的降临者都尴尬万分，竟然闹了个大乌龙，打错人了？

楚风来到地上的白衣男子身边，往他体内注入一缕蕴含生机的能量，将他唤醒，问道：“你是谁？”

白衣男子苏醒后，听到楚风的问题，当即就想骂人，你都不知道我是谁，就这么动手？太冤了！

他真是气坏了，但是面对楚风、黄通等人恶狠狠的目光，又低下头。形势比人强，落在别人手里，他反抗不了。

“我是陈家少主陈盛的书童陈承。”白衣男子说道。

“有这么大个儿的书童吗？”黄通揪住他的衣领。

陈承气得想骂人，这么大个儿怎么了？但他不得不耐着性子解释道：“我自幼跟少主一起长大，一直追随在他身边。”

“陈盛呢？”黄通瞪着铜铃般的大眼睛问道，格外凶猛吓人。

“少主得到消息，回去处理一些事。”人在屋檐下，陈承不得不低头。

“处理什么事？”楚风问道。

“去收拾一个不服管教的人，他姓楚，很张狂，激怒了少主。”陈承答道。陈盛走了，他们几人则留在这里负责帮助神女星系的人，这是陈盛在向胡若仙示好。

陈承说完这些话的下场就是，被楚风惩罚蹲在一边，连头都不准抬。

而后，楚风看向胡若仙，厚着脸皮套近乎，毫不自觉。

不得不说，胡若仙的确姿容倾城，脸很秀气，暗红色长发光滑柔顺，一双大眼睛扑闪着，像是会说话一般。

她身材绝佳，身段修长，宛若一条美女蛇。

一身蓝色的金属战衣并没有遮住她的全部躯体，修长的腿、洁白的手臂都露出一部分。

她安静时的确有仙道风范，宛若仙子，可是一笑起来大眼眨动，红唇鲜艳，妩媚无比。

楚风很想问她是不是九尾妖狐一脉的，不过没敢问，他怕神女星系那群人跟他拼命，现在对他就已经是一副仇视的表情了。

“既然是误会，那就揭过，刚才那些没什么。”胡若仙微笑道，体态婀娜，天生带着魅惑力。

“啊，其实我是认真的。”楚风脸微红。他担心说那是戏言，会让神女星系的人觉得他轻佻随意，不尊重他们的天女。

但是这种回应也实在惊人，在一些人看来，这简直是找死！

“叶澜，帮我送客，我要和楚兄单独一谈。”胡若仙竟这般开口，惊呆众人。真要留下这个胆大包天的家伙，而且，单独密谈？

胡若仙瞟了黄通一眼，顿时让其身体冰凉。黄通不敢对抗，立刻表态，马上带人退走。这可是神女星系的天女，一旦跨界出来不说天下无敌，那也差不多！

一群降临者都不敢拂逆胡若仙，见这位天女表了态，都不用叶澜送客，就一窝蜂地退出了谷山。

“用圣文遮蔽这里，以免天机泄露。”清场后，胡若仙命人取出几卷经书。那是圣文，已磨去威力，只留祥和神性，但一样有非凡之处。

“嗡”的一声，几卷经书发光，遮蔽这里。

楚风没敢大意，祭出了锁龙桩，哪怕还没有迈进折叠空间，他也得有所防范。

然后，两人密谈。

太空中，晴岚、杨宣都觉得很遗憾，因为什么都看不到了。

胡倾城像前些日子的杨宣一样，黑着一张脸，很想降临到地面去拍翻那个冒牌货。

她瞪向杨宣，道：“都是你多事，导致了这一切！”

杨宣这些天都在冒火，自己的无意之举竟成全了那小子，让他越发如鱼得水，四处“招摇撞骗”。

胡倾城咬牙切齿，她估摸着，她妹妹也会送楚风秘宝，拉拢楚风，这……真是可恶啊！

谷山深处，楚风与胡若仙相谈甚欢。谈及以后的合作时，胡若仙说她知道几处圣地遗址，到时候可以与楚风共同去探险，有些传承疑似未曾断绝，神药、秘技、兵器等都还有留存。

楚风自然不会白来一趟，最终得到了一件秘宝——银色盾牌。盾牌不大，很是精巧，但是注入能量后可瞬间变大，坚不可摧。

“胡仙子，你有场域书籍吗？我目前在这个领域陷入瓶颈，苦无对策，想寻找一些场域书籍来破解困局。”楚风脸皮相当厚，开始自己索要东西。

胡若仙相当无语，眼前这人从一开始见面就一直没脸没皮，她还从没见过这样的人，她接触的圣子、神子哪个不是光芒万丈，耀眼夺目？

她心头一动，取出一张兽皮古卷，道：“说起来，有一个地方称得上是场域圣地。”

在她那修长的手指间，兽皮古卷徐徐展开。

“在哪里？”楚风自然心惊。

“不在这个世界上。”胡若仙浅笑间，千娇百媚，瓜子脸白皙，大眼睛仿佛能勾魂摄魄般。

“这有什么用？”楚风失望。

“距离很近，在月星上。”胡若仙微笑着指向天空。

“嗯？”楚风狐疑。

“知道月星上为什么有那么多环形坑吗？有些是陨石撞击所致，但更多的是布置场域所致。”

楚风哑然，还能这么解释？

“昔年，这个世界曾有场域圣师，这种人物可以规划天地，梳理星河，以一己之力困住多位圣人，恐怖无比。”胡若仙叹道。

无论在哪里，哪怕是在域外最强大的世界，场域研究者也很少，场域圣师就更不要说了，那只是传说。

事实上，只要是场域研究者，地位就很高，超过同层次的进化者。因为场域这条路更难走，比进化之路难走十倍不止。

“场域研究者都很骄傲，就连居住地也要与众不同，所以当年这颗星球上一批强大的场域研究者搬迁到了月星之上。”胡若仙道。

楚风相当服气，他跟那群前辈狂人相比还差得远。

同时，他心中惊异，这个胡若仙这么了解地星，且有兽皮古卷，来之前一定做足了功课。

“喏，送你了。我对场域没兴趣，不想走那条路。你若是运气足够好，能够登上月星，何愁没有场域书籍？”胡若仙说罢，将兽皮古卷送出。光芒一闪，兽皮古卷便飞到楚风的手里，带着一股如兰似麝的幽香。

楚风大喜，不就是登上月星吗？这根本不是问题！

他又跟胡若仙相谈片刻，便告辞离去。

太空中，晴岚轻“咦”一声，道：“那小子出来了。”

胡倾城看到楚风正在摆弄银色盾牌，顿时不淡定了，道：“这个冒牌货真是可恶，从我妹妹那里骗走了一面宝盾！”

随后，杨宣也黑下脸，因为他听到楚风正在嘀咕，对杨珊与胡若仙品头论足。

“哎哟，这小子还真有意思。”晴岚哈哈大笑。

杨宣与胡倾城的脸色都黑得不能再黑了。

“走吧，我们去月星看一看能否登上去，那上面有很多好东西。”杨宣说道。

这是他们早就商量好的，胡倾城手中有一张星图，指向月星，他们想试试看能否登上去。

“眼不见，心不烦。我再也不想看到这小子了，去月星的话应该就看不到他了。”杨宣说道。

“嗯，我也不想再看到他，接下来几天应该可以清净了！”胡倾城点头。

第219章
月星之上

蔚蓝色的海水轻轻荡漾，将太阳投下的金光荡成成片的碎金，海面上一只又一只海鸥轻灵地划过，姿态优美，海中偶尔有鲸鱼跃起，扑腾起白色的浪花，扰乱宁静。

楚风驾驭碧绿的竹筏悠悠驶进东海，欣赏沿途的美景，竟略微出神。

他来找龙女借飞碟，或者干脆在海底竞拍一架，然后冲向月星。为了场域圣师的传承，他不惜冒险。

终于临近东海关键性水域，一只小山般的玳瑁浮出海面，审视闯入这片海域的不速之客。

同时，一群鲨鱼浮现，个头都很大，像是一艘艘潜水艇浮上水面，牙齿寒光闪闪。

“去禀报龙女殿下，就说故人楚风来访。”楚风喊道。

玳瑁客气地点头，而后沉入海底消失不见。那些鲨鱼也都退走了。

海族很骄傲，但是对这个传闻中的楚魔王都忌惮无比，这位可是连南域海老龙王的结拜兄弟龙泽都给斩了。

在楚风入海时，蓬莱仙岛陈家一脉的少主陈盛正好登岸，很快他就得悉了谷山深处发生的事，顿时怒火冲天！

他那书童的遭遇从某种意义上来说就是他的遭遇，楚风误以为陈承是他，竟那般对待。

“一个血统不纯的人也敢妄称天选之子，屡屡冒犯我们蓬莱仙岛的正统，不服管教，唯有去死！”他双目冷幽幽的。

海底光怪陆离，一簇簇珊瑚如同灯火，照亮一座恢宏的城市。

这是楚风第二次来东海龙城，上一次他坐在飞碟中，这一次他直接跟着龙女行走于水中，以精神力交流。

进化到他这个层次，水压以及闭气等对他的影响不是很大了。

他挣断了九道枷锁后，呼吸法越发精进，能在水中吸收所需氧气，宛若海鱼。

他甚至可以直接吞吐能量，所以暂时不需要空气。

龙女长着一头水蓝色的长发，身段绝佳，在海中游动，如同一条美人鱼，轻盈而迅速。

当知道楚风要借飞碟前往月星时，她睁大美眸，满脸愕然之色。她不是不知道这位朋友每每有出人意料之举，可这次的行动实在惊人。

“太空中有域外强者，你如果驾驭飞碟上去，很有可能会成为他们的猎物！”她郑重提醒道。

“我也知道可能存在危险，情况不妙我直接逃回来便是。为了场域，我想去试试。”

龙女面露讶异之色，道：“你知道月星上有场域传承？”

“是。你也知道？”楚风颇为惊异。

海底龙城，不同颜色的珊瑚发光，照耀得海底街道上一片斑斓，各种建筑都带着彩光。

这里宛若童话世界，美丽得过分。

龙城很热闹，人来人往，许多地带繁华得不得了。

龙女带楚风进入龙宫居所，这里较为安静，两人继续交谈起来。

“我以前送你的海底石刻是从真龙巢穴那里得来的，除此之外，我们在那里发现了一些玉石，上面记载着，那位场域大师是在月星上获得的传承。”龙女告知楚风，以前她赠送给楚风的许多海底石刻，都是一位场域大师在真龙巢穴刻下的。

“他……竟去过月星？”楚风惊讶，详细询问龙女相关情况。

龙女让人搬来一些玉石，上面有很多文字，是那位场域大师写的。这原本是龙族的珍藏，不能泄密，因为玉石上面记述着一座宝藏！

可是那地方太远，在月星上！

这一次，楚风来东海做客，一见面就送给龙女一颗蓝色丹药，足以让她挣断第九道枷锁。

龙女很欣喜很激动，所以对楚风也是毫无保留，将这记载着宝藏的玉石呈现给他看。

“误入场域，直接被传送到月星之上，九死一生，学到一点皮毛，回归后精研数载就成为场域大师！”楚风得悉这些情况后，相当震惊。

一点皮毛而已，就能造就一位场域大师，这是何等惊人！

这么说来，月星上真的有场域圣师的道统？楚风心头火热，恨不得立刻动身。

他已经从玉石上知道了，通向月星的神秘场域就在东海的一座岛屿上。

那位场域大师当初是海外的散修，不然也不会在那座海岛以及真龙巢穴附近不时出现。

龙女的族人也曾寻到那座海岛，但最后放弃了登岛，因为连最浅显的场域书册他们参悟起来都无比艰难与吃力，即便到了月星上，九死一生并找到场域圣师的传承，估计也难以参悟。

按照龙族的说法，他们适合走进化之路，场域之路不适合他们。

“大恩不言谢。”楚风真诚地说道。这个消息对他来说太重要了，走海岛那条路比驾驭飞碟冲向太空靠谱多了。

他一刻也不想停留，恨不得立刻动身。

不过，他还是想在海底竞拍一架飞碟。

“我记得上次八爪大王有一架飞碟在拍卖是吧？”楚风问道。

“还是我帮你拍吧，以免节外生枝。”龙女这样建议。

因为，楚风树敌太多，南域海龙族要是知道他跑来这里竞拍飞碟，估计非兴师动众对付他不可。

“那你回头看时机合适时帮我竞拍一架。”楚风说道。

而后，他又送给龙女一颗能助人挣断第九道枷锁的蓝色丹药。对于海族很多王级强者来说，这种蓝色丹药足以值得用飞碟来交换，谁不想更强？

楚风很顺利地找到了那座海岛，因为东海龙族以前曾寻到这里。

“你自己小心，我就不上岛了，这里很古怪。”龙女叮咛了几句，就转身退回海中。

“我就不说谢啦！”楚风转身登岛。

“保重！”龙女说道。她知道楚风此去将经历千难万险，月星上那个道统可不是善地，从那位场域大师的手札来看，那里非常危险，他当年能活着回来纯属侥幸。

海岛上迷雾弥漫，寂静无声，宛若一座死亡之岛。

岛上的磁场异常混乱，磁场强度忽高忽低，走进深处后，不时有极光般的炽烈光芒腾起，没入迷雾中。

显然，这里有场域，不过破损严重。

楚风皱眉，希望那通向月星的路径没有被毁掉。

岛上没有植物，更没有动物，到处都是石头，有很多是磁石，甚至是品质极高的磁晶。

楚风讶异，开始收集磁石和磁晶。对于场域研究者来说，这些都是好东西，等于他们的兵器！

随后，他来到海岛中心，看到一座黑白祭坛。这里的磁场越发变化莫测，十分恐怖。

一刹那，楚风眼睛发直，那黑白祭坛的材料竟是古书中记载的顶级材料——神磁。

这东西绝对是场域研究者的最爱！

黑与白两种神磁是阴阳的体现，以这种材料构建场域，开启小型的空间隧道，这不是一般人所能做得到的。

楚风在这里足足研究了两天两夜，才踏上黑白祭坛。

“嗡！”

他启动这里的场域后，黑白神磁发光，由其构筑的黑白祭坛集场域之大成，现在迅速激荡，一条稳固的小型空间隧道显现出来。

楚风震惊，他现在远没有这般手段，场域造诣到了高深层次竟能如此？

他抬头看了一眼，空间隧道那边有景物，仿佛离他很近，疑似月星！

这还真是诡异，月星距离地星十分遥远，可现在顺着狭窄的空间隧道望过去，仿佛近在咫尺。

楚风右手持杨珊送给他的青铜剑，左手拿着胡若仙送给他的银色盾牌，踏上了那条狭窄的空间隧道！

月星之上，杨宣、晴岚、胡倾城已经来了两天，此时正按照一张星图在寻觅机缘。

他们在月星上行走，进入一个又一个环形坑。

“这颗星球上的坑也太多了，这得遭受过多少次撞击啊，居然还能不毁灭，也算是奇迹。”杨宣嘀咕着。

胡倾城翻白眼，道：“想什么呢，当年这里可是有场域圣师坐镇，谁能毁掉此地？”

提到场域圣师，他们都变了脸色，这种传说中的存在能够压制妖圣和菩萨级进化者，规划天地，梳理星河，简直无所不能。

“我隐约间感受到了某位妖圣的丝丝气息！”晴岚忽然脸色苍白。

“是那里！”杨宣神色凝重，身体悬在半空中，指向前方。

那里有五个深坑，像是五根手指按出来的五指坑！

他们倒吸了一口凉气，一丝丝恐怖的气息正是从那五个庞大无比的深坑中散发出来的。

“当年，那位妖圣也来这里参战，惊世一掌落下，却只在这颗星球上留下五个深坑，还真是不可思议！”

须知，那种盖世妖圣一击之下，别说一颗小星球，就算是再大的星球也得成为灰烬。

“有场域圣师坐镇，当年那位妖圣能活着离开就不错了。”胡倾城叹道。

接下来，他们继续在月星上行走，看到一处又一处诡异的痕迹。在别人看来，那都是陨石撞的，可是他们明白，那是昔年大战所致。

三人颇感兴趣，一路走一路研究。

终于，他们寻到了胡倾城手中星图所指向的正确地点。

“嗯？怎么接近不了？”

“有一层无形的场域能量阻挡我们靠近！”

三人皱眉，在这里驻足。

前方是一个开阔的环形大坑，他们瞪大眼睛，看到里面有建筑遗迹，甚至疑似看到了一棵桂树。

“月星上枯死的神树！”

他们想尽办法，但都没有用，就是无法接近环形大坑。

“可惜啊，我们明明找到了正确地点，却进不去。”

“算了，早就有心理准备，场域圣师的地盘谁能进？”

他们倒也不是很失落，毕竟有思想准备，得之我幸，失之我命。

“两天过去了，没有关注那小子，不知道那里什么情况了。”晴岚说道。

杨宣呼出一口浊气，道：“眼不见，心不烦。这两天没有见到那混账小子，我心情好多了。”

胡倾城点头，深表赞同，道：“不错，真的清净了不少。我也不想再看到那小子了，竟骗到我们胡家人身上来了！”

然而，下一刻，杨宣目瞪口呆。

胡倾城霍地回头，顿时也张口结舌。

一个年轻人施施然，不知道是从哪里走出来的，出现在他们眼前！

杨宣一身黄金战衣，双目炯炯有神，气宇轩昂，现在却失态了，眼睛都直了。他看到了谁？是那个混账小子！

胡倾城鲜艳的红唇张开，嘴里简直能塞进鸡蛋，弯弯的黛眉挑起，丹凤眼里冒出电光！

两人吓了一大跳，做梦都想不到会在月星上见到楚风，太意外了！

他们刚才还在说眼不见，心不烦，在月星上清净两天后心情好多了，怎能料到刚说完那些话，楚风就出现了，真是在哪都能见到他！

而且，看他那姿态，施施然而来，太悠闲了。

一刹那，杨宣、胡倾城七窍生烟。

一身青铜战衣的晴岚也是目瞪口呆，竟能在月星上遇到这小子，怎么可能？！

“小子，你是成心出现在这里气我们的吧？我要你好看！”杨宣黑着脸喝道。

他的嘴唇都在哆嗦，那是气的，当然也有激动。这小子出现在他眼前，他岂不是可以出一口恶气？

“呵呵——”胡倾城在笑，能在这里遇上这小子简直再好不过了，想怎么收拾他就怎么收拾。

楚风很轻松地走出狭窄的空间隧道，一步就迈到月星上，感觉不可思议，他刚才还在东海的一座岛屿上，结果下一秒就到了月星上。

他成功登上月星，心情舒畅，结果一下就看到三个人正在不远处瞪他，吓了一大跳。

“域外的人？在说什么语言？我一句也听不懂！”楚风嘀咕着。对方说的是星际通用语，他根本不会。

杨宣、晴岚与胡倾城都懂地星语言。听到楚风的话后，杨宣抬手就向前抓来，冷笑道：“小子，你给我过来！”

“砰”的一声，他那只淡金色的手掌拍在一层无形的场域能量上，居然被阻挡，没有触碰到楚风的身体。

楚风悚然，这人出手太快，如果没有无形的场域能量挡在前方，他绝对会被一把抓走。

“你给我出来！”杨宣喊道。

他感觉那只手掌很痛，像是被一只太古神兽撞击过，他的嘴角都在抽搐。就那么一下而已，他就不想再试第二次了！

同时，他心中诅咒，此地场域又被激活了一片，那小子竟立身在场域当中！

“你是谁？会我们的语言？”楚风手持青铜剑，遥指前方。他在对方身上没有感觉到善意，相反，看对方双眼喷火的样子，像是恨不得吃了他。

楚风咕哝：“真是不明白哪里惹到这个域外的人了。”

杨宣听到了楚风的咕哝声，然后，他盯着那柄青铜剑，目光无法移开。那曾经是他的兵器，现在居然被这小子抓在手中，想一想就心疼！

胡倾城发现场域范围扩大，楚风身在场域当中后，顿时改变策略，舔了舔红唇，嫣然一笑，千娇百媚。

“小兄弟，别误会。你突然出现吓了我们一跳，要知道这里经常有星际强盗出没，我们还以为来了劫掠者。”她笑容灿烂，肌肤雪白，暗红色长发轻扬，眼波流转，风情万种。

楚风觉得浑身酥麻，这女人还真妩媚，而且，他第一眼看到她就觉得熟悉。

这女人跟胡若仙不仅气质神似，就连容貌都有些像！

楚风一副纯真的样子，道：“仙子妹妹你好，既然是误会，那说开就没事了。你们是谁？”

胡倾城顿时神色一滞，但很快就恢复正常。她很想说，什么妹妹，我跟你妈都差不多大了！但她忍住了。

晴岚神色古怪，这小子还真有意思，连胡倾城都敢叫妹妹！

杨宣闻言张了张嘴，居然想笑。他乐得看胡倾城吃瘪，同时觉得这小子果然作死，哪怕来到月星上也随时得罪人！

“小兄弟……”胡倾城声音带着磁性，跟楚风愉快地交流起来。

两人谈了很多，但楚风就是不动地方，根本没有被诱惑。

胡倾城是什么人？她瞬间就知道没戏，不想浪费感情了，直接变脸。

“小子，敢占我便宜，我都能当你小姨了！”

“什么小姨，大姨子还差不多！”楚风如此回应。自从看到这三个人，他就觉得不对劲，他们像是认识他，不然第一眼望来时为什么会是那副表情？尤其是这个女人，跟胡若仙绝对有关系。

胡倾城听到这样的话语，气得差点岔气。

晴岚面部表情丰富，此时脸都在抽搐，这小子天生跟胡倾城犯冲吗？

“嘿嘿——”杨宣更是直接笑了，看到胡倾城处于下风，他竟然很高兴。

可是，很快他就笑不出来了。他看到楚风正在掂量青铜剑，以一副很悠闲的样子打量他们三人。这姿态，加上那柄青铜剑，让他脸色发黑。

他道：“你可知道你手中这柄剑的来历？”

“我女朋友送的！”楚风傲然答道，像是在说多么了不起的成就一样。

杨宣想到了楚风可能会嘚瑟，说是某位圣女送的，但他发现自己还是低估了楚风，太不要脸了，这都能说出口，他气得够呛！

始终一声不吭的晴岚终于开口道：“你左手的银色盾牌是哪里来的？”

楚风依旧一脸傲然之色，仿佛又在说一桩值得炫耀的事迹，道："我另一个女朋友送的。"

"小贼！"胡倾城身上的黑色战衣铿锵作响，满头暗红色长发飘舞，美目简直要冒闪电了！

"你们究竟是谁？"楚风问道。他虽然有所猜测，但还不确定。

"圣女杨珊是我的族妹。"杨宣开口。此时，他身上的黄金战衣迸发出冲霄的光芒，满头发丝都变成了淡金色，气息恐怖绝伦。

"胡若仙是我亲妹妹！"胡倾城也冷幽幽地说道。她不再妩媚，而是如同女战神般，有种严峻与冷艳的气质。

楚风心头剧震，他们居然是圣女的兄长与天女的姐姐，这三人绝对是三位大鳄，实力无法想象！

而后，他脸上露出灿烂的笑容，对杨宣深施一礼，很郑重的样子。

杨宣脸上露出淡淡的笑，觉得自己神威犹在，镇住这小子了。

可是，他的笑容很快就凝固了。只见楚风一本正经地向他行礼，道："见过大舅子！"

杨宣愣住了，冲霄的光芒瞬间消散，他像是被揍了一拳，气势全无。

随后，楚风转身，也对胡倾城施礼，道："原来你真是我大姨子！"

胡倾城瞬间爆发，身上的黑色战衣铮铮而鸣，黑光闪烁。她居然抡动一柄三尖两刃刀，冲了过来。

这可是重型兵器，跟神话中的三尖两刃刀相仿。

胡倾城不断抡动兵器，三尖两刃刀"唰唰"劈个不停，砍在场域光幕上，激起刺目的能量光束，刀气冲天。

三尖两刃刀一次又一次落下，可又不断被震开。

最终，她放弃了。她根本打不破这无形的场域，而且她有种感觉，自己再进攻的话可能会遭到可怕的反击。

楚风却有点心虚，这个女人已经进化到了什么层次？实力深不可测。

杨宣接着出击，但很快也住手了，因为他同样感觉到了危机。

"两位消消气，都是自己人。"楚风尽量露出和善的笑容。

但是，那两位看到后，都恨不得捏死他。

晴岚圆场，笑道：“都消消火，能够在月星上相遇，本身就是一种缘分……”

“什么缘分，再敢说我跟他有关，我就翻脸了！”杨宣脸色难看。

楚风一脸诚挚之色，道：“这样吧，咱们开诚布公地谈一谈，实话告诉你们吧，我和你们的妹妹正在深度合作，绝对是自己人。”

杨宣周身冒黑气，道：“小子，别解释，你干过什么我们都知道，你就是个骗子，连你那冒牌天选之子的身份都是我无意间造成的。”

楚风听闻，神色一惊，顿时想到那无缘无故总是劈向他的银光，敢情那都是眼前这男人所为？

楚风扬起下颌，道：“原来是你在太空中劈我，行，我记住你了，大舅子！”

一声“大舅子”让杨宣又差点抓狂了，他恨不得立刻用手中的战矛刺向楚风！

“算了，事情都已经发生了，还是往前看吧，谈一谈接下来怎么合作。”胡倾城平静下来，从头上取下一支玉簪，送到场域前，道，“看一看这种死物能否跨过防御光幕，如果能，你可以带走，转交给我妹妹，这样可以进一步增加你们相互之间的信任，以后好并肩作战。”

“好！”楚风微笑，动用精神能量去取玉簪。

结果，那玉簪发光，向他飞来。

胡倾城双目发光，非常欣喜，无比期待。

然而，玉簪在半途突然解体，断裂开来。

楚风像是反应迟钝般，道：“跟我们世界的折叠空间一样，太强大的人与器物短期内无法跨界。”

而后，他又望向杨宣，道：“你有什么想捎给杨珊的吗？”

胡倾城向杨宣使眼色，以精神力传音：“快，趁这小子还没有醒悟过来，拿出一件不太强的兵器，偷袭他！”

杨宣闻言，二话不说，抽出一把匕首，送了过去。

“咔嚓！”

结果，匕首发光，在楚风立足的区域解体，断成好几截。

杨宣与胡倾城皱眉，暗叹那片区域太诡异，他们想偷袭楚风都不行，兵器都没办法送过去。

楚风笑眯眯的，弯腰将四分五裂的玉簪拼凑在一起，又将那把匕首重新组装好，然后才叹道："有这些也足够了，珊珊和若仙肯定会相信我见过她们的亲人，嗯，能当信物。"

"嗯？"这一刻，杨宣与胡倾城都瞪圆眼睛，露出凶狠的目光，这小子又要生事啊！

"你敢！"

楚风闻言，没有理会他们，而是晃晃悠悠地转身离去，道："大舅子，大姨子，你们先冷静一下，我去这遗迹深处看一看。"

"你给我回来！"两人同时喊道。

他们都觉得坏了，这小子拿着他们的贴身物件，回头跑回去，肯定会去骗杨珊与胡若仙。

两人气急败坏，眼前发黑！

第220章

先圣

月星上，环形坑随处可见。楚风走进遗迹，神色凝重，在这里，他竟有心惊肉跳之感。

这里绝非善地！

此行可能危机重重，未知的前路让他心中没底。

遗迹很大，可以看出曾经殿宇成片，可而今那些建筑尽化为瓦砾，到处都是断壁残垣。

月星上昔日真的居住着进化层次非常高的生物吗？

随着不断深入，建筑材料越发惊人，巨大的玉石块随处可见，还有金属瓦片，至今还泛着淡淡的光泽。

不久后，楚风看到远处有一棵大树。大树已然干枯，主干上树皮龟裂，像是龙鳞张开。

“是那棵传说中的桂树吗？”

楚风打算靠近取一些枝杈，说不定以后炼药时能用上。它哪怕已经干枯了很多年，能量流失，可毕竟曾经为神树！

现在，楚风距离那棵树还有点远。

“嗯？”楚风慢慢前行，生出了强烈的不安感，感觉到浓重的煞气，像是要撕裂天地，让他血气翻腾。

刚才还很宁静，怎么临近这片地带后这般可怕？

这片地带有铜殿，有铜塔，哪怕铜殿、铜塔断裂了，这里也比其他区域地势更高，更巍峨，沧桑中有种冷意。

楚风绕过这些铜质建筑，感觉身体仿佛要裂开了，那种莫名的煞气更加浓重，越发恐怖。

他继续前行，逐渐接近那棵足有五百丈高的树，在这一刻，他终于知道了那煞气的根源所在！

楚风异常震惊，简直不敢相信自己的眼睛，眼皮狂跳，喉咙发干，脊背发凉，浑身长出一层鸡皮疙瘩。

一切都是前方景象所致。

只见在那棵树的不远处，一根又一根粗大而锋利的石柱高耸入云。一只白色凶虎像一座山似的，庞大无比，身体被许多根石柱洞穿！

这么大的一只老虎，而且是白色的，它是什么层次的生物？

在月星上见到一只这般恐怖的巨虎，楚风不禁心颤。

虎血没有干涸，至今还鲜红晶莹，且发出光芒，蕴含着无与伦比的能量！

煞气就是这只白色凶虎发出的，像要崩裂天地般，压制得空间都在颤动，很难想象它有多强！

而且，楚风明显感觉到，以这只白色凶虎为中心，包括石柱在内的区域，都被神秘的场域笼罩着。

他甚至能够看到清晰的场域符文不时浮现，那里有惊天动地的场域规则，压制白色凶虎散发出的气息。

被绝世场域笼罩着，白色凶虎居然还能透出这般煞气，这是何等恐怖的一只凶兽！

楚风怀疑，如果没有绝世场域，一般的进化者来到这里后，会在白色凶虎的煞气下直接形神俱损！

这只白色凶虎太强大了，不可想象，让人骇然！

楚风站在场域外，绕着山体般巨大的白色凶虎观看，感受这只生物的强大。

“怎么可能？”楚风突然大吃一惊，他看到白色凶虎口鼻间居然还有白雾，它还有微弱的呼吸，根本就没有死去！

这让他毛骨悚然，多少年过去了，这应该是上古年间的神秘凶虎，被那么多根粗大而尖锐的石柱洞穿身体，竟然还活着？！

楚风吓了一大跳，月星上的一个环形大坑中居然钉着一只白色凶虎，而且白色凶虎还有呼吸。

他心中满是狐疑：是谁将这只白色凶虎钉在这里的？它属于哪个阵营，是好还是坏？

这些楚风根本无从得知。

最终，楚风折断树上一些干枯的枝杈，收了起来。但他不敢破解场域，打白色凶虎血液的主意。

他在此地驻足很长时间，才再次上路，向更深处走去。

在路上，他看到了很多浮雕，记述着一幕又一幕旧事：大战爆发，男女老少在星空中迁徙，不断有人陨灭。那是一曲悲歌。

“我们的世界当年排在第十一位，极尽辉煌后爆发大战，而后一直暗淡。这是当年的战争！”楚风大受触动，看着那些画面，心中波澜起伏。

他时而握拳，时而怒吼，竟控制不住情绪。

他看到那些画面中七八岁的孩子都在英勇战斗，结果生命逝去，他甚至看到婴儿都被来自星空的劫掠者用长矛刺中。

“这就是当年的结局吗？来自星空的劫掠者太冷血、太可恶了，都当诛！”楚风低语。

“你在同情母星的生灵，暂时符合条件，请接受血液检测。”突兀的声音响起，不含任何感情，甚至有些冰冷。

楚风惊醒，疑惑地打量四周，是谁在说话？同时，他有些不解，刚才自己的情绪波动太剧烈了。

平日间，楚风看到那样的画面的确会愤怒，会同情，但是不见得会这般情绪失控。

下一刻，他瞳孔收缩，一杆长矛竟从巨石上的浮雕中探出，对准了他。

他快速后退，躲避开来。

“请接受血液检测。”那不含感情的声音再次响起，竟是一座残破的能量塔发出的，同时，长矛向楚风刺来。

这一刻，残破的能量塔发出炽烈无比的光芒，向下压来，竟然定住楚风，让他一动也不能动。

而后，长矛刺中他的躯体。

楚风剧痛难忍，不由得一声大叫，猛力挣扎。

能量塔来得快，去得也快，带着长矛飞起，发出柔和的光，像是在分析楚风的血液。

“属于母星的嫡系后人，血脉纯净。”那不含感情的声音再次响起。

事实上，它是一段精神波。

“你是谁？”楚风捂着伤口，问道。挣断了心脏部位的枷锁后，他拥有强大的再生术，现在立时开始止血，修复伤体。

“检测者。”能量塔机械般地回应。

接着，它又传出精神波：“你是来自母星的生灵，且同情母星，符合条件，是否去尝试接受传承？”

楚风听得目瞪口呆！

他不是第一次见到能量塔，现在看来，能量塔真的不简单。

“你即便要检测血液，也不用拿一杆长矛刺我吧！”楚风明白情况后悲愤地叫道，太粗暴了！

不含感情的声音传出：“没想到你这么弱，一般来接受检测的生物都身体坚实，需要用锋利的战矛用力刺破肌肤，才能得到血液。”

当听到这个说法时，楚风简直想将这残破的能量塔给击落下来！

但是，他还真奈何不了这能量塔，刚才他可是被定住了，一动也不能动。

楚风道：“既然符合标准，那就把传承给我吧！”

“你一直向里面走，如果全面契合，自然会得到传承。”精神波从能量塔中发出。

然后，能量塔便没入巨石浮雕中，即将消失。

“欸，你不就是传承吗？”楚风喊道。在他的理解中，能量塔就代表着传承，蕴含着各种秘籍。

“我已残破，只负责检测血液。”能量塔发出这一声音后，就消失了。

“唰！”

能量塔消失的同时，一道光从浮雕上透出，照在楚风的身上，他身上的伤刹那间痊愈。

楚风面露讶异之色，不再多说，大步向前走去。

月星上，一片清冷。

显然，楚风所待的地方是一处秘境。

他向里走去，沿途废墟减少，渐渐有一些完整的建筑，最后他进入了一座宫殿中。

宫殿不是铜质的，也不是玉石堆砌而成的，而是用的很普通的石质材料，灰扑扑的，暗淡无光。

一走进宫殿中，楚风就体会到一种在时光长河中万物皆渺小，即便是星辰都会在岁月中成为灰烬的感觉。这里很特别。

楚风抬头凝视上方，宫殿上方起初灰蒙蒙的，此时则化作朦胧的星空，他像是来到了星海中。

“战败了，族群将亡……”

楚风听到了声音，甚至看到了画面，就在宫殿上方这片朦胧的星空中。

他看到许多老弱妇孺逃离母星，想要远走星空中，满身是伤的进化者则殿后。

无疑，这是一幕悲剧，比之前看到的浮雕更真实。

一个五六岁的小女孩大声哭喊着：“哥哥，你不要死啊，我要你活着，跟我在一起……”

她伸着小手，像是想要抓住什么，大眼睛里噙满泪水，悲伤哭泣。

小女孩口中的哥哥年岁不大，被人以战矛刺中了。他回首，努力看向自己的妹妹，张嘴想要说什么，却说不出来。

下一刻，他又挨了一刀，当即殒命！

“哥哥！”小女孩撕心裂肺地大哭。

这只是那些画面中的一个缩影，背井离乡、远离母星的人们一路逃亡，死伤无数。不远处在大战，负责殿后的人也一个又一个殒命。

“你们走，我留下！”一个老人身体早已残缺，但还是呼喊着，迎向敌人，打算进行最后一战!

他的身体渐渐焚烧起来，暗淡的双目显现出惊人的光彩，像是回光返照般。他大吼着，扑向敌人。

这有些悲壮，明知必死，还要飞蛾扑火!

“走，你们都要想方设法活下去，活着！”他大吼着，身体在火光中摇晃。

他想要拖住敌人，可是瞬间就被一杆刺目的战矛刺中。

“死！”老人不顾身体被刺中，独臂发光，猛力按向前方，将那强敌击得倒地而亡。

而后，他身体前冲，带着那杆刺中自己身体的战矛直接飞起，“砰”的一声再次将一名强敌打死了。

然而，敌人太多，强者如林，一个身穿银甲的男子一刀向前劈来，老人中刀，横飞出去。

“一起死吧！”哪怕如此，老人也发出最后一声咆哮，身体向四面八方炸开。在刺目的光芒中，一些敌人被击中，死在这里。

老人残缺的身体也算是武器，但最终都烟消云散了。

“爷爷！”一个少年大叫，眼睛血红，像是一只小老虎般，奋不顾身地往回冲来。

他很有天赋，小小年纪已经有了惊人的实力，但是面对凶悍的敌人时终究还是太稚嫩。

他手中的剑才触及一名身穿紫铜甲胄的男子，就被对方一刀挥出，劈断了，他也被斩中，颓然倒下。

“小叔叔！”后方，一个四五岁的孩童哭喊着。孩童眼睛早已哭肿，泪水不断滚落，使劲挣扎，想从一个老妇人身边挣脱。

他伤心欲绝，放声大哭：“小叔叔……你不能死啊！我的父亲，还有其他叔伯都死了，曾祖父刚才也死了，你们都离开了，我们家只剩下我一个男人了……我不要你们离开我啊！”

他哭得死去活来，小小的身躯使劲挣扎着。

老妇人也在痛哭，但还是使劲拉住孩童，跟着其他人快速逃向远方。

星路破败，族群将灭，族人大逃亡，远离母星，一幕幕惨剧不断上演。那群追击者太冷血，连妇孺都不放过。

“畜生啊！”楚风凝视那片星空，眼睛都红了，鼻子发酸，恨不得跨过去参与那一战。

“这也太可悲了！”他喃喃道。这些旧事让人心中悲痛，哪怕知道已经过去了无数年，他也还是难以释怀。

那些追击者，那群刽子手，可能都还活着，还在享受他们冷血带来的荣光，威名远扬。

而那些家破人亡、逃离母星、孤苦无依的老弱妇孺，他们如今在哪里？有人幸存吗？

那个时期简直让人绝望，看不到出路。族群将灭，族人不得不大逃亡。

“敌人遍布星空，而且都那么强，让人深感无力啊！”楚风不禁这样叹道。

他就这样看着，像是正在经历这一切，在那个令人绝望的年代挣扎、反抗，却找不到出路。

直到“轰”的一声，苍穹炸开，星空变化，这一切才结束，或者说另一幕惨剧开始上演。

几道身影浮现，矗立在星空中，宛若亘古长存，映照星海，仿佛张口间就能吞掉一颗星球。

他们魁梧的身躯半隐在黑暗的宇宙中，唯有目光炽烈，带着无边的怒意。

他们看到老弱妇孺在逃亡，一群铁骑狰狞地笑着在后面追击。

“砰！”

他们怒不可遏，一巴掌向前拍去，那面带残忍笑意的铁骑便成片地倒下，连带着星路都炸开了！

“子嗣中的精英都死了，只剩下老弱妇孺，还不被放过，这是要赶尽杀绝啊！”一人悲语。

他们来不及援救，因为他们也有敌人，他们的敌人更加强大，动辄施展惊人的秘术！

就在不久前，他们还在大战，付出了很大的代价，才艰难地突围出来。

这时，一道伟岸的身影迈步。此人是场域研究者中的圣师，他目光灼灼，手持赶星鞭。

赶星鞭并非寻常意义上的软鞭，而是如钝器般，由很多节组成。

圣师挥动赶星鞭，顿时星光漫天，这片地带所有的星路开启！

他希望那些老弱妇孺都能逃走，而他们几人还要进行最后的战斗。

“斩我子嗣，灭我族群，我们去敌人的大本营，让他们血债血还！”

几人看到，星空的尽头出现了很多道身影，一个个散发出盖世气息！

大敌来了，几人迅速远去，圣师手持赶星鞭划开星空，构建恢宏的星路，直达敌人的大本营。

他手中的赶星鞭一挥，他们几人就从这片地带消失，来到了星空的彼岸。

“冲！”

一场大战在敌人的大本营爆发。

只是，几人低估了敌人的实力。一刹那，群星颤动，一些庞大的身影显现，矗立在浩瀚的星空中。

大战无比激烈，到了后来有星球破碎，有圣人殒命。

几人逃走，全都受了重伤。

这不是一两年的战斗，而是很多年的战斗。

有一日，圣师带着几人停下，他们抬头看向某一片星域，全都面露悲意。那里不断发生大爆炸，星光成片暗淡下去。

那里有母星上的另外两人，他们屹立在进化领域的巅峰，可映照诸天，可是，今日还是败亡了。

那是至强争霸，是巅峰大对决，已经持续了很多年。

可惜了，那样两个傲视古今未来的强者终究还是死去了。

“我们的两个兄弟，母星上至强的两人，他们还年轻啊，却英年早逝，死在了那些人的手里！”圣师悲伤地仰天长啸，如同受伤的野兽。

其他几人也无声落泪。到了这个层次，他们早已不知道哭为何物，现在却黯然神伤，面庞有晶莹的泪珠滑落。

母星上两名相对来说还算年轻的至强者，就此消逝于世间！

与此同时，宇宙星海，各方星域皆沉寂，所有生物都霍地抬头！

映照诸天的强者陨灭，诸天万域皆有感！

这一刻，各星球的祭坛上方都有星球投影炸开，有血液落下，两名映照诸天的强者形神俱灭。

这种景象太骇人了，震动星空！

“有映照诸天的无上大人物死去，辉煌又一次破灭……”各地，无数人震惊不已，议论纷纷。

……

圣师黯然，此时，他露出真容，竟然很年轻，正当英气焕发之时，然而，他的心像是苍老了很多很多。

“我们的两个兄弟死了，在震撼世人的较量中陨灭。接下来或许该轮到我们了！”他的声音很低沉，带着悲伤，却也有种不屈，他猛然抬头，道，“不过，我还有手段，我是圣师！”

敌人来得比他们想象的还要快，恐怖无比。

“死！”很多身影出现，向前冲来。

圣师露出他年轻的面孔，连续挥动手中的赶星鞭。这一刻，漫天的星辰竟开始变化，组成浩瀚的星辰场域！

下一刻，星光灿烂，映照诸天。

“什么，又一名映照诸天的强者？那颗星球未免太恐怖了，前一百名强者中，他们要占三个名额？”

“不是，但胜似映照诸天！”

一些古老的强者惊叹。

“你……”现场，有圣人殒命，至死都不甘。

“你怎能有如此伟力？”另有金身菩萨级进化者咆哮。

“我为圣师，可以为圣人之师。死！”圣师大吼，满头乌黑的长发一瞬间变得雪白，像是苍老了很多。

他规划天地，梳理星河，以星辰为磁石，布下古来无双之场域。

这一战最终成为绝响……

追击来的人全军覆没，而圣师是否死去很难确定。

最后关头，一道满头白发的身影出现，他的面孔还算年轻英俊，身体却已经散发出腐朽的气息。他在笑，时而凄怆，时而灿烂，神色复杂，但依旧骄傲。

他俯视星空，道：“你们扼杀我们，眼界决定了你们的成就，只盯着一方宇宙池塘，可笑！”

他挥动赶星鞭，几具青铜古棺从遥远之地被召唤而来。他与几名强者各自躺进一具古棺中，而后，他又轻轻挥动场域圣鞭——赶星鞭。垂死的他们破开星海，就此消失。

与此同时，很多星域响起他们的誓言。

“当有一天，闪电划破宇宙星海，那是我的拳光，代表我已回来！”

“当星辰列阵，宇宙星海中圣花齐绽，那是为我而笑，代表我已复苏，我在归来！”

……

有人说，他们都死了，最后的誓言只是为了震慑敌人，为逃难的族人撑起一片天。

很多年后，有人按捺不住，开始行动，抓捕那些逃亡的妇孺、残废的老兵，更想要毁灭他们的母星。

那一天，有闪电划破宇宙星海，真的有人归来，与敌人进行了一场大战，敌方大本营多颗星球破碎。

不过，归来的人也在这一役中死去，再也没有站起来。

那一日后，地星意志复苏。

很多年都没有人再敢踏足那里，怕遭到攻击，玉石俱焚。

漫长岁月过去了，无数人已经遗忘那些旧事，而知道昔年大战的人则在怀疑，那几人还活着吗？圣师是否还会出现？他们认为那几人已经死去！

只是偶尔，个别人在宇宙边缘，曾看到亘古长存的青铜古棺，漫无目的地飘浮着，不知始点，不知终点，沿着莫名的轨迹迅速远去。这个时候，世间才会再次震颤。

楚风站在星空下，眼睛泛红，心头发酸。他知道，那几人多半再也不可能活着出现了。

他在这里看到了他们的落寞——心有无敌身已寂。

“母星上什么都没有了，再无至强者庇护。我……要从这里开始，在破败中崛起，在寂灭中复苏，从母星上打出去！”这是楚风的誓言。

第221章
月星传承

星空寂静，什么都没有了，那飘浮向宇宙边缘的青铜古棺，那消失的几道身影，再也没有在世间出现。

楚风站在殿宇中，看着隐去的星空，那里重归朦胧，成为石质宫殿的屋顶。

一切都消失了，楚风的心却无法平静下来。他像是跨过了很多年，经历了一段时光旅程，心情格外沉重，难以忘记那一幕幕往事。

"最后一关通过，条件符合，可开启传承。"就在这时，不包含任何感情的声音机械般地响在楚风的耳畔，或者说心中。这是一段精神波。

这里浮现出一座更为残破的暗红色能量塔。它一直在关注楚风，他的所思所想都被清晰捕捉，他的血脉、精神以及其他一切莫名的指标都被清晰感知。

它认为楚风符合先前的设定标准。

"是否要开启传承？"暗红色能量塔发光，冷漠地询问。

"开启后，我会顺利得到一切吗？"楚风问道。

"不，危机重重，但途中每通过一个阶段你都可以选择退出。"暗红色能量塔答道。

"开启！"楚风毫不犹豫地回答。

"哧！"

瞬间，暗红色能量塔击穿一条通道，直接将楚风送了进去。那像是一条狭窄的空间隧道。

楚风神色严肃，一步就迈了过去，出现在一个环形大坑中。

这里依旧像是在月星上，星光暗淡，四处寂静无声，只有岩石杂乱无章地横陈在前方。

楚风走过去的刹那，心头剧震，因为每一块岩石上都有符文，这是场域文字，这就是他想要的东西！

楚风集中全部精神，不敢错过一丝一毫，仔细观察这些像是亘古长存的岩石，记住上面所有的符文。

他不用担心不能识别这些符文，其间，一段精神波告知了他这些场域符文的意义和作用。

这简直是一位资深名师。在过去，从未有人为楚风讲解过场域知识，他掌握的所有场域知识都是他在实践中摸索出来的。

生平第一次有人为他很详尽地讲解场域符文，只不过速度很快，在他的目光扫过一块岩石时，那段精神波只讲解一遍。

他能记下就记下，记不下也没有人会为他重复。

楚风如饥似渴，记下每一块岩石上的符文，烙印在灵魂深处。

有些东西他自己曾经研究过，但一直半懂不懂，没有参透，现在被人捅开一层窗户纸，他彻底理解。

场域符文各式各样，真的太多了。

楚风速度渐渐变慢，在每一块岩石前停留的时间越来越长。他在消化吸收，没有急于记下所有符文。

他不是死记硬背，而是吃透，时常会发出会心一笑。

最终，一片又一片符文闪耀。楚风从第一块岩石走到最后一块，不知道耗去了多长时间，感觉都已学到手。

“是否愿意退出？”那冷漠的声音再次响起。暗红色能量塔全程陪伴着他，此时无声无息地在环形大坑中出现。

显然，这是第一阶段的传承，算是告一段落，楚风有权退出此地。

“不！”他摇头。这是第一步，他还要一路走下去。

可是，他感觉有些奇怪，暗红色能量塔闻言后竟沉默无声，不再理会他，没有问他是否开启下一阶段的传承。

时间流逝，他始终无法进入第二阶段。

楚风疑惑：自己已经理解了这些岩石上的场域符文，为何还不能进入下一阶段？怎么不继续开启传承？

“嗯？”他意识到情况不对，凝视四周，看向岩石，甚至来到地势较高处，俯视这片地带。

“这些岩石……”

岩石看似杂乱无章，但是仔细观察，分明能看出场域雏形，一些岩石组合在一起后甚至构建出奇异的巨型符文。

楚风心神一震，恍然大悟，他刚才只是有资格退出，但离走向下一阶段还远，他还有奥义没有领悟。

楚风不断为岩石排序，仔细琢磨，每一次组合出新的场域符文时，都会有精神波响起，再次为他讲解。

他并不是自己创造场域符文，而是结合先前所学的那些符文，彻底领悟被传授的东西，才能更进一步。

到了最后，他看到的不仅有岩石，还有一股气。场域之气，简称场气，按照古代文献的记载，这是一种十分玄妙的东西。

唯有对某些场域理解到一定程度的人，才能一眼望去就感应到场气。那是一种发光的气，丝丝缕缕，绵延不绝。

对于场域研究者来说，看到场气，是对他们的最佳肯定，是他们梦寐以求的！

楚风凝视场气，一缕又一缕场气如丝线般相连，缠绕着不同的岩石，构建出巨型符文。

随着理解的加深，他放眼望去，这片地带发光的场气纵横交织，连绵不绝，像是一张蛛网，或者说，更像是一片星河。

楚风参悟过后，洞悉了这里的各种场域符文，甚至成熟的场域模型，有防御型的，有进攻型的……

楚风铭记在心，确定再也看不到其他，没有办法进一步领悟出什么了，这才停止一切。

“超额完成第一阶段基础篇的任务，是否继续开启传承？”那机械般的声音再次响起，不过，不再那么冰冷了。

“继续！”楚风点头。

他并不知道“超额完成”算是一种评价，是一种惊人的肯定！

在这之前，暗红色能量塔是给人打星评判的，一星就算是通过，五星则为绝佳，堪称优等传承者。

楚风完成这些后，暗红色能量塔没有打星评判，而是以“超额完成”来点评。

“第一阶段你表现卓绝，超额完成任务。鉴于此，第二阶段如果你依旧如此让人惊艳，我不得不提醒你，你可能会很危险，有性命之忧。”暗红色能量塔语气放缓，竟多说了一些话。

楚风一怔，这是对他的高度评价吗？直到这时他才注意到，这冷漠无情的能量塔对他的态度有所缓和。

“谢谢！”楚风表示感谢。

“唰”的一声，残破的暗红色能量塔又击穿一条小型空间隧道，将楚风送了进去。

楚风从空间隧道迈步走出去后，一瞬间，怒发冲冠，浑身都在颤抖。

这里依旧是一个环形大坑，若无意外，还是在月星上。

铁骑驰骋，一名骑士身着黑色甲胄，狞笑着追逐一群妇孺，手中的铁矛向前猛地刺去……

这不就是楚风此前在宫殿中抬头所看到的画面吗？如今竟然还在真实发生？

“畜生！”楚风大喝，目眦欲裂。他取出金刚琢，就要打出去。

然而，暗红色能量塔机械般的声音再次响起：“以场域对敌，学以致用，任何情况下都要有一颗冷静的心！”

楚风发现，他虽然手持金刚琢，却投掷不出去。

他刹那间清醒过来，看向四周，只见地面上有各种磁石。他一步迈出，许多磁石跳跃着，他掌指如刀，迅速刻写符文。

接着，磁石如雨点般，“噼里啪啦”向前飞去。

然而，还是有些晚了，一名老妇人被那狞笑着的骑士一踏而过，倒在了地上。

这是昔年的旧事，还是正在发生的事？

楚风感觉身体冰凉。仅仅靠他手动在磁石上刻写符文，根本不行，赶不上那骑士的速度。

“烙印！”

下一刻，楚风的额头发光，精神力化成一道光束凝聚在那里，而后透出，照向地面。他在以精神力直接在磁石内部烙印场域符文。

接着，他一脚踏出，地面上所有磁石跃起，化成流光，飞了出去，截断了那骑士的去路。

此时，那骑士手中的铁矛即将触及一个五六岁的小女孩，只差一点点就要刺中她了。

她很漂亮，但是小脸苍白如雪，面带绝望和凄怆之色，泪眼婆娑，看向远方倒在血泊中的亲人。

楚风心中发堵，这一幕他仿佛在宫殿中看到过，这个小女孩的面孔看着很熟悉。他一跃而起，扑了过去，用脊背对着铁矛，抱起小女孩翻滚出去。

后方，那骑士脸上残忍的表情凝固了，因为这一矛他竟刺不出去。磁石环绕着他，发出刺目的光芒，挡住他手中的铁矛，并组合成小型进攻场域，“轰”的一声，让他当场丧命。

楚风抱住小女孩，感受到了她的体温，她脸上的泪痕，她噙满泪水的大眼睛，还有她那凄然的小脸，是如此让人心痛。

他震惊万分！

这是一个真实的躯体，所有这一切都不是幻境？他的心在颤动。

“大哥哥，谢谢你！”小女孩抬头看向他，表达谢意，然后泪水一串一串地滑落，看向远方死去的亲人。

随后，她化成一团光雨，从楚风的怀抱中消失，那柔细而带着感激的声音也在光雨中远去：“谢谢……”

“这……”楚风站起身，看着那光雨飘向星空，有些怅然，他的心也像要进入浩瀚的星空。

而后，他目光灼灼，盯着远方。那里铁骑驰骋，身影一道又一道，都是追击者，都是刽子手。

很多妇孺在逃难，在族群灭亡之际逃向远方，幼童无助的哭声让人心痛，伤残老者的佝偻身影让人心头发堵。

“死！”楚风怒吼，像是一只受伤的野兽，向前冲去。

人喊马嘶，那群刽子手的笑容太残忍，手段太血腥。楚风血液翻涌，像是回到了那个让人绝望的年代，要去救那群可怜的人，战出一条生路！

楚风平日见到孤苦无依的老弱之人都会心生怜悯，何况眼前的这些逃难者？那些身披甲胄的冷血骑士在他看来比猛兽还残忍，暴行令人发指。

楚风心中有一股难言的怒气，他要消灭这群凶徒！

楚风虽怒，但没有失去冷静，一直保持着头脑清醒。他双目光芒闪烁，盯着祭出的磁石，布下进攻性场域。

“丝丝缕缕，绵延不绝。”他感受到了那玄妙的场气。那像是一条又一条发光的丝线，连着一块又一块磁石，看起来很细，不具备威胁，实际上威力惊人。

“哈哈，哪里走？今日赶尽杀绝，一个不留！”一名身穿厚重青铜甲胄的骑士大笑出声。他骑着一只满身鳞片的怪兽，纵跃而起，手持一柄雪亮刺目的长刀，向一群孩子劈去。

在这一人一兽跃起的刹那，惊人的事情发生了，一条发光的“丝线”比刀还锋利，无比坚韧，划过怪兽的身体，又划过骑士的身体。

“扑通！”

那怪兽顿时倒在地上，那骑士也发出哀号声，坠落在地。

在那骑士的身后，还有三名骑士。他们也都在狞笑，手持利器，跃马而来，狠辣出手。

可是，他们遭遇了相同的命运，发光的“丝线”划过，他们满脸张狂的笑容顿时凝固，身体倒在血泊中，兵器坠地，发出“当”的一声脆响。

连楚风自己都大吃一惊，原来一般人根本看不到，却真实存在的场气竟然这么锋利，堪比刀锋！

场气，即场域之气，是磁石共振，与被刻写在磁石内的符文共鸣，激荡出的特殊而强大的能量。

场气看起来柔细，但能养身、养兵，进攻性场域的场气更是恐怖！

在场域领域，哪怕造诣极高的场域研究者，也没有几人能够看到场气！

“什么情况？”远方，一名高大的骑士说着一种古怪的语言，但楚风却能明白他的意思。

在这里，不同星系不同族群的生物都在传递精神波，彼此可感知。

“一个强大的逆种？”那名高大的骑士面露怒容，道，“都没看到吗？谁放过了他？一个成年男子，这样的逆种怎么不早点除掉？”

他口中的“逆种”显然是指楚风，同时，他也在斥责其他骑士。

楚风闻言，更加愤怒。这些冷血的刽子手称呼先民为逆种，在他们看来，一个超过十八岁的男性逆种是绝不能留下的。

这是何等残酷与冷血！

“轰隆隆！”

一小队人马赶来，足有十人，都穿着青铜甲胄，嘴里发出古怪的叫声，脸上带着兴奋的笑，眼神凶狠，牙齿泛着寒光，冲向楚风。

楚风额头发光，地面上成片的磁石亮起，被从他额头射出的光束照中。他用精神力在磁石内刻下符文，使之与磁石共鸣。

而后，成片的磁石飞出。这一次，那一条又一条“丝线”再现，闪闪发光，丝丝缕缕，细密绵延，比刚才更多。

发光的“丝线”彼此相连，像是一张晶莹而灿烂的蛛网，迎着那一小队人马罩了上去。

随着第一名骑着怪兽的骑士被罩住，他的身体整齐地裂开，接下来，其他“嗷嗷”叫着，面带兴奋之色冲过来的骑士也都步他后尘。

“啊——”有人临死时发出惨叫声。他们很凶狂，但在死亡面前也很恐惧，叫声很是凄厉。

这一幕让周围正在逃亡的那些妇孺非常吃惊，居然有人在对付那些刽子手。

“这群老弱病残中居然混进来一只长牙齿的虫子，敢伤我手下，给我拿下他！”那名高大的骑士冷幽幽地说道，再次下命令。

他是一名巨人，加上皮肤呈暗紫色，看起来非常凶猛。命人去擒拿楚风的同时，他亲自赶来，手持一杆长戟。

他的坐骑是一只猛犸，很高大，有上百丈长，雪白的牙齿如两柄阔刀，奔跑起来地动山摇。

猛犸附近有很多血迹，都是不久前被这只猛犸踩踏而死的先民留下的，景象十分惨烈。

楚风越发冷静，哪怕怒气冲天，也保持着头脑清醒，选择布置最合适的场域来对付敌人。

这一次冲来的一群骑士战斗经验丰富，离得很远就开始出手，想远距离斩灭楚风，能量沿着兵器释放而出。

不过这一次，楚风布下的是防御性场域。在他前方像是有一个泥沼，那些发光的“丝线”更为密集，能吸附飞来的能量，加固场域。

防御性场域——泥沼，布置得很圆满。

当那群骑士冲来时，场气已经吸附了足够多的能量。他们自然看不到这些场气，一窝蜂地冲了过来。

果然，就像是深陷泥沼一般，他们陷落进来，越是挣扎，沉陷得越厉害。

到最后，那群骑士都没了生机，死在场域中。

“死！”那名巨人骑士一声大吼，坐在猛犸上，亲自冲来。

这名头领很可怕，手中长戟刺出，光束惊天，隔空朝着楚风击去。“轰”的一声，楚风布下的防御性场域被他击穿，直接炸开。

楚风横移身体，长戟发出的能量光束飞过，将远处一座石山都击得裂开了。

猛犸长啸，散发煞气，一跃而起，居然一点也不笨拙，如同飞行一般，速度惊人。

“砰”的一声，猛犸落下时，几名之前在战斗中受了伤，腿脚不便的先民躲避不及，被猛犸踩死了。

“畜生！”楚风火大。哪怕猜测到这不是真实的先民，此地应该是一个试炼场，只是在模拟当年的境况，他也还是心中发堵。

下一刻，楚风消失。这名巨人骑士太强，连他的坐骑——猛犸都很凶狂，一般的进化者对付不了它。

楚风布下了防御性场域——迷雾。

这里顿时磁场值混乱，迷雾弥漫，易让人失去方向感，被困在当中。

果然，巨人骑士闯进来后就找不到楚风了。

楚风数次尝试，一般的进攻性场域根本解决不了这名巨人骑士，他皮糙肉厚，体内能量惊人，能击溃场气。

这是真正的绝顶高手。

不过，一种场域不行，那就两种，两种不行就三种……楚风不断布置，数次升级场域，将数种场域叠加起来。

“逆种，滚过来受死！你们的族群就要覆灭了，什么映照诸天的强者都被消灭了，什么圣师也快陨灭了，有大人物亲自降临去对付他，你们再无人可以与我们对抗，余下的逆种都要去死！”巨人骑士声音冷冰冰的。

他不断后退，想离开迷雾，但一时间难以脱困。

“轰隆隆！”

最终，楚风将四种小型进攻场域叠加起来，猛地进攻。

“砰！”

巨人骑士的右肩头中招，手臂断落。他怒吼一声，换另一只手持着长戟，扫向四方。

下一刻，一道光束击中猛犸的额骨，它庞大的身体轰然倒下，那巨人骑士也跟着坠落在地。

“噗噗噗——”

巨人骑士不断遭到重创，被四种纠缠在一起的场气击中。他怒吼，猛力挣扎，但是根本没用，很快便命丧于此。

楚风动用场域，一路横扫而过！

最终，一支百人队伍覆灭，那巨人骑士就是该百人队伍的头领。

楚风大口喘息，精神萎顿，因为不断动用精神力在磁石内部刻写符文，消耗实在太大了。

他靠在一块巨石上，大口呼吸，一团白雾笼罩着他，他在动用特别的呼吸法恢复自身的生机与精神。

旁边，一群孩童都很紧张，为他担心，小心地看护他。其他人也都无声地注视着他，面带感激之色。

不久后，楚风恢复过来。

他知道，自己应该通过了传承的第二阶段，但是他没有停下，而是继续前行，上阵杀敌。

他尽情地施展各种进攻性场域、防御性场域。在此期间，他也遇到了致命的威胁，有几次甚至被铁骑围住了，险些死去。

但最终，他还是消灭了十支百人队伍，斩了十个跟巨人骑士相仿的头领。

那群铁骑全部被消灭了，这片地带再也没有了狰狞的面孔，没有了残忍的笑声。

而楚风躺在地上，也难以动弹了，身上有一些伤口不断流血。

他九死一生，差点就死在这里，但他最后还是成功除掉了所有刽子手！

他运转特别的呼吸法，浑身被白雾笼罩着。自从挣断了心脏部位的枷锁后，他就拥有惊人的恢复能力。

便是如此，他也耗费了很长时间，才让伤口愈合，从死亡的边缘挣扎回来。

“谢谢你！”那些妇人面带感激之色，向他表示感谢，而后化成光雨，成片腾起，没入星空中。

“大哥哥，谢谢你，再见！”那些孩童清澈的大眼睛中噙着泪，朝他挥手，也都化成光雨，消失在星空中。

“再见！”楚风踉跄着站了起来，向他们挥手。他心中有些发酸，这应该是不可能再见的再见。

直到这时，残破的暗红色能量塔才现身。它不再那么冷漠，幽幽地道：“学以致用，超额完成任务。”

这是它的点评，又一个“超额”，远胜正常的衡量标准。

同时，它对着那些消失在星空中的光雨摇动，像是在致意，似乎无比伤感。

楚风没有说话，也望着星空。

很久之后，暗红色能量塔才开口道：“消灭了十人就算过关。”

直到这时，楚风才明白所谓的超额究竟超过标准多少。可是，他心中没有喜悦，只是看着星空，一声轻叹。

“这样超额完成任务太危险，不应如此，其间你有八次险些死亡。”暗红色能量塔不再冷漠无情，面对楚风时，话语多了一些，还担心他的安危。

“这些尸体怎么还不消失？”楚风问道。

因为，地面上还有那些铁骑的尸体。

“原本就在此，何来消失？”暗红色能量塔答道。

“什么，我刚才的经历是真实的？”楚风心头颤动，霍地回头看向暗红色能量塔。

“只有这些铁骑的尸体是真实的，那些妇孺已经消逝在岁月中，或许有些逃走了吧。”暗红色能量塔答道。

它告诉楚风，真正的铁骑强大无比，纵横星空，这里的只是傀儡尸体。

楚风默然，他自然知道，因为他看到的星空画面中，那些人可是能够踏向星路，构建空间隧道的存在。

“刚才你如果死在这里，就真的死了，不会复活，而且是这群刽子手杀的你。”

随后，第三阶段开始。

这一次没有凶险，楚风面对的只是一部又一部秘典。

秘典都很古朴，带着沧桑的气息，有的轻轻一碰就会碎掉，必须非常小心。

这些秘典异常珍贵，里面的内容是楚风无比渴望的东西，都是场域模型，需要他牢牢记下，不容有任何失误。

这个过程对很多人来说很枯燥，但对楚风来说是一种全新的体验。他不断吸收，实在理解不了就背诵下来，他不能错过这么多珍贵的秘典。

有些秘典，一本书只讲述一个场域的构建，深奥而艰涩。

楚风感觉像是过去了几个月，甚至一两年那么久远，他终于把秘典上的内容全部记在了心中。

“比我预计的时间还要短很多，结束了，超额完成任务！”暗红色能量塔出现，这样告诉他。

接着，它又补充道：“一切都结束了，全部任务超额完成！”

第222章

回归母星

结束了？楚风发怔，感觉意犹未尽，还想深入下去！

这里是月星，相传曾居住着最强大的场域研究者——圣师。

这么一个场域圣地的传承过程只有这三个阶段，就到此结束？

楚风严重怀疑，而且不确信刚才所翻阅的秘典中便有至高场域构建之法。此外，第二阶段去跟铁骑战斗，算是学以致用，并非传承之法。

严格来说，第一阶段他学了基础篇，第三阶段他死记硬背了一堆秘典，这就是圣师气吞寰宇的场域圣典？

楚风看向暗红色能量塔，说出自己的疑惑。

暗红色能量塔摇动，像是在点头。它对楚风态度越来越好，像是很爱惜他这样的传承者。

它轻叹道："的确还有第四阶段，但我建议你放弃。"

它很郑重，无比严肃，说这是为了保护楚风，不想他去冒险。

超额完成前三阶段的任务，在暗红色能量塔眼中，这个年轻人是一个有天纵之资的场域传人，天赋高得骇人。

这在过去从未有过！

它一度怀疑，年轻时期的圣师回来了，这让它颤抖，有一种想大哭的感觉，所以它不想楚风殒命。

楚风像是专为场域而生的，月星上的传承存在这么多年，它可从来没有见过天赋这么高的人。

而且，他是母星嫡系纯血后人。

在暗红色能量塔看来，这简直是上天的恩赐！

"我选择继续！"楚风开口。他决定继续闯下去，他为圣师的无上圣典而来，舍此之外，别无所求。

既然要学，就学到最好，走向这条路最辉煌的尽头！

暗红色能量塔极力劝阻道："按照规定，你完全可以一百年后再来。那时你已经将所得到的秘典都研究透彻，接下来极有可能一路闯到底。"

"一百年太久了！"楚风摇头。

目前是什么情况？寂灭的母星复苏，在母星修炼一年抵得上在别处修炼十年甚至百年！

一百年后他再崛起的话已经晚了，那时机缘枯竭，造化耗尽，母星上还能剩下什么？一切都会烟消云散。

暗红色能量塔沉默，在这里一切都必须按规矩办事，真要同意楚风进入第四阶段的话，等于在害他。

"第四阶段，星空狩猎！"最后，它还是开了口。

暗红色能量塔的话语很简短，楚风却吃了一惊。他一直生活在母星，第一次远行就来到月星，现在还将进入星空，去猎捕不可预测的生物，这的确惊人，远超他的预料！

"要猎捕什么样的生物？"楚风问道。

"昔日的铁骑！他们如果还活着，实力必然无法想象，不说盖世无敌，也足以震慑一方星域！"暗红色能量塔情绪毫无波动，答道。

楚风愕然，星空狩猎居然是要去对付当年的刽子手，这的确非常恐怖。

"有目标吗？"他谨慎地问道。

"有几颗很小的星球是昔年那些星空骑士的封地，你可以选择一颗登上去。"

这个答案依旧让楚风神色凝重。昔年那群铁骑来自不同族群，征战星空，跟母星上的精英大战，必然都是强者。

这么漫长的岁月过去了，他们真要是还活着，肯定已成为大人物，没法对抗。

楚风头痛，这几乎是不可能完成的任务。

"所以，放弃吧。"暗红色能量塔说道。

"如果当事人早已死去呢？"楚风问道。

"那就对付他的继任者。"暗红色能量塔回应道。

如果有继任者，这么多年过去了，那些星空骑士所在的族群依然存在，说明他们的族群很辉煌，同样强大不好惹。

"如果那颗作为封地的星球上连继任者都不复存在，族群早已覆灭呢？"楚风不死心。

"那就换一颗星球，重新开始。"暗红色能量塔无情的话语让楚风无言以对。

"我可以实地去看一下再考虑是否退出吗？"楚风小声问道。

"作为超额完成前三阶段任务的传承者，你……有权！"暗红色能量塔竟很宽容，给予他一定的选择权。

"好！"楚风很高兴。他觉得不应那么悲观，或许那个族群还在，但已经无比弱小，这样的话他就能完成任务！

当然，如果事不可为，他会转身就走，不会有半点犹豫。

只是，暗红色能量塔告诉他，如果那个族群的继任者太弱，也需要换一颗星球。这让楚风的脸色当即就变了。

"上路！"暗红色能量塔开口，带楚风进入一条空间隧道，直接从这里消失，而后来到一颗星球的上空。

这的确是一颗小星球，却很适合生物居住。

不过，这里很古怪，整颗星球都蒙着一层灰雾。暗红色能量塔载着楚风破开雾霭，悬在高空中。

"嗯？这是……"楚风吃惊，想起秘典中的某段记载，跟这里的情景很像。

很快，暗红色能量塔反馈给他信息，当年的刽子手早就死了，但是他所在的族群还在，是由那名老骑士的第八十九代孙继任，继任者年岁也很大了。

不好的消息是，这个继任者道行高深，这雾霭就是他弄出来的，他在练某种神秘的呼吸法。

"幽冥呼吸法练到一定层次，遇到瓶颈想强行突破的话，要遮蔽烈日，不见日月星光！"暗红色能量塔说道。它语气不善，带着怒意，情绪很激动。

楚风诧异，问它怎么了。

“这颗星球上有一片坟地，埋葬的是母星上的一些孩子。当年，那老骑士抓捕这些孩子后，想留下他们当诱饵，但遭到反抗，便把他们全都除掉了。”

楚风听闻，顿时也面露杀气。

虽然那是很多年前的事情，但他在月星上像是亲身经历过那些惨剧，他不由得握紧拳头。

暗红色能量塔告知楚风：“幽冥呼吸法的源头为排在第十二位的星球，该星球是母星大敌之一，此法是该星球的无上法。外界流传的幽冥呼吸法只是一部分，传给有功之人的高深之法只能到那颗星球上去学，以精神烙印灌顶的方式传承。”

“看来那继任者是母星大敌的有功部下，你还不亲自出手？”楚风撺掇。

“我已经残缺，没有战力，所开启的空间隧道是早就存在的。”暗红色能量塔说道。

“那就让我来吧！”楚风信心满满。

他在月星上浏览秘典时，看到过一段相关记载，那算是一则逸闻。

有人曾经深入研究一种名为“星光璀璨”的场域，并用这种场域对付练幽冥呼吸法练到关键时刻的进化者，效果好得出奇！

在此之前，楚风还不重视逸闻，现在看来，那些逸闻一样有大用，关键时刻胜过大型攻击性场域。

想到就做，他按照那段记载，开始在灰色雾霭上方布置“星光璀璨”场域。

他从月星上带来的大量磁石全部发挥了作用。

仅一个多时辰，他就全部布置好了。而后，他启动场域。

下一刻，星光如瀑，太阳方向更是火精点点，聚集而来。

“轰”的一声，下方的灰色雾霭全部被驱散。

这颗小星球不再灰蒙蒙的，不再具备幽冥气息，而是被炽烈的光照耀着。

“嗷——”

地面上，一座古堡中传出惊天动地的怒吼声，一个生物痛苦地大叫着，冲了出来，满身都是火焰。

他的幽冥呼吸法正进行到关键时刻，那么炽烈的星光与太阳火精照下来，对他造成了致命的干扰。

"轰！"

最终，这个如同魔鬼般的苍老的生物被焚烧成灰烬。

在暗红色能量塔将这一画面反馈给楚风后，楚风倒吸了一口凉气，运转呼吸法竟然这么危险？

他醒悟过来，进化到后期以后，呼吸法的各种神秘之处会逐步揭晓，他目前还没有触及，所以不知。

不过，黄牛曾说过，运转大雷音呼吸法时，稍有疏忽就会伤身，将自己震得筋骨断裂。

不管怎么说，眼下，他完成了任务！

几乎不可能完成的任务，就这样被他完成了。

楚风和暗红色能量塔离开，沿着空间隧道回到月星上。

"你竟然……完成了。"暗红色能量塔简直快无语了。

"运气！"楚风谦逊地笑道。的确是运气，不然，面对那样的强大生物，他必死无疑。

谁知，暗红色能量塔竟很严肃地道："运气也是实力的一部分，圣师当年曾经这么说过。"

"好吧！"楚风略微脸红，他觉得这真不算是实力。

"第五阶段，赠送圣师所珍藏的天书一张！"暗红色能量塔开口。

塔身中飞出一张银色纸张，上面密密麻麻的全是符文，正反面都写满了。

这需要楚风动用火眼金睛才能看清，因为符文太小，有数万个！

其中包含场域构建之法。

"只有一张？"楚风疑惑。

暗红色能量塔答道："是的，来历无比神秘，圣师意外所得。有朝一日，你如果悟透了圣师珍藏的这一张天书，就会感知到第二张、第三张……"

"你直接都给我算了。"楚风死皮赖脸。

"月星上只有这一张，算是这里的最高传承，都给你了！"暗红色能量塔明确告诉他，这里只有这一张，而且，除却圣师，过去从未有人得到过这张天书，如今被楚风带走，那就意味着，这个传承之地可以封闭了。

楚风神色一动，郑重地收起这一张天书。

这不是圣师所著，来头疑似大到无边！

五个阶段的传承全部完成。

楚风询问："我总共在这里待了多长时间？"

"不足半天。"暗红色能量塔答道。

"啊？不可能！"楚风不相信，他感觉过去了几个月，甚至一两年那么久。

第三阶段他参悟各种秘典时，感觉花费了很长时间，到最后只得死记硬背，怕消耗时间过多。

"场域圣师布置这样一个特殊的秘境，时间流速与外界不一样，不算什么难题。"暗红色能量塔说道。

它告诉楚风，主要是星空狩猎时耗去了时间。

最终，楚风决定离去，他要回母星，在那里崛起！

暗红色能量塔为他送行。

路过那棵树时，他又看到了那只被石柱洞穿身体的白色凶虎，便问送行的暗红色能量塔，那是什么等阶的存在？还活着吗？

"都说圣师死去，沉入青铜古棺，结果有妖圣来犯月星，被钉在这里，留下残命，为此地提供能量。"暗红色能量塔的回应让楚风深感震撼！

"圣师……还活着？"楚风略有激动，这般问道。

暗红色能量塔伤感地道："我猜，圣师可能再也无法出现了，妖圣被钉在这里，是因为这里有圣师消失前布置的场域。"

楚风默然。

"真正的嫡系纯血后人没有几个了。"暗红色能量塔越发感伤，浩瀚母星，竟没落至此！

"虎泷山有一个女子……"楚风说道。

"我知道那个姑娘，她与她的未婚夫惊艳了一个时代，只是她那未婚夫及其星空深处的师尊……不说也罢！"

而后，它又轻叹道："母星上有些秘境，比如蓬莱、方丈等岛屿，原本是嫡系一脉的仆从所居之地。他们如果还念旧，就是目前母星上一股可观的力量。"

说完，暗红色能量塔直接消失。

楚风听闻，大吃一惊。

他在这里略微驻足，一阵沉默后，大步离开。

他的身后传来暗红色能量塔的声音：“在破败中崛起，在寂灭中复苏，终有一天，我们会归来！”

远处一道身影走来，十分沉默，像是很遗憾，心有怅然。

杨宣顿时眼睛发亮，这才小半日的工夫就再次见到那小子，看他一副吃瘪的样子，杨宣心情大爽。

看到楚风吃瘪，是他当前最大的快乐，因为楚风实在将他气得不轻。

为了眼不见，心不烦，他甚至跑到月星上来散心了，顺便寻找机缘，只是没有料到，在月星上都能见到这小子，实在让他头大！

“哈哈——”杨宣大笑，心情相当舒畅。

此时，楚风还在回想此行的经历，想到铁骑纵横星空，追捕那些妇孺，他的情绪一直不高。

尤其，他还听到了暗红色能量塔最后感伤的话语，终有一天，他们会归来吗？

这些让他心有怅然，一颗进化文明高度发达的星球说毁灭就毁灭了，那么多令人惊艳的强者消失于历史的长河中。

楚风抬头，看向对面。

“笑什么笑！”突兀的声音破坏了杨宣舒畅的心情，大笑声戛然而止，让他憋得满脸通红。这小子真是可恨！

胡倾城看到楚风情绪不高，原本也在微笑，现在笑容立刻凝固了。

“自诩为场域天才，怎么样，在这里受阻了吧？”杨宣奚落道。他自然不会放过打击楚风的机会。

说到这里，他笑了起来，道：“据说，此前有人在里面待了好几个月才出来，成功闯过两关，收获颇丰。”

楚风愕然，闯前两关还要好几个月？他很快就过关了，哪怕第二阶段大战铁骑，九死一生，他也没有耗费多长时间。

而且，他都是超额完成任务，可不是普通的过关，对他来说，那层次太低！

“怎么，被打击了吧？”杨宣睨视楚风，一副你不行的样子。

“按照这兽皮卷上的记载，一位让人惊艳的旷世奇才曾经在里面待了一年之久。”胡倾城扬起手中的古卷，赞叹道，“传说，后来不足两百年，他就成为场域上师，名震一颗星球。”

楚风神色古怪，待了一年之久？

胡倾城看他一脸木木的样子，笑道：“世间总不乏奇才，人生就是这么不公平，不过你也不要太灰心丧气。”

她分明就是想看到楚风备受打击的样子。

“我懒得与你们多说，本师风华绝代，才情惊万古，注定是要超越圣师的存在，你们不懂！”楚风一脸深沉的样子。

杨宣与胡倾城惊叹，这小子太能装了，分明在里面吃瘪，仅仅小半日就被踢了出来，还在装蒜！

之后，楚风又强调了一遍：“不懂，就是不懂。”

两人嘴角抽搐，真想一巴掌扇过去。怎么说他们也是一族的世子级人物，无论是在各自的星球上，还是在星域的高等进化学府中，都可傲视同辈，结果到这里后，竟被这小子装深沉俯视！

晴岚干咳一声，道：“我觉得楚兄弟说不定真有收获，还是早点回去吧。”

他倒不是为了圆场，纯粹是想看楚风回去后继续“行骗”，让杨宣与胡倾城跳脚。他很乐意看到这种画面。

楚风神情淡定地问道：“大舅子，大姨子，你们还有什么想说的吗？有什么东西要我带给珊珊和若仙吗？”

“你给我立刻消失！”杨宣大怒。

“急什么！最后我还想问一下，你们知道星空骑士吗？”楚风询问道。

他想试探一下这三人的来头。

“星空骑士？听着耳熟。”晴岚皱眉。

杨宣也好奇地自言自语道：“好像听说过。那是一支很古老的队伍，到如今活着的人不是很多了，在宇宙较深处的星系中。”

“走了，我去超越圣师了。大舅子，大姨子，还有青铜男，再见！”楚风说罢，转身就走，沿着原路踏上一座古朴的黑白祭坛，准备开启空间隧道。

青铜男？身穿青铜战衣的晴岚不禁摸了摸鼻子。

“才小半日就被踢出月星的人，也好意思说超越圣师？嘿嘿！”杨宣在后面喊道，想刺激楚风，结果什么用都没有，楚风微笑着摆摆手，一头钻进空间隧道中。

“小贼！”胡倾城也咬牙切齿，一点办法都没有。

楚风乐得让他们猜疑，他们不相信他在这里有所获最好不过，真要是弄得天下皆知，他以后说不定会有大麻烦。

他顺利地回到那座荒芜的海岛，岛上依旧满是迷雾，不过，以他如今的眼力，他自然能够看出更多的门道。

他开始在海岛上寻找各种磁晶。尽管他已经从月星上带回来不少，但这种东西对于场域研究者来说多多益善，因为消耗太快。

“你这么快就回来了？”海底龙城，龙女看到楚风这么快就回来了，相当吃惊，一脸发蒙的样子，他到底去月星了吗？

“那上面太古怪，我有所收获，便赶紧回来了。”楚风不敢将他的经历全部说出来，因为那影响太大！

圣师的敌人肯定是无敌的存在，比如妖圣、金身菩萨级进化者等。想到那棵树下的妖圣——白色凶虎，他现在都感慨万分。

此时，杨宣、胡倾城、晴岚离开月星，回到原来的太空中，因为他们在月星上没什么收获。

突然，杨宣惊喜地道：“咦，星际网络终于覆盖这里了！”

他那辆悬在太空中的金色战车正在发光，有信号波透出，那匹金色的天马则在摇头摆尾，很不安生。

晴岚也惊喜不已，他那辆青铜战车也有莫名的信号波透出。

他们动用银色眼球，凝视远方，终于在很遥远的地带看到了一株千星藤。千星藤在空间隧道中出现，粗大的藤条遥指这里，散发出莫名的信号波。

他们欣喜不已，一阵感叹：“这宇宙边荒地带终于有了星际网络，可以跟外界联系了。”

他们取出星际通信器，开始跟人联系。

事实上，很多人一直在联系他们。

“杨宣，那颗星球怎么样？有大造化吗？我们这个层次的人能不能过去？”有人给杨宣留言。

杨宣立刻回应，告知那位朋友，现在还无法降临。

“杨宣，你就让我当你的妹夫吧，我对你那圣女族妹一见钟情！”这是另外一人的留言。

“滚！你这头老牛别想吃嫩草！”杨宣气不过，又道，“对了，那颗星球中出了个骗子，是个麻烦人物，正在纠缠杨珊！你赶紧想办法，将那个叫楚风的小子给我拿下！”

“什么，那颗星球的人也想跟我竞争？等着，我让他吃不了兜着走！不过，通向那里的星路很难走，怎么也得一年半载才能派人赶到啊！”

“邱纪，我警告你，再敢打我族妹的主意，回去后我找人收拾你！”杨宣恶狠狠地说道。

外界的人如果知道这群世子级人物私下这么交流，一定会目瞪口呆。

“胡仙子，我这边最大的拍卖行正在拍卖一只亚神兽幼崽，血统十分稀珍，你感兴趣吗？我接你来观看？”

“倾城仙子，我得到了一种驻颜宝药，想给你送过去。”

……

杨宣、晴岚偷瞥，正好看到胡倾城收到的这些消息，两人不禁感叹，胡倾城的追求者太多了。

“我被罚远走边荒，负责在一颗星球外巡视，暂时回不去。不过我有事拜托，我妹妹胡若仙在那颗星球上被一个名为楚风的小子纠缠，没法摆脱，你们有什么办法吗？”胡倾城回应。

“什么，敢打若仙主意？我一定想办法收拾他！”

“他活腻了，竟敢纠缠若仙，我非扒了他的皮不可！”

……

“最好生擒！”胡倾城叮嘱。

“放心，我立刻让人去通知我弟弟白羽圣子出手，保准压制他！”

“倾城，你放心，我妹妹流云仙子也在那颗星球上，保准生擒那小子！”

……

听到这些话后，胡倾城冷笑道：“你们这群坑弟弟、坑妹妹的家伙，到时候就该哭了！”

旁边，杨宣、晴岚目瞪口呆，好半天才回过神来。

“你都找了什么人？”

“都是各星球上的顶级世子。”胡倾城淡定地答道。

可以料想，楚风还没有走进星海，就已经在星空深处某些地带小有名气了。

“你们说，能否将那颗星球纳入星际网络，然后将那小子引进星际虚拟对战平台，狠狠地收拾他？”

“这个难度不小！”

杨宣、晴岚和胡倾城在讨论。

这三人忙完后，开始关注下方的地星。

“那小子去哪里了？”他们俯瞰地面，第一件事就是寻找楚风。虽说看着他心烦，但是他们不得不看，因为这家伙就是个“地雷”，说不定什么时候就会炸出大事件。

“浑蛋！”杨宣骂道。他起初没有找到楚风，便想看一看他族妹的近况，结果正好看到楚风拿着他那把断裂了的匕首跑灵运山去了。

杨宣气得跳脚，这小子太可恨了。

最终，他发现楚风从他族妹那里得到了一副很是不凡的银色甲胄。

“那是我以前的防身宝甲！”杨宣见到这一幕，不仅脸色发黑，连鼻子都要冒黑烟了！

接下来，他们目瞪口呆，因为他们看到楚风奔行数千里，拿着胡倾城那折断了的玉簪又跑到了谷山。

“无耻的小贼！”胡倾城也气得不行。

最后，楚风从胡若仙那里得到了一件袈裟。袈裟鲜红晶莹，镶嵌着金线，一看就不是凡物。

“这是我辛辛苦苦从佛族一位高手那里得来的秘宝，结果竟……便宜这小子！”胡倾城咬牙切齿。

接连两件非凡秘宝到手，楚风心满意足，晃晃悠悠地走出谷山，最后更是不忘冲着高空伸出一根手指，比划了一下。

这个举动让太空中的两位恨不得立刻俯冲向地面，这是赤裸裸的挑衅，这小子是故意的，料定了他们在窥视。

“学成场域归来，我将开始在母星崛起！”楚风暗自发誓。

第223章

重走祖上路

楚风连跑两座名山去见圣女、天女，自然惊动了不少人。

黄通等人得悉后，火速赶往谷山，可当他们赶到时，楚风早已经离开。

不过，还是有人找到了楚风，速度格外快，像是一直关注他的动态。

“楚风，留步。”两名进化者驾驭一艘紫色飞舟追了上来。紫色飞舟不比楚风的碧绿竹筏慢，速度起码达到了十倍声速。

楚风回头，瞳孔微微收缩，这两人可都是高手，非常不简单。

此时，楚风身在涪河附近，依旧在雍关境内。

涪河为汉河最大的支流，天地剧变后自然也不同了，如今河面宽阔，波涛汹涌，非常壮阔。

而且，涪河之畔有几个巨大的湖泊，水雾弥漫。

楚风正在这里观看山川走势，就被人追上了，他严阵以待。

两人飘然落下，收起紫色飞舟，来到近前打量楚风，带着审视的意味。

“和我们走一趟吧。”身穿灰色道袍，背着一柄长剑的中年人开口。他名叫田宏，是一名道士，想将楚风带走。

“跟你们走，去哪里？”楚风很平静地问道。

“去蓬莱仙岛。”田宏回应道。他看起来四十岁左右，皮肤略带古铜色，身上穿着道袍，透出古意。

另一人也一身道袍，年岁更大一些，面容清癯，发丝中插了一支木簪，显得仙风道骨。

楚风心头一跳，蓬莱仙岛的人找上门来了，这是两个真正的绝顶高手。不过，他刚从月星回来，并不惧怕。

“为什么要去蓬莱仙岛？”楚风问道。

“你这是明知故问！你斩我蓬莱子弟，自然是要去给死者家属一个交代。”田宏说道。

“没空！”楚风毫不客气地回应道。

他觉得可笑，蓬莱仙岛陈家一脉的少主要对付他，派出五大高手追到辕山，结果都被他除掉了，这能怪他？

不除掉那些人，他自己就得死。

田宏脸色微变，道：“你这是执迷不悟吗？你辱我蓬莱在先，现在我们要带你去岛上，你都拒绝，不肯配合。”

楚风冷笑道：“我什么时候辱过你蓬莱？不都是你们主动打上门来的吗？我只是被动反击。”

田宏怒气冲冲地道：“在谷山，你率众攻击我蓬莱多名弟子，真以为我们不知道此事吗？”

楚风哑然，原来这个中年道士在跟他算这笔账。

“道士，你知道前因后果吗？陈家少主陈盛非常跋扈，让一个赶车的仆从去海明城发号施令，叫我去见他，比进化皇朝的皇子架子都大。我拒绝后他居然要除掉我，派出五大高手去辕山围攻我。五大高手被我消灭，纯属咎由自取。之后，才有了谷山的事。”

“还有这种事？”田宏皱眉，接着又抬头，道，“不管怎么说，你都得跟我去蓬莱走上一趟。”

“我看你慈眉善目的，是个道士，还以为你会和我讲理，便陪你说了这么多，可到头来都是废话，遇上你们根本就不用多说！”楚风声音变冷了。

“你走不走？”田宏喝道。

“你以为你是谁，凭什么对我发号施令！”楚风冷冷地斥道。

“就凭我们是这个世界的正统！”这时，那个年岁较大的道士开了口。他声音不高，却很有底气，尽显霸道。

楚风笑了，略带冷意。

他刚从月星回来，已经了解到，蓬莱、方丈等地的遗族都是昔年嫡系一脉的仆从。时至今日，蓬莱仙岛的人竟然以这个世界的正统自居，蔑视其他所有人，信心膨胀到了何等程度？

“你笑什么，藐视我蓬莱吗？”那年岁较大的道士斥道。

“我曾听闻，漫长岁月以前，蓬莱仙岛住着的都是一些仆从，今天竟完全以这个世界的正统自居，你们是什么心态？”

“你究竟是什么身份？竟敢这么胡说八道！”年岁较大的道士喝问。

“我记得，你们应该听从嫡系一脉的命令吧？”楚风说道。

“什么嫡系一脉，无稽之谈！谁能在蓬莱人面前作威作福？那些自以为是的人都死光了，如今蓬莱人是这个世界的正统。”年岁较大的道士道，并且招呼田宏快速出手，想拿下楚风。

两名道士惊诧地发现，对方知道得太多，这种人必须擒拿回去，好好审问。

“我想问一下，如果你们昔日的主人出现在你们的面前，你们会怎么做？”楚风问道。

“拿下，带回去严加审问！这是一条大鱼！”年岁较大的道士发狠说道。

他抢先出手，拔出长剑。长剑宛若一道电光，向楚风刺去，速度实在太快了。

“轰！”

田宏也动了，手中的长剑带着爆炸声，如惊雷落下，散发出恐怖的气息，刺向楚风。

这两人果然是高手，带给楚风前所未有的压力，起码挣断了十一道枷锁！

如今楚风已经了解到，一般来说挣断十二道枷锁后枷锁境就到顶了，虽然生物体内还有其他枷锁，但是再继续挣断也提升不了战力。

这两人已然很强。

“嗯？你已挣断了十二道枷锁！”楚风神色一动，躲避开来。那个年岁较大的道士比他想象的还要强。

他已经挣断了九道枷锁，可以迎战中年道士田宏，但是对上那个年岁较大的道士的话，那就麻烦大了。

年岁较大的道士如果更进一步，就是逍遥境！

年岁较大的道士傲然道："蓬莱要拿人，谁能反抗？"

他手中剑光如雷霆，不断劈出。

可以看到，他的剑光飞向大湖后，将大半的湖水都蒸干了；剑光打中山体后，更是直接削掉一截山峰。

楚风丝毫不惧，祭出成片的磁石，布下防御性场域——泥沼。

下一刻，年岁较大的道士被束缚了，像是陷入沼泽中，越陷越深，将要窒息。

"我已经明白蓬莱人的意思了，那没什么可说的。"楚风说到这里，手持青铜剑斩向那陷入场域中的年岁较大的道士。

一名挣断了十二道枷锁的绝顶高手，就这样被他给解决了。

"你……"田宏像活见鬼一般，要知道，那年岁较大的道士处于枷锁境巅峰，在这个层次的生物中接近无敌，结果这么轻易就被楚风消灭了，这场面太恐怖。

他转身就走，可是怎么走得了？

磁石飘浮，早已在他周围形成了能让人迷失方向的场域，将他困住。

楚风一剑劈出，结束了他的性命。

此时此刻，某一座名山深处的折叠空间内，一个懒洋洋的声音传出。

"这颗星球的能量真的很稀薄啊，不过有一种很淡的香甜味道，那是逆种将会进化有成的征兆吗？我有种预感，我会在这里踏出祖上那一步。"一个盘坐了很久的年轻男子睁开眼睛，这般低语。

他沿着星路赶到这里很多天了，但跟其他神子、圣女一样不敢轻易跨界。

他很少开口，也不怎么动，一切都由手下去料理。

在他呼吸时，周围的草木都略微暗淡，像是被夺去部分生机。

"星空骑士，那是一个多么久远而辉煌的称号，当年踏平这颗星球，追捕逆种，所向披靡。"他赞叹道，像是沉迷于某种荣誉中不能自拔。

楚风如果在这里，一定会无比愤怒，他在月星上看到过那群铁骑如何冷酷而残忍地对待老弱妇孺。

楚风知道，星空骑士只是进攻大军中的一小支而已，算不上主力，可是就已经这么恐怖了。

折叠空间中，年轻男子起身，背着双手而立。他拥有一头光滑如绸缎的黑发，目光灼灼。

“前人的辉煌该由我发扬光大。昔年，由各族抽调的骑士经历血与火的洗礼，最终获得星空骑士的称号，横扫各星球，真是辉煌至极啊。”他面孔俊秀而温和，脸上带着笑，却在说着残酷的话语。

“我的祖上本是星空骑士中的一个小头领，却在进攻这颗星球时大放异彩，一路高歌而上，历经漫长岁月，如今已是圣人！”他笑容灿烂，道，“一切都是因为祖上拥有百化呼吸法，可化尽敌人道果，越战越强。”

“我宇文风来了！作为百化呼吸法的传人、新一代圣子，我自然也要在这里崛起，重走祖上之路，斩灭逆种，化尽他们的道果与气运，筑下成圣的根基！”他面容俊美，比许多女子都要漂亮，话语却让人毛骨悚然。

他带来了不少部下，都是高手，一个个带着惊人的气息，站在很远处，不敢打扰他。

“都说百化呼吸法可化尽万物，与排在前几名的某颗星球有关，是真的吗？”一人离得很远，小声问道。

“不好说，不要多问。老主人凭此法成圣，宇文风圣子也凭此法进化迅猛，此法注定要大放异彩，震动星空！”宇文风的部众对百化呼吸法评价极高。

宇文风回头看向他们，道：“我按照祖上的方法训练尔等成为星空骑士，到时候踏平这颗星球！”

可惜，如今“逆种”太少，几乎绝迹了，这是宇文风最感遗憾的事。

不过，有一个算一个，在他看来，最近就有一个不错的目标。

“没有逆种也没关系。”宇文风遥望山川，道。他掌握了可化尽万物的百化呼吸法，有更好的选择。

他面带微笑，道：“我仿佛已经嗅到了因这颗星球复苏而绽放的花朵的芬芳，一切是如此美好。”

涪河之畔，水泽广袤，大湖连在一起，云雾缭绕。

楚风神色凝重，沉默不语。

蓬莱仙岛的人听到嫡系纯血后人的消息时反应过激，不是想着投效，而是要在第一时间擒拿！

时光流逝，蓬莱仙岛的人早已没有昔日的忠诚。若是冷漠相对，楚风还能接受。然而，蓬莱遗族分明记得那一切，如今却不仅以正统自居，更是在得到嫡系一脉的消息后，竟要下狠手！

这种举动让人心寒，让人愤怒。他们不仅背弃了曾经的约定，还要除掉嫡系一脉的后人。

楚风满腔怒火，他对蓬莱遗族真的没有一点好感。

先是陈盛让他的仆从驱赶战车，大剌剌地唤楚风前去相见，见楚风不从便要除之，这是何等强势与跋扈！

如今两名道士又来擒拿他。他们以这个世界的正统自居，不是已忘记当年的事，而是努力掩盖。

楚风一叹，有些事他原本不会去苛求。

光阴荏苒，一切都会改变。

红颜会老去，秀发染霜，面庞失去光泽，青春终究是留不住的。便是那星辰也会暗淡，终有一天会破碎，成为宇宙尘埃。

何况是易变的人心？

大不了双方断绝关系就是，可是，蓬莱遗族太过分，为了自身的正统称谓，竟要除掉嫡系一脉的后人！

楚风体内有一股怒气，恨不得立刻找上蓬莱仙岛大战一场。

但最后他摇头，道不同不相为谋，各自上路吧！

不过，以蓬莱遗族此时的心态，估计他们不会罢手。

他们若是敢再来惹他，那就全力一战。既然他们选择与他对立，成为仇敌，那就战吧！

楚风掌心发光，火焰蔓延，地上的痕迹瞬间化作灰烬。而后，他轻轻一挥手，大风呼啸，地上便什么都没有剩下了。他转身就走。

"'道教圣苑'——虎泷山！"

楚风要去虎泷山，那地方无比神秘，且有一个来头极大的神秘女子，他有不少事想去询问她。

随着楚风露出踪迹，他想安静地上路不太可能。

沿途，不少人在找他。

在他一路向东南方向行走时，终于有人在路上遇到了他，大声呼唤，请他暂缓脚步。

来的是一个域外降临者。

如今，域外生物行走在名山大川间根本不算稀奇的事，随着名山复苏，从星路过来的降临者越来越多。

这是一个头上长着银角的生物，身体为人形，怪模怪样的。银角怪人很热情地跟楚风套近乎，现在的域外降临者都知道，他是天选之子。

银角怪人告知楚风自己的来意，说自己跟黄通是朋友，黄通正在后面追赶他，可是拍马也跟不上他的速度，请他稍等。

“你们每人一部这样的通信器用得习惯吗？”楚风看问题的角度有些特别，让银角怪人发呆。

“习……惯。”

楚风驻足，没有急着离开。他对黄通印象不错，黄通送他的两瓶美酒确实算是珍品，令他回味无穷。

“楚兄弟，你可真是风驰电掣，我找你找得好苦啊。”黄通累得差点虚脱，大口喘气，舌头都吐出来了，样子看起来有些可笑。

除了黄通之外，后面一大群域外降临者追了上来，都是找楚风的，邀请他去和他们身后的强者碰面。

现如今，任何一座名山后方的星路上都有强者坐镇，有些星路上甚至会有几股势力碰到一起。

“楚兄弟，你早就答应我了，却一再放我鸽子，看你的样子，你要向东南而行，那就跟我去户山见黄金神子殿下一面吧。”黄通又是拱手，又是作揖，姿态相当低，求楚风赏脸。

“黄兄别这么客气，太见外了，走，我这就跟你去户山跟黄金神子索要……那个……去跟他会面。”楚风说得顺溜，差点说漏嘴。

最近，他又是去灵运山，又是去谷山，跟杨珊与胡若仙数次相见，好处拿到手软。

现在，他都生出了错觉，觉得只要与域外的神子、圣女相见就有好处拿。

周围的降临者都一阵无语，咱能别这么直接吗？你就算是惦记域外的秘宝，也应该委婉一点啊。

“楚兄弟，请！”黄通哈哈大笑，请他上路。

其他降临者也跟着一起上路。这么一大群形态各异的生物跑动起来，那可真是声势浩大。

比如，有一只黄金大象踩得山地都崩开了，偏偏它还能飞渡大河。

“楚兄弟，你可得注意该族，很不简单。一旦臻至大圆满神体境界，这种生物通体洁白如玉，翩然一跃，便能飞渡星河，可谓身法绝世。”黄通在一旁告知楚风。

楚风听得发呆，这么厉害？

“该族中拥有纯净神血的主脉跟佛族的菩萨级进化者关系不错，没人敢轻易招惹。”黄通进一步告知楚风。

现在这些降临者的地星语言越说越顺畅，有些降临者甚至已经能够引经据典，与这个世界的人交流起来毫无障碍。

楚风对黄通印象不错，上一次去谷山消灭陈盛的部众，就是黄通号召的。

“轰隆隆！”

一群不同形态的降临者速度实在太快，从雍关境内穿过逄冈，径直来到嘉西，接近目的地。

户山，号称十大名山之一，名气极大。

如今这里的星路可不止一条，多条星路连接数片不同的星系，可想而知上古时期这里有多辉煌。

一群人进山，浩浩荡荡。

楚风清晰地记得，当初户山有一棵可以结出化形果的千年古树，现在却已不见踪影，据悉，其跟五狱山的太乌袍母树和栗湖的龙潭茶树主根一同云游去了。

每当思及此，他都会面露古怪之色，昔年的老树一个个都成精了！

山中，氤氲雾霭缭绕，能量精气格外浓厚。

有的山峰拔地而起，直插云霄，宛若抵天神剑；有的山峰雄峻无比，满山都是褐色山石，老树稀疏，仿佛蛰伏的蛮龙；有的山峰上则云蒸霞蔚，药香扑鼻，瑞禽盘旋，宛若仙境；更有些地带，在天地剧变后瀑布成片，高达千丈，非常壮观。

路上，楚风离得很远就看到了两条星路连着的折叠空间，但那里不是黄金神子所在地，他们还要向前。

“马上就到了。”黄通道。

终于临近黄金神子所在地，前方景色瑰丽，紫气袅袅，古松、药草等成片，银瀑一道又一道。

“好大一只野鸭！”楚风指向前方。

那折叠空间附近一座瑞气腾腾的山峰上，有一只白色大鸟正在起舞，姿态优美。

黄通略显尴尬，道：“那不是野鸭，是黄金神子殿下的侍女——天鹅仙子。”

周围一群降临者看向楚风，都一阵无语。

果然，那姿态优美的白天鹅化成一名银发美眸、肤若凝脂、清丽动人的女子，沿着瀑布袅袅婷婷而来，十分有仙气。

“见过各位！”她自我介绍说名为白清。

她嫣然一笑，道：“楚兄好，殿下恭候大驾多时了。”

随后，她又看向那一大群降临者，笑容可亲，道：“各位还请暂且留步。”

听她这么说，黄通都很自觉地止步了，脸上露出不好意思的神态，道：“楚兄弟，我就不过去了，你去与黄金神子殿下相谈吧。”

而后，黄通挤眉弄眼，道：“黄金神子殿下最是豪爽，愿意结交朋友，楚兄弟若是缺少称手的秘宝，可以跟殿下说。”

众人神色异样，这家伙吃里爬外？

楚风微笑着点头，跟白清向里走去。

“嗯？仅这片地带就有数条星路？”楚风讶异。这片区域景色秀美，山地莹莹发光，确实不凡，星路也很密集！

不远处的一片折叠空间中气势磅礴，有强大的生物坐镇。

楚风愕然，他抬头间看到了一个女子，美丽万分，天下罕有，是跟林诺依与姜洛神一个级别的丽人。

他认识那个女子，那竟是极地元磁仙窟的戚琳。

在那片折叠空间中，有一队人马气息惊人，一看就来头甚大。其中以两人为尊，一个年轻男子，一个老者。

只有他们两人盘坐着，在一棵古松下对弈，其他人都站立着。

在他们近前，有两名侍女垂首而立，负责倒茶。

戚琳也在近前站立着，态度恭谨。

楚风面露讶异之色，他早已得悉，无论是麒麟旧巢的降临者，还是元磁仙窟的降临者，都不算极致强大，因为缺少强大的道统，没有神子级人物坐镇。他们一直想找个靠山，投效进化皇朝等顶级势力。

比如韩文泽、黄薇月等人，就想带林诺依投靠走嵲山星路的大齐皇子齐宇。

现在看来，戚琳也代表元磁仙窟的部分人马做出了选择。看她的目光，她来这里是要投效那年轻男子。

戚琳抬头，也看到了楚风，顿时面露惊容，张嘴想要说什么。

“别管闲事，看着就是。”这时，正在对弈的年轻男子以精神力传音，告诫她不要多言。

戚琳深知这地方的水很深，她想警告楚风，但是听到那年轻男子的传音后，便沉默了。

她轻轻一叹，这个世界的天选之子哪怕再强又如何？还是争不过域外神子。她虽然因为不能示警，感到有些愧疚，但是想到自己并没有害楚风，心中的愧疚便减轻了不少。同时，她觉得现在自己别无选择。

总的来说，她不看好楚风，哪怕他是这个世界的天选之子，且两人有一定的交情，她也不会头脑发热地选择站在他那边。

“那队人马来自哪里？”楚风问白清，正在对弈的年轻男子及其身后的人马有什么来头。

“他很神秘，也非常强大，想必是某一地位异常尊贵的神子。”白清回应。

很快，楚风又看到另一条星路连接的折叠空间中，有一个年轻女子嫣然一笑，相当妖艳。不过，她笑容收敛时，带着一丝煞气。

这年轻女子很不一般，毫无疑问，这条星路上的人马也很了不得。

年轻女子独自静坐着，周围都是强大的进化者。

楚风意外地看到孔雀王、九命猫王居然很恭顺地站在那里，对年轻女子无比礼敬。

“她应该是一名妖族圣女。”白清告知楚风。

孔雀王、九命猫王看到楚风后，都面露讶异之色，但是什么也没说，就这么静静地看着他迈步。

楚风皱眉，霍地回头，看向来路，结果发现白雾渐起，一片朦胧。

“楚兄，请吧，我家主人百化圣子等候你多时了。”白清微笑。

楚风当即变了脸色，一把向她抓去，然而她化成碎光，就这么消失了。

“黄通，你给我滚出来！”楚风喝道。

他知道了，从头到尾这里都没有所谓的黄金神子，而是另外一人。

黄通的声音从远处传来：“楚兄弟，这件事是我不对，你就担待一二吧，明年这个时候我为你烧纸，在你坟前洒上两瓶美酒。”

“滚！”楚风恼怒，他真的没有想到，黄通竟然是一个大坑货。

不过，他刹那间便冷静下来，丝毫不惧，有什么尽管放马过来！

第224章

逆种

楚风怒气冲天，他竟被人诱入局中，真是知人知面不知心，黄通给他的印象很好，想不到关键时刻坑他。

“楚兄弟，的确对不住，但是我没有选择。”黄通开口，一副掏心窝的样子，让楚风越发憎恶。

黄通接着道：“对于一个有志于成为星际猎人的进化者来说，有时候要克制自己的情绪，为了完成任务，不得不将一些可能成为朋友的人送上断头台。”

所谓的星际猎人，是游走于待开发的蛮荒星球间，受雇于人，开展各种见不得光的行动，以获取报酬的进化者。

“狮子狗，别让我逮到你，不然要你好看！”楚风冷冷地道。一个狮面人身的域外生物居然将他给蒙骗了。

“随你怎么想吧！明年我如果还没有离开这颗蛮荒星球，一定会到你坟前烧两张纸，倒上两瓶美酒，为你祭奠。所以，如今你还是安心去吧，再反抗也无用，你根本不是百化圣子的对手，终究只是一个猎物。”黄通慢悠悠地说道，并不觉得蒙骗楚风是什么不对的事，反而很有成就感。

这就是他的工作。

在黄通周围，一群降临者都神色复杂，不断后退，觉得这个狮面人太阴险。他当初可是非常义气，为楚风出头，联合众人去对付蓬莱仙岛的人，没想到却是心怀叵测。

楚风不再搭理黄通，不愿多费口舌，心中暗暗决定一定要抓住黄通。

前方云蒸霞蔚，是百化圣子宇文风所在的折叠空间，目前看不到什么，整个折叠空间被云雾与光芒笼罩着，很朦胧，也很神圣。

直到有人迈步，四周罡风激荡，那里才清晰可见。

一个年轻的男子出现在楚风面前，目光灼灼，黑发如绸缎般光亮，垂在腰际，面孔白皙俊美，比很多女人都要漂亮。

“一个逆种竟成了天选之子，非常值得我出手掠夺你的生命与气运，不要让我失望啊。”宇文风开口。

哪怕在说杀戮之事，他也笑容不减。

楚风看到他，听到他的话语，当时就汗毛竖立。“逆种”这个词又出现了，这是多少年前的称谓？

昔日，这颗星球上的族群战败，族人四处逃命，星空骑士专门追击逃亡的族人，且称呼族人为逆种。

那是一段黑暗与血腥的历史！

楚风曾在月星亲眼看见那一幕幕旧事，当时就觉得头皮发麻，怒火中烧，那群铁骑太可恶！

过了这么漫长的岁月，在当世竟也有人称呼他为逆种，让他起了一身鸡皮疙瘩，刺激了他心底深处的情绪。

“滚出折叠空间来受死！”楚风看着宇文风，对方身在折叠空间中，离他还有一段距离呢。

他清楚地知道，昔年的那群刽子手有继任者，他们的后代中有人来到了地星。

白清一身白衣，站在宇文风近前，对楚风呵斥道：“休得放肆！殿下天命所归，你如何抵抗？”

在宇文风与白清的身后还有一大群骑士，冷漠无声，如同一尊又一尊石像。

“你虽为逆种，但还不值得我亲自出手，我亲自训练的星空骑士足矣。”宇文风淡淡地说道。

他从祖上那里了解到星空骑士是何等做派，照此培养了一批强大的部下。

楚风喝道：“你这个狼心狗肺的圣子，竟向往昔年世间的残暴旧事，这是要重建臭名昭著的星空骑士吗？”

宇文风没有恼怒，只是轻轻地拍了拍手，脸上依旧带着淡淡的笑，道：“将此逆种给我拿下，送到我近前来。”

在楚风的身后，白雾弥漫，一道又一道身影刹那间浮现，一个个散发出骇人的气息。

楚风见到他们的刹那瞳孔收缩，这还真跟他在月星上看到的星空骑士很像，连穿着打扮都一样，甲胄发光，兵器超凡。

一共有六名骑士出现，其中三名骑士骑坐在凶兽身上，连他们的坐骑都跨界成功了。

远方，跟楚风一起来的那些降临者见到这一情景后，都倒吸了一口凉气。

这六名骑士在迷雾中释放出强大的能量，不加掩饰，可以让人感知到他们的实力层次。

他们都挣断了十一道甚至十二道枷锁，就连他们的坐骑都是如此。

在当下这个阶段，他们几乎是不可战胜的。这样一队人马跨界过来，可以所向披靡，横扫本土的进化者。

“这已经算是我最弱的部众，他们中有人为了跨界成功甚至自废己身，导致实力大降。”

宇文风这种话让很多人心生惶恐，暗自惊叹，这果然是圣子级人物，连最弱的部众都有如此实力。

“听闻你是场域研究者，正好我有两名追随者也精于此道，可以跟你交流交流。”宇文风脸上带着淡淡的笑。

这时，六名骑士后方的迷雾中浮现出两道身影，同时声音传来：“对付逆种不用大动干戈，我们用他擅长的场域手段对付他。”

这片地带腾起白雾就是这两人所为。

这两名场域研究者十分自信，手段超凡！

不过，不久前他们与骑士都藏身在较远处，见楚风深入后才迅速赶来，截断楚风的后路。

不然，他们哪怕场域手段了得，在近距离内也瞒不住楚风，屏蔽不了楚风的神觉。

跟到此地的降临者都惊悚不已，一下子就出现了两名场域研究者？这非常了不得，要知道这种人十分金贵，比进化者少太多，百化圣子身边竟跟着两名，果然底蕴深厚。

此时，就连另外两条星路上的人都面露讶异之色。

那个与老者对弈的神子嵇陵略感意外，稍微抬头，看向两名场域研究者，但立时又恢复了淡定。

戚琳心头怦怦直跳，暗叹宇文风不愧是域外圣子，楚风身为场域研究者，已经够让人惊艳了，可是宇文风的追随者当中就有两名这样的人物，怎么比?

她摇头，这根本就是不对等的力量，这个世界的天选之子再怎么厉害也没有办法与域外圣子媲美!

她略微舒了一口气，虽然心里有那么一点愧疚，但觉得自己终究做出了正确的选择，没有在这种关头跟楚风牵扯上。

不远处，另一条星路上，那个妖族圣女纪萱颇感兴趣，盯着场中。

孔雀王、九命猫王都站在一边，面带恭谨之色，对纪萱敬畏有加。

此时，这两个王者不禁感叹，楚风也算很了不起了，但跟域外圣子比起来还是远远不如。

楚风擅长什么？场域！可是百化圣子直接派出了两个这样的人物！至于进化，那就更不能比了，百化圣子身边最弱的部众进化层次都远超楚风!

孔雀王、九命猫王相视一眼，觉得自己所做的选择没有错，依附域外强大的神子、圣女这步棋走对了。

孔雀王和九命猫王过去也很骄傲，非常自信，近来做出选择前曾犹豫、纠结很久，但现在心理平衡了。

白清笑盈盈地开口道：“虽然场域研究者非凡，都是了不得的人才，但是我家圣子身边从不缺乏这样的追随者。楚风，你是否还自傲呢？”

两名场域研究者身在迷雾中，面对楚风毫无压力，甚至有种优越感。

在他们看来，这颗没落的星球上，场域传承只有一鳞半爪，真正的好东西还在地下，至今无人可以发掘。

而且，他们根据此前得到的信息，判断楚风在场域造诣上绝对不如他们，会被他们压制。

“来吧，场域研究者之间的对决开始，我们要用你擅长的场域手段消灭你！”两人脸上挂着淡淡的笑，都对获胜很有把握。

不过，他们可没大意，早已悄然布置，想要一举消灭楚风。事实上，他们占据主场优势，早已埋下很多磁石，就等楚风踏进户山送死呢。

楚风闻言，面露轻蔑之色，嘴角挂着一丝冷笑。他才从月星回来，就有人想用场域对付他？

这时，宇文风开口道：“记住，要把他完整地生擒过来，我有大用。”

“如你们所愿，场域对决。”楚风开口。

他轻轻地在地上踏了一脚，地下布置好的磁石顿时混乱。同时，他的精神力瞬间从额头释放而出，改写磁石内的符文，把那两人精心准备的场域完全改变了。

“那你受死吧！”那两人一起大喝，同时激活他们引以为傲的地下场域！

“轰！”

一刹那而已，炽烈的光芒冲天而起，刺目至极。

两人脸上带着笑，但是刹那间就变得惊恐起来，因为这可怕的光芒不在楚风近前冲起，而是从他们的脚下席卷而上。

“不！”其中一人惨叫，接着当场丧命。

“啊——”另一人则被少许太阳火精缠身，不断哀号，满地打滚，浑身焚烧起来，扑之不灭，很快便化作一团灰烬。

现场寂静，四野无声！

就连不远处的六名骑士都发蒙了，他们哪怕实力强大，也来不及去救那两名场域研究者，根本没反应过来是什么情况。

楚风看向宇文风，淡淡地道：“这就是你所谓的强大的追随者？”

所有人惊疑不定。

戚琳愕然，在那里呆呆出神。

一直在对弈的嵇陵与老者也停止了对弈，神色异样，看向楚风那里。

纪萱则惊讶无比，她对场域不了解，但神觉敏锐，觉得古怪。

孔雀王与九命猫王都不解，十分吃惊。

宇文风近前，白清脸色铁青，对那六名骑士下命令：“还不出手将他擒来！”

“擒我？”楚风奚落道，“我总觉得你们来的人不行，场域手段不行，现在想跟我真正对决，你们就更加不行了。要知道，我最擅长的领域可是进化，战力无敌！”

众人一听，都暗道，凭你一个只挣断九道枷锁的人也好意思说自己最擅长的领域在于进化？

“死！”一名骑士断喝，快如闪电般冲了过来，手中长刀向着楚风劈去，刀光绚烂，割裂山地，折断草木。

楚风抬手间，祭出一件镶嵌着金线的鲜红的袈裟，不仅挡住了这可怕的一刀，而且将这名骑士裹了过来。

袈裟散发着赤色光芒，上面还有金色纹路，防御力惊人，异常不凡。

这是胡若仙送给楚风的秘宝，楚风早就试验过它的威力。

一刹那，他就生擒了一名骑士。他毫不犹豫，另一只手抡动青铜剑，斩向这名骑士。

众人表情凝固，按照古代星空骑士成长方法培养的人，经历过血与火的洗礼，战斗经验丰富，可是这才一个照面啊，就被人干净利落地劈死了！

宇文风如绸缎般光滑的长发无风自动，脸上的笑容还在，却多了一丝冷意，瞳孔中更是冒出莹莹光束！

他有些怒了，他手下的两名场域研究者以及他亲自培养的铁骑竟然先后丧命。

而且，楚风还当面叫板，让他脸上无光。

白清秀美的面庞上表情凝固，这个结果让她措手不及，一名强大的骑士就这么死了？

她银发齐腰，身段高挑，衣裙素净，气质颇佳，可现在脸色非常难看，她觉得这简直不能忍受！

楚风等于在他们的脸上扇了一巴掌。

山上云遮雾罩，霞光闪耀，银瀑落下，溅起大片的水花，苍松翠柏摇动时传出阵阵风声。

四方寂静，没人说话。

此时，最难受的自然是跟楚风对峙的那五名骑士。他们后悔不已，刚才应该一起出手才对。

刚才，他们自恃实力超凡，在那名同伴出手时，五人都不动如山，面带欣赏之色，准备看楚风被斩。

因为，双方实力差距不小，不在一个进化层次上。

然而，刹那间就有了结果，是他们的同伴被斩！这像是一个大耳光抽在他们的脸上。

“死！”一名身穿甲胄、满脸络腮胡、目光凶狠的骑士跃起，浑身迸发青光，双手持一柄与他身体齐高的青金大剑，能量如浪涛般翻涌而来！

在这厚重而粗大的剑附近，青气翻滚，宛若山洪暴发，他以一往无前的气势劈向楚风！

这是一名挣断了十二道枷锁的骑士，煞气极重。

下一刻，另外四名骑士也动了，各自手持长戟、天戈等，斩向楚风，恨不得立刻将他斩灭。

同样的错误，他们不想犯第二次，见又有同伴向楚风出手，他们自然全力以赴地配合！

然而，这一次楚风的防御力更加惊人，身上出现了一副银色甲胄。

这是杨珊送给他的，早年属于杨家世子杨宣。

银色甲胄银光闪闪，释放出能量，守护楚风。

与此同时，那件袈裟飘起，宛若鲜红的波涛，上下起伏，迎向后面出手的四名骑士。

那四名骑士的长戟、天戈等都落在袈裟上，如陷泥沼，同时银色甲胄发光，铿锵作响。这两件秘宝太非凡！

并且，一面很小的银色盾牌从楚风身上飞出，散发着绚烂的光芒，撞向那个高高跃起，双手持青金大剑劈来的骑士。

这是胡若仙送给他的。

火星四溅，锃亮的银色盾牌放大，直接挡住了一人多高的青金大剑，并把它震得飞起很高！

这几件秘宝原本为神子、圣女级人物所有，自然非凡，现在威力得到了充分的体现。

“嗡！”

楚风手持青铜剑，再次抡动起来，对着那高高跃起，而后俯冲下来的骑士斩去。对方手中的青金大剑被银色盾牌震开，现在简直对他不设防。

楚风这一剑猛然斩中那俯冲而来的骑士，那骑士坠落在地，满地打滚，痛苦哀号。

此时，袈裟抖动，迸发出万道赤光，震开那四名骑士的兵器，着实非凡。

有两名骑士暗中施展秘技，避开袈裟，发出闪电，口喷剑光，攻击楚风，但都被他身上的银色甲胄瓦解，毫无效果。

这一次依旧是在电光石火间就有了结果，第二名骑士被楚风斩灭！

双方快速横移，隔开一段距离。

这时，袈裟飘下，鲜红晶莹，落在楚风穿着银色甲胄的身体上。

楚风先后除掉了两大骑士，镇住了所有人。

剩下的四名骑士脸上青筋浮现，对楚风恨到极致，但都没有继续进攻。

后方，宇文风一声轻哼，脸色阴沉。楚风又一次当众损他颜面。

“逆种！”白清也脸色难看。

远处，另外两条星路上的人一个个双目闪烁着光芒，凝视着战场。

楚风连斩两大骑士，第一次可以算是侥幸，第二次呢？

嵇陵丢下棋子，看着那片地带。那老者也面露讶异之色，审视楚风。

戚琳则红唇微张，一脸愕然，着实被惊住了。楚风居然这么强大，连斩两大骑士？！

在她的预估中，楚风根本挡不住这些域外强者的攻击，不是被俘受辱，就是被那圣子的部众斩灭。

没想到楚风不仅没有“崩盘”，反而很从容，先除场域研究者，再斩骑士，不曾落败。这跟她预料的完全不一样！

“难道还能进一步对抗？我不信。他理应没有资格跟圣子级人物较量，双方不是一个层次的生物，差得很远！”她自言自语。

另一条星路上，纪萱笑了。她坐在如茵绿草地上的玉石桌案后，手持玉杯小饮，悠然自得。

她来头很大，是妖圣的子孙！

“有点意思，虽然是蛮荒星球上的进化者，但终究是一位天选之子，我现在都有些期待了。”纪萱手持玉杯，笑容灿烂。酒浆碧绿，跟她的红唇交相辉映。

孔雀王、九命猫王神色微变。楚风的确出人预料，妖圣的嫡系后人都已经对他感兴趣了。

更远处，狮面人身的黄通心里略微发毛，缩了缩脖子，小声地自言自语道：“楚风，你还是趁早上路吧，明年的今天我肯定会好好地祭奠你，别再耽搁时间了，这样有点吓人。”

跟着黄通与楚风来的那一大群降临者则神色复杂，深感震惊。

此时，楚风身披袈裟，神色严肃无比，盯着折叠空间中的宇文风，道：“还不过来受死！”

“逆种，不知天高地厚，找死！”白清怒斥楚风，维护圣子的威严。

楚风大剌剌地开口：“不是我说你们，你们实力都不行，什么场域研究者，什么星空骑士，什么圣子，全都不是我的对手！”

宇文风目光冷厉，心中充满杀意，这个逆种一而再，再而三地触碰他的底线，他真想立刻将其斩灭！

在他的身后，折叠空间深处，一群铁骑沉默无声。他们有铁一般的纪律，此时都如石像般一动不动，可是目光却有些瘆人。

楚风的话语实在戳痛了他们的心，他居然敢这般奚落他们，践踏星空骑士的荣誉。

“冲！”这个时候，那四名骑士忍无可忍了，不等宇文风和白清吩咐，便各自爆发，动用撒手锏，冲向楚风。

其中三人都有坐骑，格外强大！

大战爆发，这关乎他们的尊严。相对来说，他们早就不将性命放在心上了，这是星空骑士成长阶段的第一个要求——无情而不畏死。

楚风不敢大意，面对拼命的铁骑，他得打起十二分精神来。

毕竟，仅以进化层次而言，他的确差了对方两三个层次。

“轰！”

四名骑士与三只坐骑共同出击，这个地方顿时人喊马嘶，能量翻腾，山林爆碎，岩石熔化，岩浆汹涌。

楚风认真地检验身上几件秘宝的威力，惊喜不已，不愧是圣女级人物带来的东西，都威力超凡，没有一件是凡物。

其中，青铜剑看起来最中规中矩，袈裟则最为神秘，防御力第一，比银色甲胄还厉害。

更让楚风震惊的是，红色袈裟上的金线竟然含有些许神磁的成分。

要知道，这可是布置惊天场域的材料。

他进一步验证，很快得悉，这件袈裟果然不简单，内蕴场域。就这么一瞬间而已，他身上就赤光闪耀，威势大增。

楚风都没有自己布置场域，只是以场域手段催动袈裟，袈裟就展现出了超凡之处。

这一刻，袈裟包裹着他，忽东忽西，每一击都如排山倒海般，能量光束冲天，摄人心魄。

“砰！”

他一击之下，便将一人一骑生生撞死，而他自身被袈裟保护着，衣不染血，洁净无尘。

“你……”在剩下的三名骑士眼中，这一刻的楚风如同神魔，浑身红光，勇猛无比。

“噗！”

接着，楚风带着可怕的能量，一剑劈出，将另一名骑士斩中了，连带其坐骑也被斩中，命丧于此。

楚风发现袈裟的秘密后，如同猛虎出山，霸道而凶猛，势不可当。

“哧”的一声，他一剑挥出，剑光冲天，又将一名骑士斩灭了。

最后一名骑士咆哮着，浑身发光，手持天戈，向楚风挥去。

但这是徒劳的，袈裟光芒一闪，楚风如同在施展“闪电遁”，瞬间移开，接下来一番缠斗后，他一剑劈出。

最后一名骑士连带着坐骑，被楚风劈死了。

至此，六名骑士全部被斩灭！

“还有没有？”楚风手持青铜剑，只身立于战场中，大声询问。

现场一片寂静。

第225章

谁敢一战

楚风看着百化圣子宇文风及其身后的那群骑士，抖了抖身上的袈裟，掂了掂手中的青铜剑，道："我都说了，相对场域而言，我进化能力更强，这才是我擅长的领域，真正开战，我所向无敌！"

楚风大言不惭。

白衣素净的天鹅仙子白清忍不住想骂人，这个逆种太可恶了，真是不能忍。

宇文风则脸色铁青，他一而再，再而三地被刺激，是可忍，孰不可忍！

他身后那群骑士原本一个个不动如山，现在则躁动起来，恨不得立刻冲出折叠空间。

就连其他星路上的人也都无语，一个只挣断九道枷锁的人也好意思说自己无敌？不就是倚仗秘宝打败对手的吗？

"怎么，不服？"楚风身披袈裟，手持青铜剑，指向折叠空间，睨视宇文风和白清，道，"放马过来！"

这是赤裸裸的挑衅。

别说当事人，就连远方的其他人都惊呆了，这样高调，就不怕遭到围攻？

此时，宇文风终于忍不住怒吼出声！真是不能忍，要是能跨界过去，他必然狠狠地教训这个逆种！

可是，楚风毫不自觉。他挺着胸膛，高昂着头，道："楚某人在此，谁敢与我一战？"

"逆种，你一而再，再而三地挑衅，必然没有好下场！"白清愤怒地道。

"我必斩你！"宇文风沉声道，眼神阴鸷，之前的温和再也看不到了。

“动嘴皮子有何用？过来一战！”楚风以青铜剑指向宇文风、白清，又遥指向折叠空间深处的那群骑士。

楚风太嚣张了，宇文风一脉的人马都气得不行，恨不得立刻冲过去收拾他。

“你们也就是嘴上说如何如何，其实算什么？什么圣子，挡不了我一剑！”楚风一副仗剑指点天下的样子。

远处一片寂静。

就连另一条星路上的神子嵇陵都在发呆，早就不下棋了。坐在他对面的老者也无语，盯着楚风看了又看。

戚琳瞠目结舌，真不知道说什么好。

妖族圣女纪萱手扶额头，道：“我真是小觑他了，这脸皮比我想象的还厚。”

“倚仗手中有秘宝，就敢张狂，倨傲无礼，今天我要你好看！”就在这时，一个冷冷的声音传来。

不远处的山林中，一名骑士坐在一只青毛狮子身上，逼近这里。

那只青毛狮子散发出煞气，血气翻涌，能量波动惊人，而那名骑士一身黑色甲胄，让人望而生畏。

“不要放走他！”折叠空间中，宇文风声音低沉，动了真怒。

“是！”青毛狮子身上的骑士回应。

谁都没有想到，外面还有百化圣子的追随者。

“保证消灭他！”接着，又一名骑士出现。他没有坐骑，提着一杆大戟，身高过丈，黑色甲胄泛着寒光，整个人如同一座铁塔般，声音如同炸雷，震得人们双耳嗡嗡作响。

他是从折叠空间中走出去的，显然，他早已跨界成功，不过一直蛰伏起来，被当作后备军用。

域外生物一旦跨界成功，便可以自由出入折叠空间。

这两名骑士是宇文风在折叠空间外最后可用的人，他们明显不一般，斗志昂扬，无比自负。

“两名逍遥境的骑士？”有人心惊肉跳，无比骇然。

这个层次的生物怎么能出来？现阶段不应该啊！

“逍遥境的进化者自废己身，退化到枷锁境，这才跨界出来。”古松下坐在神子嵇陵对面的老者这般说道。

一些人听到后，倒吸了一口凉气。宁愿废掉大部分修为，也要提前跨界，果然够狠。

两名骑士前后夹击，堵住楚风。

“赐宝！”宇文风低语，吩咐白清送去秘宝，好让那两名骑士有十足的把握生擒楚风，他再也不想有意外发生了。

白清是他的心腹，了解他的一切。

她第一时间将一枚黄铜环送给那铁塔般的骑士，告知他可以用此物对付楚风身上的那些秘宝。

“再送一件！”宇文风低语。

白清会意，这一次将一张五色网交给那铁塔般的骑士，这显然是为了要楚风的命。

“很有针对性啊。”另一条星路连着的折叠空间中，嵇陵神色异样，盯着那枚黄铜环，认出这是某件强大武器的仿品。

借此黄铜环能夺取其他人的兵器，令人防不胜防。

“嗯，这些有意思。”坐在他对面的老者也点头。

戚琳就在近前，听得清楚，她意识到，楚风有大麻烦了，百化圣子亲自赐宝，这是发狠，一定要擒拿楚风。

连眼前的神子与老者都这么说，戚琳觉得，楚风这次多半凶多吉少。

戚琳认为，这个世界的天选之子一旦遇上认真起来的域外圣子，那就不算什么，终究改变不了被压制的命运。

此时，楚风神色凝重，没敢大意，暗中开始布置场域。真要有意外的话，他可以用场域对付他们！

两名骑士一前一后，堵住楚风，就要出手。

曾经的逍遥境的生物果然不凡，眼光、斗志、经验等都更加可怕。

“着！”那铁塔般的骑士没有坐骑，奔跑而来，大喝一声，投出黄铜环。

“嗡”的一声，黄铜环快速变大，发出刺目的光芒，居然要夺走楚风身上的袈裟。这东西专门夺取秘宝。

楚风紧紧地抓住袈裟，面露凝重之色，感觉身上的秘宝要离他而去。

“嗯？不对，还可以催动。”他讶然，红色袈裟上一条又一条金线发光，非常刺目。

“这东西是场域研究者的武器。”楚风赞叹道。袈裟上的金线蕴含神磁，伴着场域，他数次催动，发现了越发神秘莫测的能力。

袈裟抖动，如波涛起伏，将半空中的黄铜环卷住，接着他猛力一抖，“咔嚓”一声，黄铜环断裂。

“怎么可能？”白清惊叫。

那黄铜环虽然是仿品，但也非常不一般，专门夺人秘宝，无往不利，现在却被毁掉了。

“收！”那铁塔般的骑士倒也果断，迅速祭出第二件秘宝。五色网飞出，铺天盖地，向楚风而去。

与此同时，他与那骑坐在青毛狮子身上的骑士一起，一前一后，迅速往前冲，全力出手，攻向楚风。

楚风对袈裟越发满意，他确信，这东西就是场域武器，在他手中才能发挥出应有的威力，一般人不懂场域使用不了。

“轰”的一声，他轻轻抖动袈裟，袈裟发光，金色纹路交织，跟此前死去的那两名场域研究者埋下的磁石共鸣。

“嗡”的一声，楚风利用袈裟直接引出了地下的太阳火精。

火焰冲起，迎上五色网，熊熊焚烧起来。

地下的太阳火精不算多，但是足以挡住五色网。

楚风再次抖动袈裟，袈裟快速变大，卷向半空，“嗖”的一声将五色网给卷了下来。

楚风直接借场域武器——袈裟夺宝！

“嗖！”

下一刻，他祭出五色网，刹那间便将两名冲过来的强大的骑士罩住。

“噗！噗！”

楚风手中青铜剑挥出，果断结束了他们的性命。

“怎么可能？”不少人惊叫出声。

事情发展得太快，众人原本都以为楚风会战斗失利，结果转眼间他就消灭了两大高手，还夺了一件非凡的秘宝！

有一个人跑得比谁都快，那就是黄通。黄通趁楚风与两名骑士交手之际，逃进了折叠空间。看到楚风这么强悍，他有些后悔，不断地擦冷汗，意识到自己似乎惹了大麻烦。

还好他现在跟宇文风等人会合了，可以得到庇护。

此时，户山深处一片嘈杂，因为楚风又消灭了敌人，而且他的秘宝过于可怕。

“你手中的袈裟是从哪里得来的？”宇文风开口，神情略显严肃。

这也是其他人想知道的，谁都能看出，那袈裟非凡，不是一般的秘宝。

“此乃金身菩萨级进化者所留，我是他的传承者，还不过来下拜！”楚风一本正经地胡说八道。

宇文风真想一刀斩了楚风，今日他的威严受到了严重的挑战，哪怕除掉了这个逆种，他都觉得不解恨。

“宇文圣子，我猜测那袈裟是神女星系的天女胡若仙送给他的。”黄通通风报信。

他担心楚风事后满世界追击他，这可不是星际猎人应该面对的局面。

他现在没的选择，只能跟宇文风一条道走到黑。

“狮子狗，回头我找条绳子把你拴上去遛狗！”楚风呵斥道。

狮面人身的黄通想骂人，但终究还是没敢叫板。他后悔了，觉得没给自己留后路，万一这小子最终真能击败圣子怎么办？

“神女星系的胡若仙？”宇文风脸色阴沉。

楚风身披袈裟，道：“告诉你也无妨，此袈裟是若仙妹妹送给我防身的……”

太空中，胡倾城目睹这一过程，看到楚风在户山嘚瑟，又急又气。

在楚风的嘴里，他与胡家姐妹缘分很深，早已结盟，因此有天女级秘宝防身。

而且，不少跟到户山的降临者证实，楚风曾几次去见胡若仙。

此时，胡倾城心疼无比，那袈裟分明无比超凡，可她送给妹妹胡若仙后，却不受重视，直接被再次送人。

“真是岂有此理，我辛苦从一个高僧手中得来，送给你你却不珍惜，转身就送给一个冒牌的天选之子，可恶啊！”胡倾城愤懑不已。

她知道，自己的妹妹胡若仙身为女子，不想披着袈裟不伦不类的，所以都没有仔细研究过这件秘宝，便直接送人了。

很快，杨宣闹心了，户山中那小子又跟他们家族乱攀关系，正在炫耀那柄青铜剑呢。

户山中，所有人都面露讶异之色，这个楚风跟杨珊与胡若仙这两名圣女级人物关系匪浅！

“逆种，闭嘴，我忍你多时了，待跨界成功之日，我必然不会放过你！”宇文风喝道。

楚风挤对他，道：“你这水货圣子，本领没见到，就是爱说大话，只敢躲在那里喷口水，有种出来跟我大战五百回合！”

“在我眼中，你这逆种弱小不堪，一旦跨界成功，我翻掌便能击败你！”宇文风冷冷地道，然后就不想跟他说话了。

白清不忿，道：“逆种，有种你进来，我家圣子一根手指头就能压制你！”

“若是我进去，你们奈何不了我呢？”楚风淡笑。

“那我就改认你为主！”白清恨恨地道。

远处，纪萱此时笑盈盈地开口道：“楚风，一个有意思的人，你可愿意跟在我身边？以后我带你去浩瀚的星海，给予你无尽辉煌的前程。”

她拉拢楚风，让楚风追随她。

身为妖圣的嫡系后人，她地位很高。

这话一出，孔雀王和九命猫王都变了脸色。

宇文风也脸色阴沉，妖族圣女这是想收他的敌人为手下？

戚琳则愕然，妖族圣女这般开口，楚风若是点头答应，绝对会得到庇护，前程不可限量。

楚风看向纪萱，道：“你让我追随你？这不可能，反过来倒可以。”

一群人目瞪口呆，妖族圣女怎么可能会追随他？

随后，楚风看向宇文风和白清，道："准备好了吗？我来了！"

这一刻，所有人都神色一惊，感觉不可思议，他还真敢只身一人进入折叠空间中去面对一名圣子以及一群强大的骑士？

楚风观察地势，眼中光芒闪烁。

山中云蒸霞蔚，煞是美丽，松青柏翠，发出光芒，瀑布成片，颇为壮观。

楚风移动脚步，目光灼灼，不时四处打量，同时窥探来路。

人们一怔，醒悟过来，这家伙嘴上说得很凶，其实是要跑路？

人们越想越确定，这就是他的风格，占完便宜不跑更待何时？对于他来说，面对一名圣子都不吃亏，确切地说是让圣子那一边的人马灰头土脸，他足以自傲！

所有人都无语，打完就跑，太狡诈了！

折叠空间内，宇文风脸色微黑，感觉憋屈，堂堂一代圣子，居然在一颗蛮荒星球上受辱，接连吃瘪。

而且，他想报复都不行，因为那小子分明是要跑路！

白清也意识到，楚风其实是要逃。

这次他们亏大了，死了这么多人不说，秘宝黄铜环也被击得断裂开来，五色网更是被抢走，丢人丢器。

"逆种，你害怕了吗？"白清怒喝，白皙的脸上带着怒气。

"怕什么？都是手下败将，我一个人打你们全部！"楚风一脸傲然之色，眼睛却在很谨慎地寻找退路，似是担心来路上有埋伏。

白清见状，脸上略微露出焦急之色。

如果任他离去，百化圣子必定脸面无光，威名大损，一旦传扬出去，肯定会被其他圣子级人物轻视，害处极大。

以后在争夺这颗星球上的机缘时，说不定会被认为软弱，会有其他圣子级人物故意压制，抢其机缘。

"有种你进来！"白清俏脸上带着冷意，一副蔑视的姿态，故意激他。

"你等着，我马上就进去，到时候看谁求饶！"楚风大剌剌地说道。但是，他依旧悄然观看身后地势。

“那你快点，别心虚胆怯！”白清等他接近，准备全力出手。

“急什么？多等片刻会死啊！”楚风随口答道，暗自运转火眼金睛，将这片地带看个透彻。

现在人们都在猜测，他是要跑，还是真的准备进入折叠空间？

“殿下，他要逃走了！”一名骑士上前低语。他面孔扭曲，怒火中烧。

这些骑士原本一动不动，宛若一尊尊石像般，现在看楚风有要离去的迹象，他们实在忍不住了。

他们的同伴接连死在楚风的手里，星空骑士的尊严与荣耀被无情地践踏，他们都不想放楚风离开！

“嗯，我去上厕所了，你们等我，我去去就回。”这时，楚风突然开口。

众人愣住了，没听错吧？

众人一致认为，楚风是故意这么说的，就是明目张胆地跑路，羞辱百化圣子宇文风。

事实上，楚风是在激那些人出来，有天然的“地利”为什么不利用？真要有骑士愤怒地冲出来的话，他非常乐意看到。

此时，别说其他人，就连宇文风都受不了了，这个逆种一而再，再而三地挑战他的威严，他恨不得狠狠地收拾楚风一顿！

“殿下，让我去吧！”

“殿下，我去斩了他！”

有几名骑士执意出战，宁愿废掉部分修为，使自己跌落到枷锁境，也要闯出去对付楚风。

当然，他们也明言，得有强大的秘宝才行，毕竟楚风的袈裟太诡异，有无敌的气势。

“好，去吧，赐宝！”宇文风点头。他真的被激怒了，恨不得立刻斩了楚风，一时一刻也不想耽搁下去。

如果是在平日，他根本不会同意几名骑士的请求，这些人培养起来不易，体内已经埋下了星空骑士的种子。

白清神色冷峻，按照吩咐，准备好了几件超凡秘宝，一旦有人成功跨界，她就会立时送过去。

楚风虽然在退，但是时刻关注折叠空间。他拥有火眼金睛，自然看得清楚。见自己成功刺激得一些骑士要冒险出来了，他顿时喜悦万分。

一刹那，四名骑士各自骑着黄金豹，向外奔来，气势如虹。

果然，莫名的场域复苏，开始全面压制他们。

“嗷——”

四名骑士大吼，那生有金色鳞片的巨豹也都嘶吼着，声音震动户山，让很多人骇然。

他们原本是逍遥境的生物，现在自废道行，想要跨界出来。

许多已经从折叠空间成功跨界出来的降临者跟着紧张，他们亲身经历过这一过程，知道这是最危险最可怕的事，此时感同身受。

“砰砰！”

一瞬间，接连两名骑士化成两团火光，直接形神俱灭，他们的坐骑也是如此。

宇文风脸色铁青，心疼不已。

剩下的两名骑士哀号，带着火光，竟和嘶吼着的坐骑冲了出来。

“接秘宝！”白清喝道。她快速送上相应的秘宝，让他们拿去对付楚风。

不过，这两名骑士还不算彻底安全，身上还覆盖着部分场域纹路，但若无意外的话，应该可以成功脱困。

楚风早已守候多时，此时，他披着袈裟，浑身发出赤色光芒，如一道红色的闪电般冲了过去，迅猛出手。

“轰！”

楚风身上的袈裟抖动，上面的金线迸放出的成片光芒交织在一起，向前压制而去，激活户山原本就存在的场域，让两名骑士身上逐渐暗淡下去的火光再次变得炽烈。

“啊——”两名骑士惨叫，连同坐骑一起被焚成灰烬。

同时，两件秘宝也被毁掉了。

四周静悄悄的，所有人都惊呆了。

“啊——”白清尖叫，简直要发疯了。四名逍遥境的骑士全部殒命，原本两名骑士都快跨界成功了，却被楚风强行干扰，从而覆灭。

宇文风握紧拳头，双目喷火，忍不住低声咆哮，第一次这么愤怒。

在他身后，那些骑士都怒了，目眦欲裂，全都在长啸，宛若一群凶兽，要毁灭一切。

嵇陵怔怔出神，坐在他对面的老者也凝视着战场。

站在一边的戚琳则相当震惊，身体微凉。她觉得自己小觑楚风了，楚风看着嘻嘻哈哈的，可是太能把握与创造机会了，让一名圣子屡屡难堪。

不过，她也觉得，除非能正面击败百化圣子，否则，楚风将来的处境会更危险。可是，击败一名圣子，那可能吗？

"够狠，够果断，我喜欢！"纪萱笑嘻嘻的，很是妩媚，对楚风开口道，"成为我的追随者吧！"

楚风披着袈裟，站在折叠空间前，一副很淡定的样子。

直到这时，楚风才回头，看向纪萱，道："我有一个梦想。"

一群人无语，在这种境地下还一本正经地谈什么梦想，真是够可以的。

"是什么？"纪萱饶有兴趣地问道。

"猎捕几名神女、圣女。"他大剌剌地说出，顿时惊呆所有人。

嵇陵和纪萱都张口结舌，就连被气得快要发疯的宇文风都脸皮抽搐，至于白清则一脸发蒙的样子。

戚琳彻底傻眼了。

孔雀王、九命猫王面面相觑，不得不叹，这个楚魔王胆子大得吓人！

"楚风，你这无能鼠辈，只有嘴上本事吗？说一千道一万，你还是胆怯，不敢进来，有种就过来！"白清疯狂尖叫。她真不想楚风就这么远遁而去，那样的话他们太窝心了！

楚风转身，颇感兴趣地看着他们。

他当然要进入折叠空间。他不了解圣子级人物实力的深浅，不知道宇文风这种人到底有多厉害，但是突然出手，解决一些骑士，他还是有些把握的。真当他白去月星了吗？

不过，为了使战果最大化，他不可能直接进去，就是要不断挑衅，多激几人冒险跨界。事实证明，成效颇丰。

当然，在宇文风一脉人马的眼中，他无疑是可恶的、卑劣的，他们恨不得立刻除掉他。

“我来了。”楚风说道，向前迈步，嘴角挂着笑。

第226章
场域狂潮

楚风迈步，一脸郑重之色，像是立时要跨界一般，这让折叠空间中的一群人都颇为紧张。

随着他突然止步，宇文风、白清等人的心居然也跟着悬了起来。

见楚风皱眉，停在那里，宇文风瞳孔收缩，醒悟过来，堂堂圣子怎能因一人的行动而失了分寸？

但是，他就是不忿，心中的火气越来越大。

“你这逆种，到头来还是没胆，嘴上无敌，可就是不敢付诸行动！”白清气坏了，以为楚风又在忽悠他们。

楚风霍地抬头，道：“闭嘴，真正没胆的是你们。你们怎么不敢出来？”

随后，他一脸郑重地问道：“你曾说过，只要我跨界进入折叠空间中，你就改认我为主，是否如此？”

听他这样询问，白清想都没有想，立时尖声道：“自然，就怕你没有胆魄，这辈子都不敢踏足一步。”

“好，我这就去擒拿你们，让你们看一看什么叫气吞山河，霸绝寰宇！你们这群孬种，连跨界都不敢，也配称什么星空骑士？我看应该叫无脸骑士！还有宇文风，你也配称圣子？我觉得你现在还只是圣孙子！”

楚风一顿奚落，让宇文风心里憋闷至极！

他的祖上昔日曾经征伐这颗星球，斩灭“逆种”无数，因此获取大机缘，最终成圣。

可他还没有走出星路连着的折叠空间，就一而再，再而三地被一个原住民折辱，实在让他窝火。

他曾扬言，要重走祖上的路，征伐这颗星球，在这里筑下成圣根基。

现在，他简直要名誉扫地了。一切都是拜楚风所赐！

“你……你……”白清指着楚风，脸色铁青，一时间说不出话来。

“都给我退后，我要进去了，战场太小的话放不开手脚！”楚风喝道，让他们腾出地方来，完全是一副要闯关的样子。

所有人都愕然，他要来真的？占完便宜没有逃跑，还真想闯进去？

在不少人看来，他这是不知死活，真要敢贸然闯进折叠空间中，说不定会形神俱灭！

对于楚风的严厉呵斥，宇文风与白清捏着鼻子忍了，他们一再后退，腾出一片宽阔的战场，看他是否真的敢进来。

宇文风发誓，只要楚风敢踏足折叠空间，他一定要让楚风求生不得，求死不能！

“嗖！”

在所有人的注视下，楚风动了，径直闯进折叠空间中。

“好，你有种！”宇文风深感意外，冷冷地道，“过来一战！”

他激动得手都在略微颤抖，自己隐忍多时，终于可以对这个逆种出击了！

白清震惊，怎么也没有想到楚风这么不知天高地厚，居然真的来送死。

嵇陵、纪萱也都愕然，难以相信楚风这么不明智，这完全是自绝生路。

戚琳发呆，觉得楚风这样无异于自寻死路！

然而，还没等众人彻底反应过来，楚风接下来的一个动作让所有人都目瞪口呆。

他一步迈进去，第二步就“嗖”的一声退了回来，而且退得格外远。

什么情况？所有人都不解，他不是气吞山河，霸绝寰宇吗？怎么又这么没骨气地逃出来了？这是临阵脱逃，彻底胆怯了吗？

直到楚风一本正经地断喝，众人才明白过来这是什么情况，顿时全都愣住了。

“白清，我刚才已经进入折叠空间中，你还不快过来认主，履行诺言！”他一副严肃的样子，好像干了一件多么了不起的大事。

所有人都被他这种姿态惊呆了。

就连孔雀王、九命猫王都张口结舌，暗自叹道，这脸皮得有多厚啊！

“我低估他了。”纪萱叹道，“他比我想象的还不要脸，难怪能一直活蹦乱跳的。”

折叠空间中，白清经历了不解、愕然后，勃然大怒，这真是欺人太甚，这个逆种闹出这么大动静，就是为了消遣她？

“白清，你要食言吗？还不过来见礼！”楚风又喊道。

“我……”白清发飙，尖声呵斥楚风，并且冲到折叠空间边缘，尽情施展秘术，远距离攻击楚风。

事实上，一群骑士也都红了眼，发疯般来到折叠空间边缘，猛力出手，恨不得直接除掉楚风。

然而，距离实在太远，他们的攻击根本没用！

楚风眯着眼睛，暗自估量，效果真是好得出奇！

白清和那群骑士全都被激怒了，来到了折叠空间边缘。

只有宇文风很沉默，站在折叠空间深处，一动不动，像是一尊石像。

他被他眼中的逆种一而再，再而三地折腾，真要传扬出去的话，他还有什么威严可言？

哪怕他接下来马上除掉这个逆种也于事无补，刚才发生的事情已经无法改变了！

宇文风自恃身份尊贵，一动不动地站在折叠空间深处。他认为楚风不会再进来了，刚才的所作所为只是为了羞辱他而已。

这一刻，他的双目冷幽幽的，他在默默地考虑以后可以成功跨界时，怎么让楚风痛不欲生！

楚风嘴角挂着冷笑。

他原本以为自己多半要多折腾几次才能达到这个效果，没有想到事情出奇地顺利，这才没多久就符合他的进攻标准了。

现在，实力无法估量的宇文风在远处，白清和一群骑士则在折叠空间的边缘怒吼，恨不得立刻冲出来。

楚风眼中光芒隐现，早已将附近的地势观察透彻！

他准备发动了！

此时，几乎没有人相信他会闯进折叠空间，所有人都认为他不敢进攻，只是在戏弄宇文风。

有人甚至面露不屑之色，认为他不够稳重，成不了大事，这样的行为根本不配他天选之子的身份！

然而，当下一刻来临时，所有人都睁大眸子，一个个万分震惊！

楚风动了，扇动一对能量光翼，疾速冲向折叠空间。

太突然了，几乎没有人料到他敢以卵击石！

当然，以卵击石只是人们的错误认知，人们误以为这种行为会让他自身殒命。

一刹那就有了结果。

楚风身上的袈裟发光，像汪洋般起伏，他发挥出了这件场域秘宝真正的威力。

更重要的是地下，神圣光辉腾起，那是名山蕴含的场域在复苏，在被激活，仿佛可以席卷一切。

这里可不是别处，而是户山——天下久负盛名的名山之一！

这样的地带绝不会缺少场域，楚风已从月星学成归来，怎么可能感应不到？他早已观察多时！

加上他的火眼金睛在这一刻全面开启，他能看透一切。

他不仅激活了场域，还在改写场域。他额骨发光，用精神力瞬间完成了符文的刻写！

同时，不计其数的磁石从他身上的玉瓶内飞出，将前方那片地带淹没。

这是一场场域狂潮！

这一刻，他身上的袈裟抖动，简直要铺天盖地般，跟周围的场域配合，让这里煞气冲天！

“轰！”

山崩地裂，折叠空间边缘，光芒漫天，场气纵横交织！

“啊——”一名骑士惨叫，连带着坐骑当场毙命。

接着，第二名骑士被场气劈中，至死都没有料到会如此。

就在瞬息间，形势逆转，天翻地覆，让人惊骇不已。

谁都没有想到，变故这么突然，景象如此惨烈。

一群骑士刚才还一个个杀气腾腾，拥有旺盛的生机，转眼间便非死即伤！

所有人都汗毛倒竖，根本没有想到一脸笑嘻嘻的楚风于刹那间转变成大魔王，这太突然！

此时，楚风神色冷峻无比，披着袈裟，冲到近前，额骨发光，各种磁石飞舞，淹没此地，构建出一层又一层进攻场域。

这种场面让嵇陵、纪萱都震惊万分，不寒而栗。他们居然被欺骗了，这个楚风有些恐怖，最后关头居然发动攻击，更关键的是，他竟然真的有这样的能力，有这样的手段！

场域研究者中的旷世人物！

这是他们对楚风的一致评价。威力这么大的场域，不是一般人在刹那间就能够发动的！

戚琳脸色发白，深感震惊的同时在战栗。这还是她所认识的楚风吗？这简直是一位战神！他真的可以向圣子级人物叫板！她以前的想法大错特错，他绝对不是什么可悲的待宰羔羊，而是一个大魔王。

“啊——”宇文风号叫。现场谁也没有他反应激烈，什么沉稳，什么温文尔雅，早就跟他不沾边了。他眼睛赤红如血，披头散发，一纵就是数里远，直接冲了过去。

他恨不得一巴掌拍死楚风，但是他居然被自己的人挡住了。

他与楚风之间隔着一群骑士，他没有办法远距离施展绝招！

楚风所依仗的就是场域。他排列好磁石，雷霆出击，而后刹那间远遁，相当果决，毫不拖泥带水。

最后关头，他祭出五色网。这是他刚才从宇文风的人手中缴获的战利品，现在反过来用来对付他们！

“哧！”

在他退走时，五色网罩住白清，直接将她拖出了“死亡泥沼”。

这个女人很不简单，身上有秘宝，而且不止一件，防御力惊人，没有死在场域中，现在被楚风趁乱擒住！

楚风身后，骑士数量锐减，大半都死了。

他则抓着俘虏，退到了安全地带。

这一役战果惊人!

户山深处，各路人马震惊!

楚风突然冲进折叠空间，利用场域对付宇文风一脉的人马，让各方都如泥塑木雕般僵在那里，不敢相信!

刚才他还嘻嘻哈哈的，让人觉得不够稳重，谁能想到，转眼间他便如神魔般雷霆出击!

楚风只身进入折叠空间，让一群骑士倒下，这是何等辉煌的战绩!

一名本土进化者竟能强大到这一步?

许多人蒙了，这种局面远超所有人的预料。

宇文风怒吼，满头长发乱舞，目眦欲裂，口鼻间气息恐怖，让周围的森林都爆炸开来。

他像是一只受伤的野兽，疯狂出击，营救自己的这批手下。

“楚风，你这个逆种!”宇文风咆哮着，眼神骇人。他身边的骑士不多了，他真想冲出去，亲自除掉楚风。

这时，场域暗淡下去，光束逐渐消失，因为材料不过关，许多磁石解体了。

数十名骑士死去了三分之二还多，到如今，宇文风的身边只剩下十几名骑士，而且都负了伤。

至于他们的坐骑，不少瘫软在地上，已然奄奄一息。

这一役太惨烈，宇文风的人马遭到了重创。

宇文风这个圣子被人摘掉了头上的光环，失去了应有的威严，手下被消灭大半，这是一场震惊四方的大败!

毫无疑问，这件事会以这里为中心传到各条星路上去，他颜面受损，或许还会被各方耻笑。

一旦被人轻视，他这个圣子的地位将急骤下降，甚至，在他所在的星路后方的大本营中，以后都可能会有人蠢蠢欲动，想取而代之。

这一战对他来说太糟糕，影响极坏。

“逆种!”宇文风咬牙切齿，站在折叠空间边缘，满头长发乱舞。

他从未这么痛苦过，感觉整个人都在焚烧。

这样的惨败让他难以接受，同时，他已经想到了会有怎样的后果。

户山深处，各方人马难得地安静下来，心里都有点发毛，这个楚风太出人意料了。

楚风张望着，见到折叠空间中的黄通毫发无损，心里相当不爽。

狮面人身的黄通心思相当细腻，刚才压根就没有接近危险地带，成功逃过一劫。

现在，他谨慎而小心地站在那些骑士的后面，相当心虚。

他被吓住了，楚风的手段让他头皮发麻，楚风太强悍了，只身一人就消灭了一名圣子的大半人马，不管是不是取巧，重要的是结果！

他心里发毛，脊背发凉，总觉得自己惹下了大麻烦。如果有选择，他还真不想坑楚风。

楚风盯着黄通看了半天，神色不善。

“狮子狗，你等着，回头我非找条狗链子拴上你不可！”楚风喊道。

黄通暗中诅咒楚风，却没敢吭声。

在楚风身边，五色网发光，缚住白清，让她难以动弹。

“认主吧。”楚风当众要收白清为仆从，没有理会正怒斥他的宇文风。

“呸！”白清羞愤万分，虽然被擒，但不肯低头。

“愿赌服输，不想履行诺言吗？”楚风淡笑，低头看着她。

这个女人早已跨界成功，先前曾在山峰上起舞，而后负责引楚风来到埋伏圈中。她原本是一个逍遥境的进化者，但为了成功跨界，自废道行，如今在枷锁境巅峰阶段。

她现在被楚风捉住，情况相当不妙。

“想让我屈服？不可能！”她冷笑连连，将头偏向一边。

“放开她，我们来谈条件！”折叠空间中，宇文风停止嘶吼，盯着楚风，这般说道。

楚风依旧没搭理他，而是动作娴熟地从五色网中向外取秘宝，这女人身上的好东西可不少。

楚风最先取出了一把伞，这把伞以青金为骨，不知名的兽皮为伞面，很不凡。

很可惜，这件防御力惊人的秘宝在刚才的战斗中损坏了，若非这把伞，白清肯定已经死在了场域中。

“你损坏了我的伞。”楚风心疼得不得了，无奈地放下这件秘宝。

周围的人都无语，这是你的伞吗？貌似……现在是了。

白清俏脸难看，这真是耻辱啊。

折叠空间内，宇文风更是怒火中烧，剩下的那十几名骑士也是眼睛猩红。

“这盏黄金灯也坏了，通体龟裂，我的秘宝啊……”楚风哀号。

纪萱神色古怪，低语道：“这家伙……”

她真不知道该怎么评价楚风了。

“哈哈，我的秘宝终于有一件完好无损的了。”楚风大喜，手中拎着一条淡金色的麻绳。

这东西他不是第一次见到。这是捆灵绳，针对枷锁境的进化者异常好用，一捆一个准。

若非当初借用金刚琢内蕴含的太阳火精对抗捆灵绳，楚风第一次被捆灵绳袭击时，恐怕就会被韩文泽与黄薇月捆住。

“怎么各方势力都有这捆灵绳？不过还真是不错。”楚风相当满意，把捆灵绳收了起来。

接着，他又找到了一杆长矛，长矛呈暗红色，宛若染着血，很骇人，同时十分沉重，是一件没有损坏的重型兵器。

最后，他又得到了三支箭，都是由兽骨打磨而成的，看起来很不凡，带着可怕的煞气，料想射出去的话一定会很惊人。

没有很惊人的秘宝，但楚风已经十分满意。

现阶段，过于超凡的秘宝没办法从域外带过来。

至于他身上的袈裟，肯定有古怪，它内蕴场域，需要他这个场域研究者以场域手段激活才行，一般人根本用不了！

毫无疑问，宇文风现阶段用得到的秘宝都在白清身上，她像是一个小宝库，唯一可惜的是，有些秘宝彻底毁掉了。

这时，楚风才抬头看向折叠空间中的宇文风，道：“说起来，你也前后送了我一些秘宝，真是感谢啊，散财圣子。”

“我……”宇文风鼻子都差点气歪了。他成散财圣子了？这名号被有心人传播出去的话，估计他会成为笑柄。

“散财圣子，这名字真贴切。”纪萱面带笑意，第一个点头，认可这种说法。

嵇陵则“嘿”了一声，表示有趣。

宇文风怒火中烧，盯着这两人，他知道他肯定会被人取笑很长一段时间。

戚琳盯着楚风的背影，震惊万分，一个本土进化者居然将一名域外圣子折腾得这么惨，太强悍了。

尤其是想到楚风的场域手段，她忍不住颤抖起来。在这个年龄段，他绝对算是有天纵之资，她知道自己错过了某些机会！

她轻叹，若是她早点向楚风示好，结果可能完全不一样。这是一个在快速成长的大鳄。

下一刻，她感觉到了神子嵇陵的变化，他眼神炽热，盯着楚风。

无论在哪颗星球上，场域研究者都很受人尊敬，尤其是象楚风这种有天纵之资的场域研究者，在域外都罕见。

同一时间，纪萱也盯上了楚风。她非常看重他的场域手段，认为只要给他时间，他定然能够成为一代场域宗师。

这种人物值得拉拢。

要知道，宗师级别的场域研究者地位尊贵无比，各方都要拉拢，不敢得罪。

纪萱手持玉杯，绿莹莹的酒浆清香弥散，她一饮而尽，把玉杯放在玉石桌案上，接着站了起来，顿时露出婀娜的体态。她亭亭玉立，嫣然一笑，让整片山地都明媚起来。

“楚兄，考虑一下，你来我孔雀一脉的圣地，我为你源源不绝地提供场域书籍，保你前途光明，如何？”

听到这种话语，各方震动。

在人们看来，妖族圣女都放下身段，在拉拢这个世界的天选之子了。

有绝代妖圣的道统都这么渴求场域奇才，让其他人都有一种紧迫感。

“楚兄，来我们这一脉如何？天音神教会尽量满足你所需，大量的场域书籍随你翻阅。”嵇陵开口，面带笑容，也极力拉拢楚风。

戚琳心情复杂，连她投靠的天音神子都在拉拢楚风。

孔雀王和九命猫王心颤，有些不安。

宇文风脸色难看无比，他才丢尽颜面，那两人就毫不在意他的感受，开始拉拢他的仇敌，真是岂有此理！

“我很感兴趣。”楚风一个都没有拒绝，现在不想得罪任何一方。他脸上带着笑，如果能从各方手中取得好处，那就再好不过了。

第227章

假子与真子

宇文风心情糟糕，他眼中的逆种现在满面春风，正跟一名神子和一名圣女相谈甚欢。

同为星路上的来客，同为一颗星球上的佼佼者，嵇陵和纪萱完全无视他的感受，让他目光森冷。

他战败的后果显现出来，这才开始，其他神子、圣女就轻慢他，不将他当一回事了。

以后会怎样？等真正的神子、圣女争霸的时代来临，说不定他会最先被淘汰。

想到这里后，宇文风脸色阴沉，转身就走，率众离开折叠空间边缘地带。

楚风见状，赶紧喊：“散财圣子请留步，将那黄毛狮子狗留下，换你侍女活命的机会。”

这一刻，黄通吓得魂飞魄散，脸色发白。要是被交出去，他绝对会生不如死。

“圣子，救命啊。”作为一个立志成为星际猎人的生物，黄通一向没什么底线，当场落泪，求宇文风不要将他交出去。

“我不会那么没信誉，合作时就承诺过保你性命。”宇文风冷冷地说道。

而后，他霍地转身，看向楚风，道：“我的侍女送你了！”

说罢，他头也不回地远去，瞬间消失。

“殿下！”白清哀号，泫然泪下，又是恐惧，又是失落，宇文风竟然直接将她抛弃了。

“咱们谈一谈吧，将你知道的一切都告诉我。”楚风面带笑意地看向她。

“没什么好说的。”白清转过头，根本不看他，脸色难看。

楚风威胁道："白鸭子，你已被抛弃，没必要如此。别逼我再出手。"

白清羞愤无比，她是正宗的白天鹅，却被楚风故意说成鸭子。她冷冷地道："我与你没什么可说的，一旦我死去，圣子将来定会替我报仇！"

这女人态度很强硬，有些不畏死。

"那你上路吧！"楚风冷冷地说道。对于宇文风一脉的人马，他并不需要了解透彻，只要知道他们是星空骑士的后代就足够了。

那群刽子手的后代如今想要重走祖上的道路，他要让他们覆灭，不会有第二种选择。

"哧！"

楚风手持青铜剑，挥向白清，逼她显现出本体。

白清尖叫，化为一只白天鹅，羽毛雪白，身躯庞大，失去了一只翅膀，眼神怨愤无比。

"可惜，蛤蟆没在这里。"一看到天鹅，楚风就想到自己的坐骑蛤蟆，不禁轻声一叹。

楚风还要立刻去虎泷山，便给了白清一个痛快，直接斩灭。

这一役彻底落下帷幕，无论是嵇陵、纪萱，还是其他人，各方人马莫不震惊。来自星空的百化圣子宇文风大败，这颠覆了很多人的观念。

毫无疑问，这一战影响巨大！

一个本土进化者依靠自身之力将一个域外圣子的人马消灭了大半，让圣子灰头土脸，不得不遁入折叠空间深处，没脸见人。

现阶段，谁再针对楚风都得掂量一番，真要与楚风为敌的话，很有可能会成为宇文风第二。

人们又想到他此前还曾在嵲山出手，生生将进化皇朝的一名皇子赶走了。

之前有传闻，大齐皇子齐宇之所以退走，是因为另有他人出手。人们不太相信这是楚风所为。

现在看来，楚风完全有那种实力与手段！

楚风在离开前，不断布置，将宇文风所在星路连着的折叠空间外的场域全面改进，逐步激活。

他确信，这条星路上的人想要出来，付出的代价会比以前更大！

名山主峰的场域他如今还很难触碰，但是这片地带的上古场域他能轻易驾驭，甚至改进。

嵇陵、纪萱目睹这一切，都倒吸了一口凉气，这个楚风真是够狠，这是要堵死宇文风的路！

当前这个阶段，各方神子、圣女都得慎重面对这位天选之子，一旦得罪他，想跨界可能都会很难！没看到宇文风与嵲山那名皇子的下场吗？那就是前车之鉴！

暗流汹涌，楚风成为所有圣子级人物都要考虑的重要人物，谁都不敢轻易得罪他。

甚至各方都得拉拢他，因为他的场域造诣十分惊人！

楚风施施然离开，一路跟进户山的那些降临者全都心里发毛，对他无比敬畏，快速让路。

太空中，杨宣、胡倾城、晴岚三人都被楚风的手段惊得不轻。

到了现在，杨宣怀疑，自己无意间造就的天选之子可能是真的，这个楚风太厉害了！

然而，晴岚摇头道："此前，我也觉得他多半就是天选之子，不然何以让你们屡次跳脚？可现在我反倒有点不确定了，我怀疑他是假子，是为掩护真子，保护真正的天选之子而存在的。"

他的这种观点很新奇，但是联想到史册中的一些记载，杨宣与胡倾城倒吸了一口凉气。

的确，在古代这种事发生了不止一次，假子扰乱人们的视线，而当真子出世时，天下风云起，真子集所有造化于一身，其崛起之迅猛让人惊骇。

但凡有假子的时代，一定会非常恐怖，因为那个时期的真子将迸发出震撼一个时代的光芒。

"这……非常有可能！"杨宣汗毛倒竖。

他想到地星曾经的辉煌，它曾排在第十一位啊，没落了无数岁月，如今开始复苏，必然会引发山崩地裂之洪流。

各方神子、圣女赶到地星，不就是想借这股洪流进一步崛起吗？在地星修炼一年抵得上在其他地方修炼十年甚至百年！

“绝对有假子！”胡倾城也做出了这种判断。

到了这个时候，他们都认为，现在被摆在明面上的楚风就是一枚假子，用以吸引所有人的目光。

一时间，他们心里发毛，真子出来时，会有多恐怖？

“据传，那颗星球上有一座混沌能量塔，那是无上传承，让前十大世界都觊觎，但已经消失了。那多半是为真子准备的，这个楚风场域造诣惊人，目前看来，是为守护真子而生的。”

“是，有种说法，场域研究者无法继承那个道统，只能为其服务。”

杨宣与晴岚谈及一些禁忌话题，那是他们祖上私下谈论过的事，他们曾听到一鳞半爪。

“这样看来，真子的确在暗中呢。”胡倾城骇然。

三人神色凝重，他们觉得，各路神子、圣女到最后多半占不到一点便宜，与那混沌能量塔的传承无缘。

户山，楚风向外走去。

“大姨子，谢谢啊，你这袈裟真不错，回头我去看你妹妹！”楚风仰头看着天空，一本正经地说道。他觉得胡倾城说不定正在窥视。

太空中，三人的讨论戛然而止，胡倾城脸色黑了下来。说起来，她真的很心疼，那袈裟可是一件了不起的秘宝。

“大舅子，你这青铜剑马马虎虎，除了坚固与结实，目前看不出什么名堂。”楚风这些话一出，让杨宣的脸色也难看起来。

接下来，户山的人们看到奇景，光束一道又一道从天而降，投向楚风，而他则哼着歌向外走去。

别说其他人，就连嵇陵和纪萱都目瞪口呆，戚琳更是震惊到心头战栗。

人们更加相信，楚风就是天选之子！

看他那样子，太淡定了，像是对那异象习以为常。

太空中，杨宣与胡倾城罢手，十分羞愧，他们又犯规了。

不远处，晴岚脸色难看，警告他们："被人知道的话，我们三人会很惨。你们那样做无法改变什么，却扰乱了各路神子、圣女的判断！"

这时，杨宣浑身冰凉，有些不确定地低声道："我现在心里有些发毛。你们说，我会不会是受到地星意志的影响，才做出那些举动的？一切都是为了推出假子！"

"有可能，我……想离开这里！"

楚风走出户山，驾驭碧绿的竹筏才刚起程，就听到前方传来呼喝声。

"楚风，我看你向哪里逃，陈盛在此！"

天边浮现一艘战船，蓬莱仙岛陈家一脉的少主陈盛出现，身边还跟着几名高手，都杀气腾腾。

户山近前，一群降临者神色古怪，楚魔王才大显神威，就有人来找他算账？

随后，他们想到了什么，山中的事刚发生，还没有传播出去，这倒霉的陈家少主还不知道，现在这是活腻了！

"呵呵——楚风，你再逃啊！"陈盛神色冷峻无比，带人在这里堵截楚风。

不久前他得到消息，知道楚风进户山了，便立时召集人马，亲自来围堵楚风。

"少主快逃！"就在这时，一只禽王焦急地喊道。它比楚风先从户山出来，已经迎上陈盛。

"嗯？"陈盛不解。

"楚风在户山只身一人消灭了一名圣子的大半部下，太厉害了，赶紧逃！"

"什么？"陈盛听闻后脸色发白，身体都在颤抖，难以接受这个结果，但他倒也果断，立刻喝道，"逃，快逃！"

然而，这个时候，楚风目光冷厉，展开一对能量光翼，从空中扑击而来。

战船迅速离去，划破天宇。

众人都无语，气势汹汹而来的陈家少主得悉情况后，居然这么狼狈，开始疯狂逃亡。

"追上来了，赶紧进行空间跳跃，回到蓬莱所在的海域！"陈盛尖叫道，又惊又惧。

"战船残破，才从遗迹中清理出来，有很多问题，不见得能成功。"战船上，一名老者焦急地喊道。

"管不了那么多了，快！"陈盛喊道。

"嗡！"

空间轻颤，整艘战船慢慢变得模糊，即将消失在一片朦胧的地带，那里若泥沼，又如门户。

楚风大怒，眼看就要追上了，那战船却即将消失。

他想也不想，取出一支由兽骨打磨而成的箭，正是他从白清身上搜出的三支箭之一。他把箭搭在大雷音弓的弓弦上，瞄准陈盛，快速射出。

"噗！"

一团光芒迸放开来，陈盛惨叫，他极力躲避，但还是失去了一条手臂，战船上也出现了一个大窟窿。

那里一阵动荡后，战船终究还是消失了。

四周一片寂静，所有人马都惊呆了。楚大魔王太强悍了，连蓬莱仙岛陈家一脉的少主也是说射就射，现在谁还能与他抗衡？

不过，也有人暗自冷笑。

"眼看他起朱楼，眼看他宴宾客，眼看他楼塌了！"

"看他耀眼夺目，更有可能是盛极而衰的前兆。"

一些人带着恶意，议论道。

消息传到外界，各大势力都震惊了。

"消灭了一名圣子的大半人马？楚魔王终于将他的'魔爪'伸向了域外的圣子级人物！"

"这很符合楚风的风格！"

……

一些人先后进行不同的评价。

"老大终于让域外那群趾高气扬的生物受到了教训，连圣子都被打得灰头土脸地跑了！"

"自此之后，放眼宇宙星海，谁人不识楚魔王？"

杜怀瑾、欧阳青、叶轻柔几人颇为感慨，自从认识楚风后，他就不断地"折磨”众人的神经，战绩一次比一次骇人。

天下都在传这件事，东西方的进化者都瞠目结舌。

大洋中也是如此，海族各部听闻后目瞪口呆。

据闻，南域海老龙王当天发誓，一定要得到化龙果！

至于各座名山后的各条星路上，那些神子、圣女听闻后都有些出神，很长时间没有说话。

“啊——”蓬莱仙岛外的海面上，一艘残破的战船漂浮着，陈盛在战船上长啸，心里充满憋屈与不甘。

在今日的事件中，他彻头彻尾成为一个笑话，不用多想，他肯定会成为人们茶余饭后的笑料。

他远没有宇文风那么惨烈，可是论影响却毫不逊色。

今天他气势汹汹而去，结果听闻楚风的可怕战绩后又仓皇而逃，还被那魔王射掉了一条手臂，宛若丧家之犬。

他知道，在别人眼中，他上赶着去送死，咎由自取，显得那般可笑。

“什么天选之子，那就是一个笑话！我蓬莱原本解决他像踩死一只臭虫一样简单，可是……出动不了高手。谁能告诉我，如今怎么处置他？”陈盛大吼，声音森冷无比。

一名老者劝慰道：“少主不要激动，现在天地才开始复苏，还无法让秘境开启，你的叔伯以及那些更年老的名宿无法脱困，自然无法大显神威。”

一名老妪也开口道：“再过一段时间，你的几个兄弟姐妹或许就能走出秘境，帮你复仇。”

提到他的几个兄弟姐妹，陈盛脸色越发阴沉，手抚断臂，道：“阴阳呼吸法，我逆转阴阳，将自己半废，他们倒好，一个比一个稳，连小弟都比我强一大截。”

老者道：“少主太心急。阴阳呼吸法是昔日这个世界上的至强呼吸法之一，目前不完整，缺失不少。你没有完整篇章，就想逆转阴阳，借此涅槃，那肯定充满凶险。不过，你有这种气魄，等养好身体，来日成就或许不可限量。”

“手臂都断了，已经成为废人，还谈什么将来？”陈盛双目阴鸷，话虽然这样说，但是他并没有沮丧与绝望。

“这个世界在复苏，各地圣药即将出现，断肢再生不会太难，甚至我蓬莱秘境深处现在就有这种异果。”

“我不想让那个楚风活下去，希望他立刻就死！蓬莱当年留在外面的石窟、洞府还有哪些？我要开掘出来，取出秘器，立刻除掉他！”

“少主，这……三思，那些地方太危险，我们去了可能也得死！”

“我不管，我要立刻除掉楚风！另外，我觉得他的呼吸法很古怪，或许有天大的来头，我要得到！从现在开始，你们给我收集情报，了解他那呼吸法的所有特征，我想求证。”陈盛脸色阴沉，他等不下去了。

天下各地一片喧哗，举世皆惊时，楚风接近虎泷山。

“道教圣苑”巍峨而气势磅礴。

虎泷山土质特殊，为红色土石，在古代，整片山地总是火光缭绕，传闻是炼丹所致。

而山中深处，相传有一座神城，连接诸天星域，很久以前，星空中许多道统都会来此朝圣。

只是这一切都如昙花一现，于灿烂之际凋零，过早逝去。

再临虎泷山，楚风感受越发不同。

这片山地无灵运山之秀美，也无辕山之瑰丽，但就是气象不俗，地势超凡，如今的山中，特殊的能量“仙雾”越发浓重，赤光缭绕，药香扑鼻。

当年那神秘女子在虎泷山的炼妖地脱困而出，惊天动地，震撼人心。

现在主峰半山腰多了一座铜质宫殿，以铜柱支撑，以玉石铸墙，以虎泷山废墟中挖掘出的铜瓦覆盖，成为那神秘女子的居所。

“来人止步！”一只喜鹊站在铜质宫殿外的一棵大松树上，这般警告道。

“我想见此地主人。”楚风说道。

铜质宫殿规模不小，看得出那神秘女子不想委屈自己，住在这里应该很舒适。

如今，山上缭绕着特殊的能量“仙雾”，还伴着赤光，气象非凡，让铜质宫殿看起来宛若谪仙府邸。

“主人不在。”喜鹊答道。

这时，铜质宫殿附近的松林中又走出来一只山猫。山猫优雅地迈着猫步，审视楚风，略微迟疑地道："你是楚风？主人说过，你若来了，可以告诉你她的去向。她沿着星路去散心，寻访故友了。"

楚风听闻，当场一脸发蒙。这是什么情况？那位姐姐……可以轻易踏足星空？跑宇宙中去散心，这也太恐怖了吧！

不过，他总觉得有些夸大，那神秘女子似乎特别能吹牛！

她真要是有那么大的能耐，当年为何会被人封印在虎泷山？

月星上的暗红色能量塔虽然说她天资超绝，可是并没有说她修为如何。

楚风甚至怀疑，此女非彼女。

"你们确定，她是这样说的？"楚风释放出精神力，压制这两只异类。

他看得出，这两只异类刚成王，如果它们真是那神秘女子的手下，那她还真不讲究，随便就收了一禽一兽。

"啊！楚魔王，放过我。"喜鹊怪叫道，很是惊慌。

它身为本土进化者，自然知道楚风，对他很是畏惧，刚才的淡定彻底消失。

那只山猫也胆战心惊，"嗖"的一声，一蹦老高，蹿到了铜质宫殿之上，而后彻底屈服，快速招供。

"主人说，如果骗不了你就算了。"山猫心虚地说道。

什么情况？楚风感觉这里面有猫腻，那神秘女子还真是一个大骗子不成？

"她到底去了哪里？"楚风喝问。

"应该就在这颗星球上，跑去寻找机缘了。"山猫小声道，越发没底气了。

"这个女骗子，她该不会根本不是那个家族的人，只是碰巧知道昔年旧事，便将各种身份套在自己身上吧？"

楚风越想越觉得有可能，真要是这个世界最辉煌年代无上家族遗留的千金小姐，历经漫长岁月，经历过生离死别，亲人陨灭，未婚夫背叛的痛苦，她怎么还能心态这么年轻，总是一副嘻嘻哈哈的样子？

"她究竟身在何处？想寻找什么？"楚风神情严肃地问道。

山猫吓得快哭了，腿肚子抽筋。它快速开口："她可能去了'神祇之源'找蟠桃祖根，想采摘不死果蟠桃，好像……要救活虎泷山下埋着的一个人。"

楚风心惊肉跳，这是真的吗？

现在看来，那神秘女子果然有古怪，虎泷山下竟还有其他人，等着她去救活，究竟是谁？

他瞥了一眼山猫，这也太不禁吓了吧，稍微恐吓一下就全招了。那喜鹊更加禁不住吓，瑟瑟发抖，都快从树上坠落下来了。

毫无疑问，那神秘女子随便收了两只异类看家，根本就没有怎么培养。

“神祇之源”在昆林山最深处，如今还远远没有开启。那神秘女子敢去，说明她还是有不凡的实力的，肯定比楚风要强很多。

他琢磨了一下，没有跟去，就在虎泷山等着。

他想在这里找找，看一看能否找到那个等待被救活的人。

楚风在虎泷山等了两日，不断在山中寻觅，但没找到跟那个人有关的线索。

他神色越发凝重，虎泷山比他想象的还要恐怖，如今他的场域造诣高了很多，可他依旧没能登上主峰之巅。

他隔着一段距离，看到主峰之巅有一些尸体，至今血液鲜红，还有一条虬龙断裂成数段，但他就是无法接近。

除此之外，他看到了更为惊人的景象，一座朦胧的神城在山地中若隐若现。

“真有一座连接诸天星域的神城？”楚风震惊。

他相信那真实的神城很恐怖，距离颇为遥远，他现在看到的只是映现出来的画面而已。

同时，楚风在虎泷山深处看到了几条星路，在星路连着的折叠空间中，域外的人马不少，其中不乏神子级人物。

他没去理会他们，因为没那心情。

接下来的几日，虎泷山很安宁，这个世界的其他地方也渐渐平静下来，楚风激起的风波还在，但不像数日前那样让各地震惊。

而此时的域外却在发生惊天变化。

庞大的舰队慢慢接近地星。

更可怕的是，星空深处，战兽气息弥散，瑞光腾起，简直要压制诸天星斗！

一辆辇车缓缓而来，散发出浩大莫测的威势，让那些战舰都如汪洋中的无根浮萍，战栗不已。

接着，一条金光大道从星空深处铺展而来，进入地星所在的火球系。

一只战兽拉着辇车，踏着金光大道，缓缓而动，散发出至强的气息。

一时间，星空寂静，日月暗淡！

地星外的太空中，杨宣、晴岚、胡倾城三人震惊，瑟瑟发抖，浑身痉挛，汗毛倒竖，忍不住就要叩拜。

“有……圣人……接近，要在这里出手！”他们的声音发颤，牙齿都在打战。

第228章

地星大劫

一只青狼体格健壮，阔口獠牙，踩在金光大道上，拉着一辆辇车徐徐而来。

它舒缓地迈步，看起来很慢，但是每一次都直接消失。它不断出现，又不断消失，从无数里外而来，直接从星空深处进入火球系！

青狼拉车，气息恐怖，简直要崩裂人的神魂，整片太空都在颤动。

金光大道直抵地星外，那青狼拉着辇车平稳迈步，如同跨越上古的时空隧道，刹那而至。

杨宣、晴岚、胡倾城瑟瑟发抖，身体不受控制，直接跪拜。面对这种级别的强者，他们叩首也是应该的。

“亚圣金狼！”看到这只拉车的青狼后，杨宣第一时间知道是谁来了，是灵狼星域的亚圣赶到。这是一名恐怖的狼族强者，据闻年岁不大，便已封亚圣！

所谓亚圣，比真正的圣人差不了多少，若无意外，必定是要成圣的存在。

辇车上盘坐着一个男子，看起来三十几岁，眸子开合间，射出的金光像要撕裂天空，骇人至极。

他拥有一头金发，编成了数十条小辫子，垂落在胸前与背后，整个人释放出可怕的能量。

他的周围是一朵又一朵含有放射性物质的金色蘑菇云，一般人若是接近，直接会形神俱灭。

“见过亚圣大人！”杨宣、晴岚、胡倾城哪怕来自古老的世家，族中有真正的圣人，也都颤抖着行大礼拜见。

没有办法，沾了一个“圣”字，就跟他们有天壤之别，不是同一层次的生物。

亚圣对于杨宣等人来说，如同神明！

况且，这名亚圣来头非常大，称得上有天纵之资，是一名异常“年轻”的亚圣！

辇车敞开着，泛着淡金色光泽，却比不上金狼自身的光辉。

此时，金狼像是成为天地间的唯一，他以人形躯体盘坐在辇车上，被金色蘑菇云围绕着，气息弥散出去很远。

附近，那些战舰都一动不动。

“退后！”拉车的青狼开口，让杨宣、晴岚、胡倾城起身，并且离开这里。

这也是对那些战舰中的生物说的。

一刹那，战舰远去。

自始至终，金狼都盘坐在辇车上，没有说话。这是亚圣的威严！别说是杨宣等人，就算是他们的祖上来了，只要不沾“圣”字，金狼就都可以无视，而且没人敢说什么。

一时间，这里一片寂静。

杨宣三人满身是冷汗，忍着肉体的战栗以及精神的悸动，随后退走，站在足够远的太空中遥望着。

“什么情况，亚圣金狼怎么来了？”在足够遥远处，胡倾城脸上带着疑惑的神情，用精神力跟另外两人交流。

“相传，亚圣金狼的成圣契机是机械族给予的，使他还算年轻就可俯瞰一方星域。这次，他多半是为还机械族的人情而来。”晴岚思索了很长时间，才想到了这个流传不算很广的传闻。

三人来到地星外很长时间，早已注意到机械族大军在附近徘徊，自然知道机械族图谋甚大。

“相对来说，机械族一直致力用科学解析进化，尽管他们始终弄不明白圣人的进化进程，以及无上圣器产生至强意志的过程，但这并不妨碍他们在这条路上越走越远。他们解析场域有了一定成果，我猜测他们是想破解地星场域，整体降临，但又不放心，故此请来亚圣金狼。”三人做出这番猜测。

自始至终，金狼都沉默着。

直到他倏地抬头，爆发出让这片星空颤抖的能量，平静才被打破。

“这片废弃之地复苏太慢，我来相助机械族，也是为打破平衡，让废弃之地剧变，令各路神子、圣女早日成功降临。”这冷漠没有感情的声音在星空中回荡。

毫无疑问，他并非无的放矢，像是在对冥冥中某种存在解释什么。

这一刻，杨宣、晴岚、胡倾城三人的精神几乎要崩溃，神魂差点被震散。

因为，他们的身后有莫名的能量波动，真的有某种存在关注这里。

他们恢复后，回头的刹那，隐约间看到一双足有星球那么大的眸子在无穷远处暗淡下去，慢慢闭合。

三人惊悚无比！

这时，机械族大军中，最大的一艘战舰内飞出一张兽皮卷。那是该族这么多天以来的解析成果。

机械族怀着敬畏之心，郑重地把兽皮卷献给金狼，以便他出手。

金狼一招手，相隔不知道多少万里的兽皮卷便飞来，落在他的手中。兽皮卷上，机械族是用金狼偏爱的灵狼文字来记述他们的解析成果的，这是向金狼表示礼敬。

一刹那，兽皮卷化为灰烬，金狼闭上眸子，点了点头。

“轰！”

下一刻，他开始出击，按照机械族的解析，寻找地星场域的弱点。一只淡金色的手掌抬起，向地星某些特殊的位置拍击而去。

那只手掌遮天蔽日，巨大无比，简直要覆盖地星上的某些区域！

地面上，无数人战栗不已，莫名心悸。

若非布有场域，地星将面临一场大祸。

虎泷山，楚风感受到太空中的动静，霍地抬头，内心悸动。

金狼的手段太超凡，他在进攻地星某些特殊的位置，造成的破坏力无法想象！

若是一般的星球，恐怕早已解体了！

但是，地星太神秘，此刻场域叠加，一道又一道光腾起，符文密布，无边无际，映现于星空中。

地面上，人们十分恐惧，却根本不知道发生了什么，并不知道这个世界正面临着毁灭的危机。

“砰砰砰——”

地星外，一朵又一朵金色的蘑菇云绽放，每一朵都如海洋般浩瀚。

很可惜，地星上的一切设备包括太空探测器都捕捉不到这一画面，两者像是处在两个不同的时空中。

金狼进攻的是地星的次元空间，他想要撕裂地星场域，从被解析出来的薄弱处入手，进入地星。

远方，杨宣、晴岚、胡倾城吃惊得睁大眸子，肉体与神魂都在战栗。他们的坐骑也是如此。

他们瘫软在远处，凝视那一切，震惊万分。

“怎么可能？机械族的解析竟到这一步了？亚圣金狼真的可以破开地星的无上场域不成？”

“不可能，连圣人都不敢轻易动手，那里发生过圣殒事件！”

……

不管他们接受与否，金狼一只淡金色大手破开了一层场域，探进了那片空间中，并且还在深入。

“哧！”

不过，也就在这时，一道光束从地星那特别的场域空间中飞出，宛若圣剑横空，劈开域外空间。

金狼果断地离开辇车，不断后退，并在此过程中探出一只手带走了他的坐骑——青狼。

“砰！”

辇车爆碎，其蕴含的能量极其恐怖，一旦肆虐开来，简直能撕裂星空。

然而，辇车才爆开，就被那道圣剑般的光束再次击中，彻底消失了。

仔细看，金狼的右手腕在滴金色血液，他在刚才的进攻过程中负伤了。

“这可是亚圣啊，动辄能毁灭一颗星球，张口就能吞日月，居然在这里负伤了！”杨宣心颤。

亚圣这种存在不说百劫不坏、千世不朽，但也差不多，到了这个层次后很难受伤，几乎不会流血。

不过，想到这是地星后，杨宣又释然了。

“机械族的解析依旧无效，地星场域不可能破开，圣殒传说不是谣传！”晴岚低语。

胡倾城头皮发麻，道：“解析有一定的效果，而且，来的多半不止亚圣金狼一人，这次有大风暴！”

她话音刚落，星空深处就有一双足有星球那么大的眸子睁开，让他们三人思维凝固，神魂颤动。

随后，一只凶禽带着惊人的气息，横渡星河飞来。

这是一只朱雀，通体血红，强健有力，速度快得让常人无法理解，瞬间便从域外进入火球系，逼近地星！

朱雀乃圣禽，本应瑞气缭绕，现在却戾气漫天！

它体积惊人，不知道是否为真身，足有小半个地星那么大，震动火球系。

“亚圣阴九雀！”晴岚倒吸了一口凉气，不敢开口说话，只敢以精神力传音，跟另外两人交流。

三人难以置信，又来了一名亚圣，要进攻地星！

“阴九雀好像是……当年星空骑士的一员，与人结拜，排行第九，本是一只阴雀，但一路高歌猛进，进化出了圣禽朱雀的血统！”

三人战栗。

上一次，楚风从月星秘境出来时，曾问三人有关星空骑士的旧事，竟将他们难住了。在火球系被星际网络覆盖后，他们迅速查阅资料，了解到了足够多的旧事。

星空骑士当年不算主力，却出了一些狠辣无情的人物，在追击所谓的逆种时，无论是老妇还是襁褓中的孩子都不放过，号称刽子手军团！

“据悉，星空骑士的成员中，宇文成空已经成圣，而阴九雀很早就成了亚圣，功参造化，来日也必定会成圣！”

一支不算主力的军团竟要出两名圣人，这绝对是奇迹。

昔年征伐过地星的星空骑士成员、刽子手中的佼佼者——阴九雀时隔漫长光阴后，如今又来到这里！

“要发生大事啊，亚圣一般不会轻易出现，今天一下子就来了两位，这多半只是先兆，难道还会有更可怕的狂澜？”三人神魂不稳，不断后退，恨不得离开火球系。

这时，阴九雀出击。

这是一只戾气无边的朱雀，通体血红，足有小半个地星那么大，此时张嘴间喷出一团红得刺目的火焰，直接将地星淹没！

须知，这可是一名亚圣，随意一击就能毁灭星球，撕裂星空，现在这样全力以赴地出击，实在太恐怖。

整个火球系因此而颤动。

时隔漫长岁月后，这名星空骑士的古老成员再次来到地星外，全力出击！

这是一场灾难，杨宣、晴岚、胡倾城亲眼看到，震惊无比，承受着莫大的威势，神魂都要崩裂了！

他们借助空间隧道，第一时间退到火球系边缘地带。

即便如此，他们也通体都是冷汗，身体不受控制地发抖。那只足有小半个地星那么大的红色凶禽太霸道，恐怖无比。

阴九雀浑身都是可怕的符文，红色蘑菇云不断腾起，而后形成一个又一个能量旋涡，足以吞噬星球！

这一刻，地星上所有生物都情不自禁地抬头。那气息太惊人，如同一座大山压在人们的心头，让人窒息。

“天啊，那是什么？”有人声音发颤。

很多人抬头的刹那，几乎要瘫软在地上。

天穹赤红，看不到太阳，也没有星月，只有红色火光，覆盖苍宇，笼罩地星，带着浓烈的戾气。

唯一庆幸的是，地星外的空间场域符文密布，纵横交织，形成巨大“泥沼”，化作旋涡，阻挡红色火光。

阴九雀低鸣，拍打翅膀，血光刹那间冲出，这种力道能轻易割裂星球！

但是，在这里却行不通，地星坚固，难以撼动。

阴九雀催动秘术，庞大的身体散发出越发浓烈的戾气，张嘴间又喷出一团红色火焰，再次笼罩地星。

这一景象若是传播出去，必定震动宇宙星海。

亚圣出击，而且这般疯狂，太罕见了！

“轰！”

就在地星被阴九雀喷出的红色火焰笼罩到最惊人的程度时，所有红色火焰都倒卷起来，并在刹那间化成一只朱雀。

这只朱雀跟阴九雀一模一样，有着血红的身体和可怕的面孔，虽是传说中的瑞禽，但其实比恶禽还凶狠。

“无缺级的镜像场域！”金狼一怔，果断后退，离开地星外的空间。

红色火焰化成的朱雀长鸣，散发出浓烈的戾气，震动星空，席卷四方。

可以看到，附近的陨石瞬间炸开。

两只凶猛的朱雀扑到一起，激烈大战。

阴九雀本不想迎战，这是地星的神秘场域对它的镜像投射，这种对决对它来说很糟糕。

无缺级的镜像场域太霸道，第一时间形成镜像，瞬间就锁定阴九雀。它摆脱不了，因为有一定的时间限制。

“圣师手段，通天彻地！”火球系边缘地带，杨宣脸色苍白，这般说道。

除却圣师那等级别的存在，谁能布下如此可怕的场域，逼迫一名亚圣跟“自身”战斗？

“砰砰砰——”

最终，另一只朱雀消失，阴九雀则身体染血，羽毛飘落，停在远处。

这里曾经历过亚圣的扑击与碰撞，若非整个火球系都有场域，后果不堪设想！

阴九雀神色冷峻，此时，它虽然是鸟身，但面孔有转化为人面的迹象，眼神越发凶狠，血红躯体透出杀气，震颤星空。

这时，地星上的人们脸色煞白，感觉异常绝望与恐惧，因为地星场域没再隔绝人们的视线。

那么大一只朱雀，足有小半个地星那么大，悬在太空中，浑身都在冒着火焰，简直比神魔还可怕！

这是怎样的情景？许多人受不了这种惊吓，当场瘫软在地上！

楚风心头悸动，站在虎泷山上，看着天空。他简直不敢相信，这么大的一只朱雀悬在太空中，周身火光炽烈，席卷星空，实在惊人！

“这就是妖圣吗？”他盯着天穹，一阵出神，感觉到前路艰难。一旦从这颗星球踏出去，他所要面对的各种生物简直不可想象！

举世皆惊！

地面上，人们惶恐不已，如同末日来临。

太空中，阴九雀依旧一言不发，张嘴吐出一块黑色石头。

瞬息间，黑色石头化成一块巨碑，巨碑跟阴九雀一般高大，很像墓碑，漆黑如墨，上面刻着很多文字！

“这颗星球上先圣的墓碑，你也要毁掉吗？”阴九雀终于开口，声音冰冷无情。

下一刻，它展开双翅，不断拍击，如同挥动一双魔剑起舞，恐怖无比。

就连金狼都瞳孔收缩，他曾听闻，阴九雀有九斩，是作为星空骑士时就在完善的秘技！

“昔年，我斩灭逆种无数，今日我又来了！”阴九雀冷冷地开口。

“轰！”

天崩地裂，鬼哭神嚎，阴九雀出击！

它拍打双翅，九斩狂暴而出，与可怕的亚圣神能交织着，要破开地星场域。

果然，地星场域因为那块先圣的墓碑暗淡下来。

显然，黑色石碑曾是这颗星球上一位非常重要的人物的墓碑，获得了地星意志的认同。

“斩！”阴九雀大吼，眼神越发狂热。它非常想毁灭这颗星球，取走传说中的某件东西。

当年，它错过了。

“轰！”

每一击都是一只血红色的朱雀翅膀落下，若地狱的魔剑复苏，要毁灭星球！

阴九雀进化出了朱雀的血统，但从来不是瑞禽，比任何禽类都要凶狠与可怖。

接连九斩，足以毁灭一颗又一颗星球，但是地星承受住了。

九团炽烈的光芒迸射开来，如同九颗星球炸开！

火球系边缘地带，杨宣、晴岚、胡倾城借助银色眼球看得清楚，震惊万分。

“亚圣出手，足以让星球毁灭，好恐怖！”

“可地星很特殊，出过圣师，亚圣不怕圣殒吗？”

下一刻，地星场域复苏，哪怕这里有一块被地星意志认可的先圣墓碑也不行，它爆发了。

“哧！”

黑色墓碑第一时间粉碎。

接着，场域符文化作成片的彼岸花，在太空中绽放，幽蓝而神秘，摄人心魄。

同时，一条河流蜿蜒，流淌向阴九雀，像是死亡的河流，从彼岸而来，要带走阴九雀的性命。

“该死！”阴九雀大喝。

它的羽毛发光，刹那间，赤色光芒纵横，宛若剑气，通天彻地，再次笼罩地星。

不过，任它再强，也相形见绌。蓝色的彼岸花在太空中悠悠绽放，摇曳中释放出骇人的能量。

与此同时，那条河流化成符文，飘了起来，将阴九雀围住！

“轰！”

场域符文太绚烂，河流、彼岸花都是符文化成的，现在爆发，地星展现出它惊人的一面。

“啊——”阴九雀嘶吼。能让一名亚圣这般失态，可想而知事态有多严重。

而后，这片地带被蓝光淹没，庞大的朱雀羽毛染着血，身体裂开。

“圣殒，又发生这种事了？”晴岚脸色发白，身体痉挛，惊呼起来。

这种事哪怕传出去，外界也难以相信。

一般情况下，亚圣哪怕死去也很荣光，能量花朵绽放，遍地涌动甘泉。可是现在，阴九雀浑身是血！这是一名亚圣的血！

最终，这里一片寂静，庞大的朱雀消失，只有一些染着血的羽毛在飘舞。

过了很久，一个冰冷无情，近乎残酷的声音响起，才打破这里的死寂。

“我是不死的！”

染着血的羽毛凝聚在一起，阴九雀再现，一件神秘器物破碎，消失在空中。

“能替亚圣死去的神物，这种东西的价值简直不可估量，就连从远古活到现在的老圣人也不见得拥有……”胡倾城震惊。

能代替亚圣而死的神物，珍贵程度不可想象，太稀有了。

阴九雀竟然拥有这样的一件神物！

“这是一场大风暴，有人要借亚圣阴九雀之手探地星虚实，或许会强攻！”晴岚说道。

三人霍地回头，看向宇宙深处。

黑暗的星空中，一双巨大的眸子正在缓慢闭合。三人望之神魂悸动，生命体征都暂时消失，实在太恐怖。

“刚才发生了什么？”杨宣回过神来，浑身都是冷汗，大叫道。

“那就是亚圣阴九雀有恃无恐的原因吗？”晴岚惊悚不已，他预感到，这里将爆发无法估量的可怕的大事件。

“趁此机会，我要逆转生死，抓住成圣契机！”阴九雀面带冷意，目光炽热，真的有恃无恐。

在它旁边，第二件神秘器物粉碎，染血的羽毛重新凝聚，它身体完好如初，恢复到巅峰状态。

第二件替死神物在此毁掉！

“来吧，助我成圣！”阴九雀双目猩红，斗志昂扬，大喝道，“我曾经征伐过这颗星球，斩灭逆种无数，昔日不圆满，今日来补足！”

一名亚圣竟这么歇斯底里，这很罕见。阴九雀发狂，带着无尽的火焰，向地星发起进攻。

这个时候，它周围浮现出一幕幕画面，展现的都是昔年旧事，全是征战情景。

那时，它还只是星空骑士中普通的一员，离亚圣还很远。但它足够冷血，手段异常残忍。

画面中的情景越来越惊人，在它周围逐一浮现。

一个白衣少女正处于天真烂漫的年岁，却悲伤欲绝，抱着倒在血泊中的弟弟落泪。那个时代的阴九雀化作人形，脸上带着残酷的笑容，一剑挥出，斩向白衣少女，而后大步前行，但凡有阻路者，全部除掉！

一个老者双目浑浊，苦求阴九雀放过自己的孙儿，结果阴九雀直接抓向老者，老者双眼立时暗淡下去，临死时趴在自己年幼的孙儿身上，希冀保护孙儿，最终祖孙二人全部丧命。

这样让人愤慨的画面太多。阴九雀踏着尸骨前行，神情冷酷，手段残忍。

到了后来，阴九雀一路崛起。

过了漫长的光阴，征伐地星的时代早已结束，阴九雀都快成为亚圣了，当发现一颗小星球上有所谓的逆种后裔时，阴九雀依旧化成本体，毁灭了那颗小星球。

此时，地星上的许多进化者看到了那一幕幕画面，了解到了那一桩桩旧事。

阴九雀想成圣，毫不掩饰自己的过往！

地面上，许多人战栗，心中生起无尽的恐惧，这简直是一个魔鬼，毫无人性可言。

“真的当诛啊！”虎泷山，楚风双手握拳，眼睛赤红，凝视苍穹，对阴九雀仇恨到极点。

他去过月星，见过那些星空骑士斩灭先民的过程，感受太深。

他如今见到那一幕幕画面，如同再次经历了一遍那些旧事。

阴九雀和宇文成空等九名星空骑士结拜为兄弟，为了获取某种造化，一直在追剿所谓的逆种。

其中，阴九雀与宇文成空成就突出！

此时，阴九雀展开双翅，大笑不止，戾气漫天。

“当年排在第十一名的璀璨星球都被攻破了，何况现在没落了那么多年的星球？所谓圣师不死，还会归来，不过是谎言！今天，我又来了！我曾经在这里斩灭逆种无数，如今要再攻破此星球，完善我昔年的造化，在这里成圣！”

阴九雀声音冷幽幽的，越发疯狂。哪怕已陨灭两次，它也无所畏惧，因为它身上有数件替死神物！

“我感觉到了，我真的可以逆转生死，在这里成圣！”

可怕的事情发生了，第三次逆转生死后，阴九雀的气息发生了惊人的变化，它借助替死神物，即将在这里成圣！

地面上，许多进化者惊骇不已，这个魔鬼般的至强存在居然即将突破，成为一代妖圣？

一个双手沾满血腥的刽子手，泯灭人性，在这里斩灭先民无数，还要在这里成就无上道果，这还有天理吗？这让死去的先民如何瞑目？

楚风这样的人更加不能接受！

他怒气冲天，这实在不公，什么人成圣都可以，怎么偏偏是这个阴九雀要在这里崛起？

“成了，我终于要成圣了，这颗星球果然是我的造化之地，当年成全了我，今天更是要助我踏出那一步！”阴九雀大笑，无比畅快，但是看在别人眼中，却是那么冷血、阴狠。

“谁能斩了它？”

“怎么能让它成圣！”

地面上的进化者真的受不了了，身体都在发抖，那是极度愤怒所致。

“嘿，那一刻要来了！”阴九雀大笑，瞥了一眼地星，道，“什么圣师，早已自我放逐到宇宙边荒，死在青铜古棺中，再也不可能出现。我今天要在他的故土成圣，以后还要斩尽这里的逆种，他能奈我何？这也算是为我的先祖报仇了！”

阴九雀这一脉曾有一个大人物死于圣师之手。

此时，地面上很多人浑身冰凉，哪怕不了解昔日旧事，也足以从阴九雀身边的异象以及它说的话中洞悉很多事。

这种生物怎么能成圣？！众人心中哀叹，全都不想看到那样的结果。

“哈哈——”阴九雀大笑，身上有点点圣光弥散开来，即将彻底功成！

这时，地星上一股神秘气息腾起，场域起了新的变化。

“嗡”的一声，一片又一片光辉闪耀，昔日圣师亲手布下的场域复苏。

同一时间，楚风身上的一件器物无声地飞走。他心头一惊，目送它离去，没入苍穹。

那是一张银色纸张，迸放着灿烂的光芒。

在阴九雀即将成圣的最后关头，圣师布置的场域在太空中复苏，银色的天书腾空而起，上面浮现出一道身影。

那是一个男子，白发披散，面孔英俊无比，一双眸子如同星空般深邃，冷冷地逼视着阴九雀。

“你……圣师！”强大如阴九雀，现在也浑身战栗，声音发颤，它身上才开始凝聚的圣光都消散了一部分！

第229章
斩圣

阴九雀瞳孔收缩，通体鲜红的羽毛竖立起来，不由自主地后退，着实被惊得不轻。

它确信，那不是圣师真身，不可能是圣师亲临！

可是，阴九雀依旧心头不安，恨不得掉头就走。但是身为亚圣，在即将成圣的时刻，它怎能甘心放弃？

阴九雀哪怕残忍、强大至极，现在也心情复杂，甚至无比忌惮，那可是传说中的圣师啊！

当年圣师赶星鞭一挥，那当真是星空崩裂，宇宙暗淡，成片的族主陨灭，至今各族提及他都会变色。

那是一个神一样的男子，昔年最后时刻爆发出的可怕力量曾撼动整片星宇，留下无尽传说。

“我要成圣！”阴九雀大吼。在这一刻，它不能退缩。

“嗡！”

白发男子站在场域中，身边符文无尽，抬手间，一道光束飞出，将阴九雀打得崩裂开来。

“怎么可能？”阴九雀怒吼。它太不甘心了，它在凝聚圣光，马上就要功成，结果白发男子随手一击，就毁掉了它的希望？

瞬间，阴九雀解体，震撼人心。

火球系边缘地带，杨宣、晴岚、胡倾城都僵在那里。他们看到了什么？真是那个人吗？圣师！

地面上，无数人欢呼，满心的激动与喜悦。

哪怕不知道所谓的圣师是谁，人们也兴奋无比。

因为，那只朱雀不是善类，刚才飞扬跋扈，已经道出昔日的部分秘密，那是一个残暴的刽子手。

它当年就是入侵者，而今又来了，还想斩尽所谓的逆种后裔，凶残霸道，异常可恶。

“啊——”地星外的空间，阴九雀大叫，愤怒无比。

刚才太可怕，它躲避不及，身上的圣光被打散，前功尽弃。

那不是圣师真身，应该只是圣师昔日留下的一缕印记，主持着地星上个别特殊的场域，便能刹那间把它打得解体。

阴九雀浑身冰凉，它身上的替死神物不多了，在它艰难地又一次凝聚血液后，只剩下两件。

“砰！”

白发男子再次抬手，挟场域之能向前劈出。

瞬息间，阴九雀被击中，血液点点，羽毛飘落。

片刻间，它居然被攻击了两次，身上凝聚的圣光一点都没有剩下。

“打得好！”虎泷山上，楚风激动地喊道。

不久前，他看到阴九雀那么张狂霸道，竟要在地星外成圣，不禁怒火中烧。现在，亲眼看到阴九雀接连两次被那白发男子打得解体，他自然高兴，热血沸腾。

当年的刽子手曾折辱地星先民，还妄想成圣，门儿都没有！

事实上，见到这样一幕，地面上不少人兴奋得浑身颤抖，大叫出声。

阴九雀是为成圣而来的，并且同星空深处的某个生物有某种交易，才甘愿在此冒险出击。

不然，它身上怎么可能会有数件替死神物？要知道，那替死神物，老牌绝顶圣人想要获得一件都不易。

时间不长，血液凝聚，阴九雀再现！

现在，它身上只有一件替死神物了。

阴九雀依旧有小半个地星那么大，目光凶恶，戾气冲天，道：“我要成圣，就算是圣师亲临，我也要成就无上道果！”

阴九雀接连逆转生死，身上圣光再次凝聚，居然比刚才还要炽烈，这让它自己都震惊不已。只差一步，它就可以成圣了。

“我的成圣契机果然在这颗星球上。”阴九雀十分惊喜，这一切早在很多年前就已注定。

任何一个生物想要成圣，都有太多的讲究！

阴九雀斩灭地星先民，凝聚他们的气运，早已注定要在这里成圣！

真要让它成功，那些死去的先民必定永不瞑目。

这时，地星场域中那道伟岸的身影没有动。

“想不到在圣师手下涅槃两次后，接连逆转生死，圣光再聚，只差一步我就可以成圣了。”阴九雀放声大笑。

哪怕真的会再被那白发男子打得解体，它也不怕了，因为再次逆转生死后，它会直接成圣。

须知，如今它身上圣光炽烈，只差一点点就可以成圣了。

“来吧！”阴九雀喝道。

它很兴奋，若是在圣师的磨砺下成圣，它将成为传奇，成就无上威名。

地面上，人们心惊，这只赤红的凶禽这般恐怖，无法死去？

“来啊，再涅槃一次，我就是妖圣！”阴九雀大笑。

它身上只有最后一件替死神物了，它坚信自己会成功。

白发男子白发飘舞，面孔英俊，双目若星空般深邃。他没有再次发动场域，只是凝视着前方的阴九雀。

阴九雀悚然，心头涌起强烈的不安。

对它来说，安静时的圣师比出手时的圣师更可怕，更无法预料！

“怕什么？来吧！”阴九雀怒吼。

昔年，阴九雀还只是一名小骑士，连仰望圣师的资格都没有，现在它却敢向圣师叫板了，没什么大不了的！

“阻止它，绝不能让它成圣！”地面上，也不知道有多少人在祈祷。人们不希望阴九雀成圣，那种事绝不能发生。

“锵！”

终于，白发男子动了，抬手间，一片银光飞出，那是天书——一张银色纸张。

其实，它不是纸，是一种非常稀有的材料打造而成的。

银光照亮地星外的空间，比闪电还要刺目，让人睁不开眼。

“你……”阴九雀心里发毛，全力对抗，凝聚圣光，恨不得立刻成圣。它感受到了莫大的危机，宛若末日来临。

“哧！”

这一次，它没有解体，而是被那天书划过身体。

“我成圣的契机，啊——”阴九雀凄厉长鸣，心里怨恨到极点，那一缕玄而又玄的成圣契机不见了。

那是什么？一张银色纸张，直接将它从天堂打落到地狱，让它恨到极点。

至此，阴九雀来地星成圣的愿望破灭！

事情并未完结，银色的天书倒转方向，再次带着刺目的银光飞来，劈向体形庞大的阴九雀。

阴九雀惊骇无比，浑身痉挛，发出的惨叫声更瘆人了。

它刚才躲避不了，亚圣根基被斩！

阴九雀胆寒，它的肉体还在，可是体内少了某些东西，失去了亚圣根基——它被废掉了。

“我不相信！”它痛苦地大吼着。

从来都是它压制别人，今日它竟也遭劫。

“你们看到了吗？传说中的事情发生了，一名亚圣被废了！”

“没错，这是惊天大事件！”

火球系边缘地带，杨宣、晴岚、胡倾城傻眼，简直难以置信。

阴九雀没有死，但是，它感觉到自己的实力疾速下降。

“不可能，我要成为妖圣，映照诸天！怎么会这样？啊——一切都要从头再来？”阴九雀简直要疯了，这比要它的命还要让它难受。

“圣师……你是人还是鬼？怎能如此？”它眼睛血红，身体不断缩小，盯着地星场域中的白发男子，问道。

“圣师风采绝世！”远方，杨宣、晴岚暗中以精神力交流，不敢说出口，怕阴九雀报复他们。

地面上，人们也知道发生了什么，一个个目瞪口呆，无比震惊，而后又都沸腾了。

一只可怕的凶禽曾经征伐过地星，如今又要来让地星上的生物覆灭，还妄想在此成圣，现在被废，人们无比激动与喜悦。

“废得好！”虎泷山，楚风对着天穹大喊，“星空骑士中的老家伙，你这罪该万死的刽子手，有种重新再来啊！去走星路吧，我在地星等你！”

阴九雀还没有彻底跌至谷底，依旧威势惊人。它俯视整颗地星，怒啸连连。

接着，它快速缩小。

“我不甘，哪怕从头再来，我也要成为亚圣，再破圣人关！”它歇斯底里地大叫着，发下誓言。

楚风疑惑地道：“这老家伙斗志真高，该不会真的要走星路，再入地星，从头开始吧？”

“带我走！”阴九雀缩小到百丈长时，虚弱无比地冲远处的金狼开口，请他相助。

金狼如今离月星较近，在阴九雀的请求下，他迈开脚步，想接近阴九雀并带它离开。

“轰！”

然而，他才迈步，月星之上就有一道光束飞来，打在他的身上，让他一个踉跄，横飞出去，并化出本体。

一只金色的巨狼出现，然而巨狼的下半截躯体消失了，是那道光束导致的！

金狼失去了下半截躯体，发出长嚎声，简直不敢相信月星上发出的一道光束就让自己遭受了这么严重的创伤。

这时，阴九雀浑身冰凉，感觉到从未有过的虚弱。

它意识到，金狼负伤依旧是圣师的手段，当年的月星就是圣师的栖居之地，那里有不弱于地星的进攻场域。

地面上，人们又一次被深深地震撼了。

金狼就算只剩半截躯体也很庞大，能有地星的四分之一那么大，悬在太空中，通体金色长毛竖立着，对月咆哮。

“走，我们快走！”阴九雀低声道。它在战栗，亚圣根基被斩，它此生的辉煌已经走到终点。

它知道，今日的事件一定会震动星空，斩圣这种传说中的事居然发生，无论如何都会在各族引发大地震。

它将作为一个失败者，成为焦点人物。

成圣失败，还被斩掉亚圣根基，实在可悲。它发誓要从头再来，不仅要成圣，还要映照诸天！

地星场域没有再爆发，月星上也无能量光束继续射出。

毫无疑问，这两颗星球的场域偏向于防守，如今阴九雀和金狼都在退后，没有发动攻击，它们暂时安全了。

金狼神色冷峻至极，觉得自己太冤，躲在月星旁刚释放出一点能量，要去救阴九雀，结果就遭到了攻击。

它们被重创后，亚圣能量收敛，反倒安全了。

金狼身体缩小，血气弥漫，下半截躯体重新生长出来。而后，它带着阴九雀远去。

至于为它拉车的青狼，刚才被月星上飞出的光束击中，化成了灰烬。

金光大道再次浮现，金狼带着阴九雀迅速地离开火球系，都没有看那些战舰一眼。

地面上，许多人欢呼，兴奋无比。人们不知道后面的事，但明白那只血红的凶禽被废掉了。

“这个刽子手从亚圣直接跌落，一身道行被废，将体会无尽的苦涩与煎熬。”楚风用力挥了一下拳头，道。阴九雀被废，这再好不过。

火球系边缘地带，杨宣、晴岚、胡倾城身心皆颤，竟然是这样一个结果，两名亚圣大张旗鼓而来，其中一人更是险些成圣，然而最终受创，拖着伤体离去。

“斩圣这种事竟然发生了，这会让星空深处剧震。”他们感叹，都觉得有些不真实。

三人遥望地星，那里的场域符文早已消失，白发男子也化成光雨不见了。

“嗖！”

一道银光飞进大气层，转眼隐去，彻底消失。

那是天书！

现在任何目光都捕捉不到它的踪影，因为它本身就是场域这一领域的无上神圣之物，刻写有各种场域符文，谁能锁定它？

“哧！”

一声轻响，银色的天书落在虎泷山某一区域的地面上，插入岩石中。

楚风心头悸动，没有人比他更清楚这天书意味着什么。这是场域的无上传承，连圣师都是偶然得之，不知其来历。

楚风收起天书，不敢让人察觉。

此时，域外却不能平静。在天书消失时，三道光影从火球系外疯狂闯来，皆在寻觅着什么。

他们猜测，那是圣师留下的圣物。

“场域天书？”

有人曾看得清楚，那银色纸张划过阴九雀的身体时，场域交织，灭其亚圣根基。那绝对是非同寻常之物。

“可惜，那圣物没入了这颗星球！”

“我有一股冲动，要成为圣子，前去争夺造化！”

最终，三道光影皆消失了。

毫无疑问，这并不是真身，乃亚圣显化的光影，也可以称之为显圣！

杨宣、晴岚、胡倾城看得真切，浑身冰冷。看来不止金狼、阴九雀两名亚圣来到这里，还有三名亚圣，总共有五大亚圣来此。

五大亚圣中的任何一名放眼宇宙星海都是至强者，平日间几乎见不到，今日却一下来了五名！

“事情完了吗？”晴岚小声道，大着胆子转身，遥望星空深处。

“或许到此结束了吧。”杨宣低语。

他们知道，阴九雀的身后有真正的圣人，甚至已经映照诸天，不然，一名亚圣不可能有数件替死神物。

蓦然间，他们回头的刹那，再次看到星空深处有一双足有星球那么大的巨大的眸子慢慢睁开。

“事情……还没完！”胡倾城惊悚不已。

那里果然有神秘莫测的存在，眸子睁开的瞬间，他们的思维都要凝固了，神魂险些崩裂，那种存在太恐怖。

那双眸子呈现为血色，宛若巨大的血月高挂在黑暗的天空中，凝视地星方向。

杨宣、晴岚、胡倾城战栗，身体瘫软，不由自主地跪拜下去。一切都是出于本能。

那种无上存在带来的巨大威势，一般生物根本不可承受，三人若非世子级人物，若非各自星球上的旷世之才，估计精神都会崩溃。

最终，那双巨大的眸子闭合，映现在星空深处的两团血月般的光芒消失，那个生物没有过来。

“天啊，太可怕了！那是哪位强者？想来以此等实力，其成名年代肯定在远古前。”

他们坚信，那起码是一位远古圣人！

“那位强者就这么退走了？”

“借亚圣阴九雀之手探地星虚实，唉，那个层次的生物的心思不是我们所能够揣测的。”

在他们议论时，他们各自的星际通信器突然响了起来，显然有大事件发生。

他们赶紧查阅信息，而后一个个目瞪口呆，脊背发凉。

“当年排在第十一位的星球果然深不可测，有人称，又在宇宙边荒地带看到了飘浮着远去的青铜古棺！”

这件事在不久前被爆出来，震动星空深处，让很多人心中不安。

“圣师真的还没有陨灭吗？”杨宣三人心颤。

“会不会是刚才地星有他一缕印记显化，宇宙边荒那具青铜古棺才因此而产生共鸣，再次出现？”他们猜测不透，只能胡思乱想。

接着，他们的星际通信器再次发出响声，又有大事件爆发。

“亚圣阴九雀栖居的星球被毁！”

阴九雀刚攻打地星，老巢就被人毁了。

据传，阴九雀栖居在某一颗太阴气息浓烈的星球上，它由阴雀进化而来，喜欢太阴气息，那上面有它不少子孙。

如今，那一整颗星球被一只大手扇得碎裂开来！

“有人目击，疑似是一位亚圣出手！”

杨宣、晴岚、胡倾城终于知道那双眸恐怖，在星空深处俯视地星的存在为何离去了，无论是宇宙边荒的青铜古棺，还是毁灭阴九雀栖居之地的神秘强者，对于他来说都算是尖刺，他想拔掉。

“历史惊人地相似！”

“当初，排在第十一位的地星衰败很多年后，有人曾想要彻底毁灭它，结果有青铜古棺浮现，有高手现身，对出手的人所在的大本营发起攻击。”

今日，又发生这种事。

“当年地星逃掉的几名高手应该陨灭得差不多了，可能也就剩下一两人，在进行有针对性的报复。”他们猜测，圣师不可能再现，甚至今日所传的青铜古棺再现也是假的，只为震慑敌人。

“有人猜测，地星当年逃走的人，到现在为止，圣人皆殒，亚圣还有一位活着。这很有可能是真的。有些可悲啊，曾经排在第十一名的星球彻底暗淡！”

……

在三人议论时，星空深处，阴九雀怒吼，简直要疯了。

它的地盘被毁，让它愤怒至极，这么多年来，它还从未吃过这么大的亏。

今日，它先是被人斩掉亚圣根基，而后栖居的星球被人一掌毁灭，在它看来，这欺人太甚！

“我要回归祖星，在那里休养！”它不敢去别处，心头发冷的同时，脊背也冒出一股寒气。

“不，在离开前，我还想去地星看一眼。”阴九雀开口，请金狼送它过去。

它太不甘心了，甚至真的想踏上星路，趁自身亚圣根基被斩之际重新征伐那颗星球，斩灭逆种，凝聚造化。

“好吧！”金狼已化作人形，彻底恢复，气息迫人。他一步迈出，踏上金光大道，再次闯入火球系。

“道友，借我神通一用。”阴九雀请求。

随后，它双目发光，照耀到地星表面。

现在，地面上的人看不到它与金狼，因为它与金狼的身体都缩小了，不再遮天蔽日，横在幽暗的太空中。

到了亚圣这个层次，就算没有天眼通，也照样能洞悉地面上的一切。

只要敌人不进攻，地星场域就不会爆发。

阴九雀第一眼遥望的地带是悬田山，因为它的后人所走的星路就是连接向那里的，而且它当年也是从那里出来，在地星上崛起的。

悬田山深处的一片折叠空间中，有一个赤发青年，眼神冷厉，显得桀骜不驯，很有阴九雀当年的风采。

毫无疑问，那是一名圣子，其周围有大批的人马，一个个煞气浓重。

“朱武雀！”阴九雀低语。朱武雀是它最欣赏的后代，是它亲自送上星路的。

阴九雀进化出了朱雀的血统，后代自然也有圣禽血统，不再是阴雀。

此时，朱武雀正烦躁不安，坐卧不宁。他即便身在折叠空间中，也目睹了阴九雀被废的全过程。

突然，他心有所感，猛地抬头，看到两道赤光落下，不禁心中战栗，叫道：“老祖，您怎样了？”

他直觉太敏锐，猜到了是谁。

阴九雀让金狼相助，以赤光在折叠空间外显现出一行小字，询问朱武雀地星上如今的状况。

“地星上出了一个天选之子，名为楚风，曾经击败我结拜大哥宇文成空的后人所率的部众，除掉了很多骑士。”阴九雀意外得悉这一情况，立时上心，因为它听闻楚风的进攻手段主要是场域。

“掘地三尺也要寻到那个楚风，获取他身上所有的秘密！”阴九雀下了一个死命令。

它猜测到，圣师对付它所用的那张天书在地星上，如果传承下去，多半会选那个场域天赋惊人的楚风。

“天选之子，管他是假子还是真子，只要是场域传承者，就一定不能放过！”阴九雀冷冷地说道。

接着，它的目光又转向户山。它想看一看它的结拜兄弟宇文成空的后人，进一步了解情况。

“九祖！”宇文风得悉那从天而降的两道赤光是阴九雀在借他人力量显圣后，略为激动。

所谓九祖，是跟他的祖上宇文成空结拜，排行第九的人，是当年星空骑士中的狠茬子！

宇文风如实告知阴九雀目前地星上的各种事。

阴九雀从他这里再次听到楚风的名字，且对楚风有了进一步的认识。

虽然亚圣根基被斩，但阴九雀神觉依旧敏锐得骇人！

“你是说，这个楚风有古怪，你静下心来后感觉到危险气息，怀疑他会成为大患？”阴九雀以赤光显现出文字。

宇文风禀报道：“是！他进化层次还不高，可是，当日我运转百化呼吸法时，竟隐约间有些滞涩感。当时我还未在意，后来冷静下来，觉得百化呼吸法仿佛天生受他身上呼吸法的压制，越细想越觉得可怕与诡异。他身上一定有天大的秘密，我怀疑他掌握不弱于前十大世界秘术的呼吸法！”

阴九雀能够从远古活到现在，并成为亚圣，除了狠辣无情，还是有真正的本领的，神觉格外可怕。

“这个逆种太不凡，得诛灭！”阴九雀第一时间做出这种判断。

“好了吗？”金狼在太空中开口。哪怕没有对地星发起攻击，但这样窥视，还是让他心生不安。

“稍等，在我散道前，借道友之力捕捉一缕天机！”阴九雀说道。

亚圣散道，那会很惊人，亚圣能量彻底消散前会有刹那间的明悟，为以后再崛起埋下种子。

现在，阴九雀想立刻散道，不为别的，只为借助那一缕灵光，窥探天机真相，查看吉凶祸福。

它对楚风很在意，由于过去在地星上罪孽太深重，它对这颗星球上“逆种”的崛起非常警惕。

“哧！”

太空中，光芒迸放，阴九雀最后的亚圣能量散开，消失在天地间。

“嗯？”它战栗不已。因为，在心中默念那个名为楚风的人时，它很不安，心头惊悚，这不是好的预兆，那个人可能真是一个祸患。

“道友，借你之力，传我法旨，来日定有厚报！”阴九雀严肃无比，请求金狼相助。

最终，清晰的文字横贯天宇，昭告各条星路上的神子、圣女，若能除掉楚风，可获圣人铜章一枚！

这所谓的圣人铜章有实物，但更重要的是它所代表的意义，圣人赐予铜章，代表圣人可以为那人出手一次！

这是多么大的造化，星空中还有圣人摆不平的事吗？

一刹那，地星上各座名山震动，所有星路上的神子、圣女都沸腾了。

（本册完）

《异人崛起10》即将上市！敬请关注！